Inoue, Yasushi
井上泰至

# The Rise of Melodramatic Novel (in Edo period)

:Romance, Consumption, and a Plebeian Japanese Sensibility, Iki

# 恋愛小説の誕生

## ロマンス・消費・いき

笠間書院

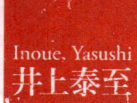

# 口絵

『春告鳥』二編口絵　口絵の装束はスタイルブックの役割もあったか。
（早稲田大学付属図書館蔵）

「子供音曲さらいの図」(歌川国輝画。弘化年間。青山学院女子短期大学図書館蔵)
江戸後期の町娘は、たしなみとして音曲を習った。御殿奉公にもそれが必要だった面がある。(V章コラムと259頁参照)

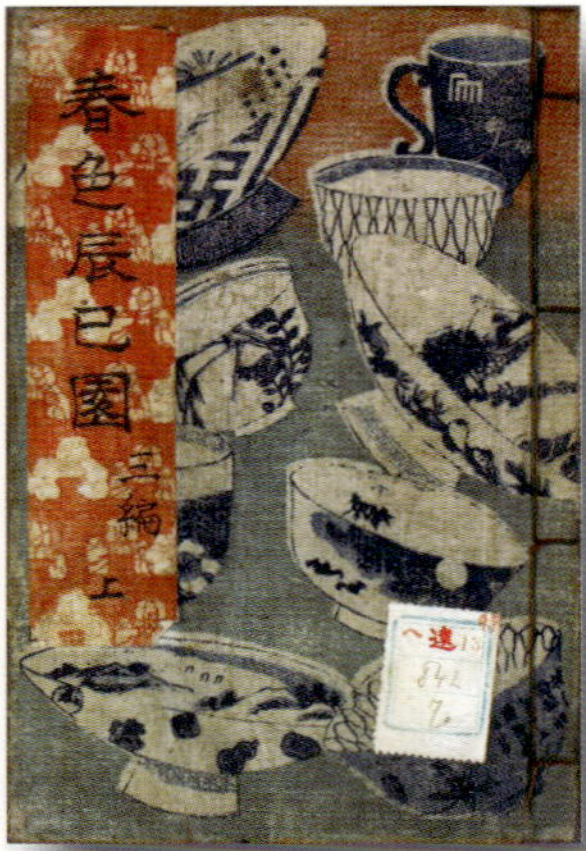

『春色辰巳園』各編表紙
デザインは狂歌刷り物に通じる
容器の吹き寄せ。
（早稲田大学付属図書館蔵）

# ▼目次

◎本書は8つのテーマから江戸の恋愛小説=人情本を読み解いていくが、別に5つの切り口となるコラムも用意してある。次ページの目次の下段に示した通りである。関心のあるテーマからぜひ本書を繙いて欲しい。

## Ⅶ 物語の面影、歌心の引用……209

### 人情本の文学的資源



## Ⅷ 恋のふるまいと女の願い……245

### 神話・美・道徳・教訓

# 恋愛小説の誕生

## ロマンス・消費・いき

# はじめに

## 江戸のハーレクインロマンス

江戸後期から明治にかけて、特に女性に大変人気を博した、〈人情本〉という恋愛小説のジャンルがある。その中心に位置する作家は為永春水であり、代表作は『春色梅児誉美《しゅんしょくうめごよみ》』『春色辰巳園《しゅんしょくたつみのその》』『春告鳥《はるつげどり》』などである。梅は、「春」すなわち「恋の幸せ」の到来を告げる花であり、「梅」の「暦」とは、今風に訳せば、「恋人たちの時間」といったところか。

このタイトルに象徴されるように、春水のこの時期の〈人情本〉の内容は、必ず恋を主題とし、結末はハッピー・エンド。主人公がいつ手を取り合い、いつ身を寄せ合うのか、そうした場面を待ちこがれるように描かれ、読者はヒロインと同様夢中になり、陶酔することも可能で、主人公の身に困難が生じて、それに涙しても、心正しく生きていれば、必ず幸せを手にすることができる、と思わせるような結末へと運ばれる。現代でこれに似たものを探せば、ハーレクインロマンスであろう。

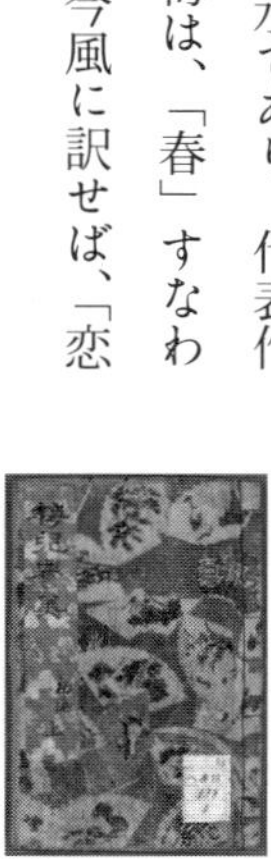

▶『春色梅児誉美』狂訓亭主人（為永春水）著、柳川重信画。早稲田大学付属図書館蔵。

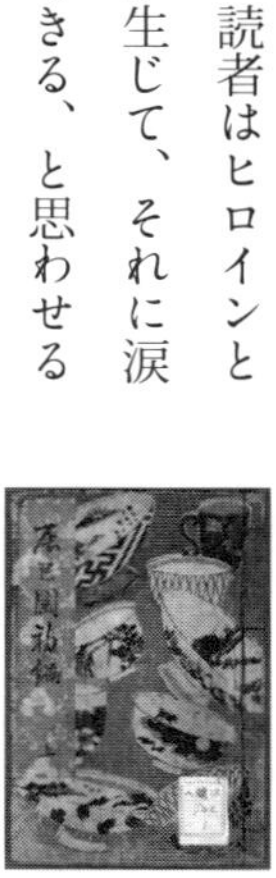

▶『春色辰巳園』狂訓亭主人（為永春水）著、歌川国直画。早稲田大学付属図書館蔵。

本書は、これらの作品をどうやったら面白く読めるのか、そして、これらの作品が現代の恋愛や大衆文化と比べたとき、ある面ではどう切り結び、ある面ではどう断絶して今日の問題の〈鏡〉となるのか、について考えてみた。

## 小説が娯楽に徹してはいけないのか?

恋愛も、恋愛小説も、古くて新しい問題である。遠く王朝文学の時代から変わらない、恋の駆け引きや、恋のロマンがある一方で、このジャンルは、日本文学史上、初めて不特定多数の女性読者を意識した、娯楽・大衆小説として登場した。その意味では、商品としての恋愛小説と読者をつなぐ、極めて現代的な問題系、たとえば恋物語を消費する女性の読書環境や、女性らしさの教育をする教化の機能、さらには、女性の消費を刺激する広告と文学との関係などを考える好材料としての一面があることも、見逃せない。戦後、人情本の研究を、それ以前の印象批評の段階から研究のレベルに引き上げた一人である神保五彌は、その著『為永春水の研究』の「あとがき」で次のように言う。

私は、一冊の「国文学史」が、近世の項については、草双紙から人情本、滑稽本についてまである程度の筆を費し、近代の項では、いわゆる大衆文学についてまったく記述していないのを疑問に思っています。（中略）春水のものを集めたのは、春水という作家が、つねに、読者の意を迎えることにつとめ、出版社の希望にしたがって執筆した、文字どおりの大衆作家であったこと、そのために、低いながらも作家としての理想はもちながらも、けっきょくは出版社に頤使《いし》されて生涯を終っていることが、現在のマスコミ流行作家との関係について、ある教訓を感じさせるからです。★［1］

春水が、はたして「作家としての理想をもち」つつ、「出版社に」頤《あご》で使われていたかどうかについては、今日意見の分かれるところだろうが★［2］、春水が商品としての大衆向け文学を制作した作者であるがゆえに、その作品の面白さを、近代的な文学観では評価できず、その後裔としての大衆文学を文学史から排除してきた流れは、今もって文学研究においてその状況に大きな変化はない。

## 変化してきた文学へのものさし

むしろ、大きく変化したのは、文学研究ではなく、生産の現場の環境である。「正

★［1］神保五彌『為永春水の研究』（白日社、一九六四年）三二九頁。

★［2］たとえば、前田愛「天保期における作者と書肆」（守随憲治編『近世国文学――研究と資料――』三省堂、一九六〇年十月所収。のち『近代読者の成立』有精堂、一九七三年、『前田愛著作集』第二巻、筑摩書房、一九八九年、『近代読者の成立』同時代ライブラリー、一九九三、および岩波現代文庫二〇〇一年に所収）は、春水が天保の改革後、簡単に方向転換して、教訓絵本や通俗教科書に手を染めていた事実を紹介して、戯作を生活の手段と割り切っていたその作家意識を論じている。

統」的な純文学の凋落と実質的大衆化は、今日誰の目にも明らかになる一方、大衆文学の系譜に連なる歴史時代小説・ミステリー・ホラー小説・通俗恋愛小説は、活況を呈しつづけ、携帯電話のメールのフォーマットを借りて小説化したケータイ小説や、コミックの小説化が流行する現象などは、落語・講談・演劇といった芸能を小説化したり、小説的内容を持った絵本と小説とが内容的に交流し相互補完していた、江戸後期の小説制作をめぐる状況と二重写しになる面がある。

　こうしたサブカルチャーの活況とそれへの注目は、海外からみた日本文化への関心にも反映されてきている。一昨年五月ハーバード大学を訪ねた折、生協の書籍売り場に立ち寄ってみると、日本関係書で、最も目立つところに平積みされていたのは、日本の近代化や経済活動の成功を分析するものでもなければ、日本のエキゾチックな美を研究・紹介するものでもなかった。それは、Roland Kelts の『ジャパナメリカ（日本のポップ・カルチャーはどのようにしてアメリカを席巻したのか）』*Japanamerica: How Japanese Pop Culture Has Invaded the U.S.*（二〇〇六年一一月）と、Adam L. Kern の、『浮世からのコミックス（江戸時代の黄表紙と漫画文化）』*Manga from the Floating World: Comicbook Culture and the Kibyoshi of Edo Japan*（二〇〇七年一月）の二書だったのである。

左がハーバード大学の生協に平積みされていた本。真ん中のものが、その日本語版。『ジャパナメリカ 日本発ポップカルチャー革命』（永田医訳、ランダムハウス講談社、二〇〇七刊）。

## 人情本を読むことの今日性

話題を人情本に戻せば、このジャンルが恋人たちのささやきを再現し、読者にある程度パターン化した恋物語の「消費」を提供して、大衆的読者層に好評を得た点で、その研究は、現代の文学状況と重なる視点からの関心に答えるものがあるはずである。小説が娯楽に徹し、多くの読者に読まれるとはどういうことか、小説の原点に立ち戻って考える契機をもたらす可能性がある、と言い換えることもできるだろう。

反面、〈江戸〉という特殊な文明下に育まれた、文化の一様態である人情本が、芸能の紙上化や既成の文学の転用などを通して、鮮やかに描いた〈いき〉な世界と、近代の〈恋愛〉との間には大きな断絶もあるのであって、その意味ではこの小説群に描かれる恋の作法の本質を解き明かすことは、今日若者に目立つ一方通行の恋愛行動と、そこに潜む病理へのアンチテーゼともなりうる。春水については、合作者・原稿提供者を動員したり、既成の小説に少し手を加えて出版したことがわかってきている★[3]が、商品としての小説を制作し、読者へのサービスにこれつとめた春水の意図を超えて、彼の人情本を読む意味は、今日の恋愛の状況を照らす〈鏡〉の機能を持つと考えられるのである。

★[3] 為永春水とその協力者の問題については、注[1]神保のほか、中村幸彦「為永春水の手法――立作者的立場

## 恋愛の演技・会話・ルールと女性の生き方――本書の構成

ひるがえって、近年の人情本の研究の主な関心は、書誌・出版・写本の板本化などの問題が中心であるように見受けられる。研究の基本でありながら、初版本の探査さえ難しい状況が続き、いったいどれだけの人情本がどれくらい版や刷りを重ねて、どういう本屋から、どういう様式で出たのか、春水がどういう先行作品を参考・転用・流用したのかも、まだまだ調査が必要な段階なのである。

その意味で本書の試みは、その流れと別のところにあるのだが、人情本を読む意味が、今日的な視点に照らしてどれだけあるのか、という興味から、その代表作について、以下のようなテーマにそって検討を加えてみた。それは、Ⅰ江戸と近代の恋愛観の相違、Ⅱ女性が恋物語を消費する意味、Ⅲ人情本の主人公にみる恋愛の演技の卓抜さ、Ⅳ会話に精彩をもたらす落語などの話法、Ⅴコミュニケーションの論理としての「いき」、Ⅵ小説を読む快楽としての「涙」の本質、Ⅶ平安朝の古典利用とスノビズム、Ⅷ芸能・礼儀・美容・服飾・宗教から見えてくる女性の品格や願望と人情本、以上八つの論点である。

――」（『中村幸彦著述集』第六巻、中央公論社、一九八二年）がある。また、写本作品の人情本化については、前田愛の先駆的な業績「江戸紫――人情本における素人作者の役割」（『国語と国文学』一九五八年六月。のち『前田愛著作集』第二巻、筑摩書房、一九八九年に所収。）があり、近年では鈴木圭一の「写本『古実今物語』・『当世操車』考」（『読本研究新集』第四集、翰林書房、二〇〇三年）などによって精力的にその事情が明かされつつある。

## バイアスの相対化——本書の方法

それぞれ人情本を考える際の重要な論点だが、本書においては、江戸の時代状況にそってそれらが考察されつつも、また一方で、現代人にとってその問題がどう関わってくるのか、という関心からも分析がなされている。従って、江戸時代の資料だけでなく、言語学・心理学・社会学の理論や近代作家の受容、さらには、欧米・現代の大衆文化の例なども思い切って参照し、分析に役立てた。そうした方法には戸惑う向きもあるかもしれないので、ここであらかじめ断っておこう。江戸人の世界に浸かりきって、江戸人から江戸についての教えを請うことは、当然必要な作業だが、本書は、江戸人になりきれない現代人の立場からも江戸を問い直すことで、江戸も現代も互いの特性が照らし出されてくる、という視点にも立っているのだ、と。

そして、何より本書を手にとった方々から、このジャンルへの興味を持って頂き、新たな読者を増やすことができたなら、それは研究の成果を認められるのと同じくらい、私には喜ばしいことである。また、江戸文学のなかでも決して評価が高くないこのジャンルについて、議論が少しでも盛んになれば、とも思う。人情本が持つ小説の原初的な面白さ、教訓性、通俗性、消費との関連、スノビズムの効用などの問題は、改めてきちんと考えられるべき時に来ていると思うし、このジャンルの魅力の解明には、文学をかなり限定して高級なものと考えてきた見方から、頭を一旦フリーにすることも大切ではないかと感じてもいる。

これまでこのジャンルに対して浴びせられてきた視線のバイアス——退廃的艶色、通俗的教訓との妥協、安易な筋立て、遊戯から真情へのシフトといった見方を、一度相対化してみることで、私がこのジャンルを手にとってから、ずっと抱き続けてきた意外な面白さに共感し、このジャンルにおける恋のかけひきのコミュニケーションが、いかに洗練されたものであったのか、小説に描かれる願望やそれを魅力的に呈示する技術に、今日と大きな違いがないことなどを実感していただけたら、本書の試みは無駄ではなかったことになる。

ようこそ、クールな、しかし人情味あふれる、恋のいとなみの世界へ。

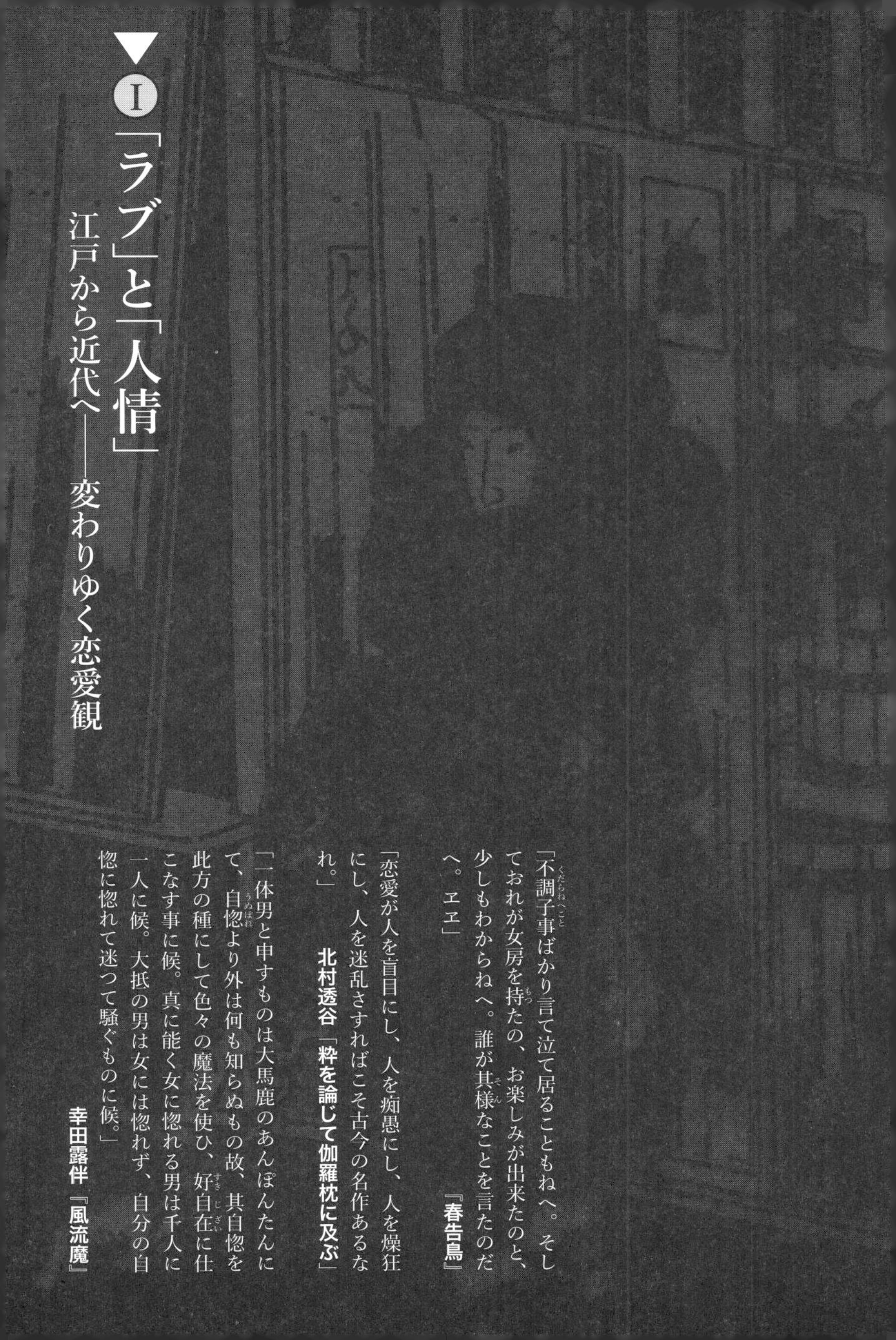

▼Ⅰ

# 「ラブ」と「人情」

## 江戸から近代へ——変わりゆく恋愛観

「不調子事《くだらねへこと》ばかり言て泣て居ることもねへ。そしておれが女房を持《もつ》たの、お楽しみが出来たのと、少しもわからねへ。誰が其様《そん》なことを言たのだへ。エヱ」

**『春告鳥』**

「恋愛が人を盲目にし、人を痴愚にし、人を燥狂にし、人を迷乱さすればこそ古今の名作あるなれ。」

**北村透谷「粋を論じて伽羅枕に及ぶ」**

「一体男と申すものは大馬鹿のあんぽんたんにて、自惚《うぬぼれ》より外は何も知らぬもの故、其自惚を此方の種にして色々の魔法を使ひ、好《すき》自在《じざい》に仕こなす事に候。真に能く女に惚れる男は千人に一人に候。大抵の男は女には惚れず、自分の自惚に惚れて迷つて騒ぐものに候。」

**幸田露伴『風流魔』**

introduction
江戸の恋愛小説＝人情本への切り口

## 1 商品としての小説を女性が読む意味

単に女性が読者であったというだけなら、『源氏物語』など平安朝の物語・日記も「女性向けの文学」ということになろう。しかし、一般の女性が、わずかな余暇に商品としての小説を娯楽として消費しはじめたジャンルといえば、十九世紀初頭に発生した「人情本」というジャンルを待たねばならない。つまり、このジャンルは、女性が小説を消費することが意味する原初的な問題を孕んで成立したのである。

商品としての小説にとって最大のインフラは、市場としての「読者」である。女性史の成果によれば、十九世紀になると、女性が補助的役割とはいえ、次第に仕事に参加し始め、識字率が上がったことが予想される。また、都市部では、歌舞伎の流行に象徴的なように、女性が娯楽へと向かう時間的・経済的余裕や、都市がもたらす享楽への参加が新たな潮流として生まれ始めていた。後述するように、一流の書肆ではなく、直接読者の嗜好を知る最前線である後発の書肆兼貸本屋であった為永春水は、この潮流をいちはやく読み取って、『春色梅児誉美』の成功により、「人情本」という新しいレーベルを確立するに至るのである。

ところで、女性が小説を読む原初的な意味とはどこにあるのか？そもそも女性向けの読み物（現代ならば、女性向け雑誌のエッセイから映画やテレビドラマを含めるべきだが）は、なぜ恋愛が主題になり、天下国家を論じるような物語が敬遠されがちとなるのか？戦争物や政治物とメロドラマには、なぜにかくも市場が性的に区別できるのか？

この問題に正面から答えようとすれば、莫大な量の小説の洗い出しと、これまでの研究成果の調査という気の遠くなるような作業が必要となろう。しかし、搦め手から考えるなら、最も女性に人気のあった小説を分析し、そのどの部分が、現代においても通じる本質的な問題であるのかを問うてみるという方法も想定できる。本書の目的の過半はそこにあるといってよいので、答えは本書全体にあることになるのだが、今はいくつか代表的なトピックを挙げて「導入」としておこう。

女性の経済的・政治的参加が見込めなかった時代が長く続き、「硬派」よりも「軟派」の話題が女性読者の関心を引いたのは言うまでもないことだ。では、恋物語は非日常的なロマンスだけが中心になるかといえばそうではない。恋の行方のサスペンスは、恋愛小説の常道だろう。問題は、恋愛場面の描き方、男女のキャラクターの立ち上げ方、恋の行方を左右し主人公を葛藤させる条件設定、それらをたくみに編集し読者を誘う語りの方法など、物語を編集していく作法が秀逸でなければ、春水が「人情本」というレーベルの確立に成功し、その後も長くその小説への好評が続くことはなかっただろう。

恋愛場面の会話は、天保期春水人情本の生命である。そこには高座に上がった春水の経験が生きている。春水の最大の後継者永井荷風がやはり落語を噺家から習っていた事実を想起すればいい。魅力的な主人公像は、色男と品の違う女たちの造形に負う。女に優し過ぎ、多くの女に「夢」とその後の苦労をもたらす罪作りな色男は、江戸という時代のセクシャリティを象徴する存在であり、取り巻く女たちは、一般の女性に比べ、主体的で聡明でありかつ情に厚いが、それぞれに苦労し、人生に健気である分「涙」する。

男女の心の持ち様、コミュニケーションの妙は、その言語はもちろん、髪型・扮装・しぐさにまで現れ、「いき」という美意識の生きた教科書となる。

春水の最大の後継者、永井荷風（1879〈明治12〉～1959〈昭和34〉）。

そして、ここに描かれる「女らしさ」の内実こそが、ヒロインたちを苦労の末に最後は幸福な結末へと導くこととなる。たとえその大筋や、時に作者が顔をのぞかせて語りだす「教訓」は、予定調和的であったとしても、小説を読む甘美な喜びをもたらさずにはおかない。

細部は本章に詳述されているが、春水人情本、わけてもその代表作の「梅暦シリーズ」や「春告鳥シリーズ」には、女性向け娯楽物語の王道が確立されていたのである。なお、これらの作品が近代においては男性作家にも好んで読まれるが。その問題は後述することにしよう。

# Ⅰ 「ラブ」と「人情」

## 1 純愛という「病」

### 心の一致は可能か

いったい何時から人は「純愛」という言葉に憧れるようになったのだろう。思いが完全に一致したり、自分の心を完璧に受け入れてくれる恋人の存在を皆が信じるようになったのは、いったい何時からなのか。冷静に考えてみれば、心の一致など「奇跡」に近い。違う人間が、完全に同じ心を共有できるというのは、相当難しいはずで、たいていは、そう信じる／錯覚しているだけなのかも知れない。だから、「心中」などという行為が、「純愛」を「永遠」にとどめるものとして、小説や演劇の題材になったりもするのはよくわかる。「純愛」は、完全な心の一致を疑う理性的な世界からジャンプする「信頼」の極限的な形なのだとすれば、それはきわめて宗教に近くなってくるし、だからこそ「死」が「愛」の純度を増す契機ともなるのである。

## 「純愛」によって見えなくなるもの

実際、「心中」という言葉は、心の中という意味に留まらず、心が一致していることを意味し、江戸時代においては、男女の縁は生まれ変わってもあの世で継続する、という仏教の言説に保障されながら、その行為が行われていた面がある★[1]。

来世の意識が薄くなっている現代でも、「世界の中心で愛を叫」んだりする物語は、死によって引き裂かれる(試される)愛をテーマとしているし、亡くなった妻の物語は、「いま、会いにゆきます」とあの世からやってきて、人々の涙を絞っている。

しかし、現実の恋愛はおおむねそのようなものではない。一方が熱を上げていても、片方は冷静な心のまま事が進むことの方が、日常的で健全なのかもしれない。もちろん、その役割が交替することによって、恋の感情のキャッチボールは

★[1] 諏訪春雄『心中――その詩と真実』(毎日新聞社、一九七七年)。

行われることになるわけだが、この役割が固定化されてしまうとお互い不幸である。その行き着いた姿は、ストーカーであったり、仮想現実を現実に持ち込む人々の病理として我々の前に立ち現れている。

## 2　クールな江戸の恋人たち

### 純愛の対極にあるもの

江戸の恋人たちの多くは、もっと「クール」である。最初から心の完全な一致など頭にない人物が大活躍する。彼らは精神的「純愛」の存在すら知らなかったし、「愛」などという曖昧模糊とした、「不確か」な観念で人間関係を構築することなど思いもよらなかったらしい。実例を挙げよう。『春色梅児誉美』とともに、為永春水の人情本の代表作である『春告鳥』の一節である。彼の人情本、特に天保期の作品は幕末から明治にかけて、すなわち、ほぼ十九世紀を通して大変好評を博した恋愛小説だった。

鳥「不調子事《くだらねへこと》ばかり言て泣て居ることもねへ。そしておれが女房を持《もつ》たの、お楽しみが出来たのと、少しもわからねへ。誰が其様《そん》なことを言たのだへ。ヱヱ　うす「誰が言てもよふざますは。たとへぬしが情人《いろ》が出来さしッたとッて、おかみさんをもたしッたッて、私が及びもねへことをやかましく申イすといふわけは有ませんから、それはどふでも宜《よふ》ざますが、どふぞ一年に一度《いつぺん》でも、相かはらずぬしに逢たいとばッかり心の願ひざますから、どふぞ願ひの叶《かな》ふやうにしてくれさつしやればいゝ。お祖師さんや、金比羅《こんぴら》さんや、左様《さう》して穴の稲荷《いなり》さんも、何だか憎くなりましたは。じれッてへ　（トいへば、鳥雅はわらひながらまくらをよせ）　鳥「おゐらもじれつてへ　うす「ア、アレサ　★[2]

「鳥」とは男主人公鳥雅、「うす」とはそれを彩る女たちの一人、吉原の花魁《おいらん》薄雲。彼女は、既に鳥雅の優柔不断＝不実を嗅ぎ取り、泣いている。しかし、鳥雅は、あわてたり、言い訳をしたり、ましてや謝罪したりもしない。とぼけながら、「誰が其様《そん》なこと言たのだへ。」と情報のルートをさりげなく探っている。薄雲も、これに正面から答えず、鳥雅を自分の愛情で縛る立場ではないと己れの「分」を自己規定しながら、「一年に一度でも、相かはらずぬしに逢たいとばッかり心の

★[2]『新編日本古典文学全集　洒落本・滑稽本・人情本』（小学館、二〇〇〇年）、四三一頁。以下『春告鳥』からの引用は、すべて本書によった。ただし、字体は適宜通行のものに改めた。

『春告鳥』二編第七章挿絵（三原市立図書館蔵）。鳥雅と薄雲の床での対話。本文に対応して枕紙が中心に据えられ、恋心の火を象徴する煙管をいじくりあう二人の姿態に、情のもつれを示唆し、濡れ場への期待を読者に誘う。

願ひ」と、自己犠牲の上の願望を巧みに吐露し、鳥雅は「わらひながら」「おゐらもじれつてへ」と応じて一儀に至る。

## 笑いながら読む濡れ場

この駆け引きは、演技一辺倒の遊戯ではない。薄雲は泣いていたのだし、後に自分の好物を絶ったり、時間と体力を犠牲にして神仏に祈ったりするのだが、それは真情の証でもある。作者春水も「涙にぬれし枕の紙を不便と気のつく鳥雅の才智」と、薄雲の涙は今に始まったことでないのを洞察・了解しての鳥雅の行動だ、ともしているのである。

しかしまた、この場面を真情だけで理解しては、この作品を誤解することにもなる。鳥雅は無論、薄雲にもかけひきや媚態の演技はあるわけで、「誰が言てもよふざますは」「おゐらもじれつてへ」という同語反復は、詳しくはⅣ章で論じるが、講釈の経験もあり、桜川一派のような噺家の側面を持つ幇間とも親しい春水が、落語の話法に学んだものと想像させるような、読者を笑いに誘わずにはおかない台詞である。実際、鳥雅に至っては笑いながら事に臨んでいるのである。

## 「いき」の魅力を殺すもの

このような作品を正面から「不潔だ」「不道徳だ」などと非難してしまっては、江戸人にとっては「野暮」というものである。これでは薄雲はいっこうに救われないではないか、と怒りを振り向けるのもお門違いである、と彼らは笑うかも知れない。人情本の男主人公の不実／優柔不断は、今日ではもちろん、当時にあっても倫理的に非難の対象にはなる。その非難は正しいが、そのことでこの作品全てを頭から裁断してしまったら、男女の営みを、「真情」と「演技」のバランスをとりながら、「笑い」にくるんで「いき」に演出する文化への視線は消し飛んでゆくであろう。とぼけ、笑っている鳥雅は無論、泣いている薄雲も演技しており、彼女の巧みな真情の表現が、鳥雅に乗り移って二人は結ばれるのである。感情のキャッチボールは成功していると見るべきであろう。

「演技」「バランス」「笑い」「いき」といった言葉は、人情本というジャンルの魅力を代表する面であり、これらの言葉をつなぐものとしては、「余裕」「クール」「客観視」といった言葉が浮かんでくる。「愛」の純潔によって、人間は恋愛の問題でも、身体からある程度脱し、確かに「清潔」にはなったのだが、身体が持っていた「クール」なコミュニケーションの文化を一方では失っていったのである。

## 3　ラブの牢獄からの逃走者

### ラブの餓鬼道《がきどう》

プラトニック・ラブ、即ち、身体を離れた「純粋」な「恋愛」という観念を、明治の日本に本格的に持ち込んだ人物の一人として、北村透谷《きたむらとうこく》の名を挙げることに誰しも異論はあるまい。その透谷が、実際どのような恋愛をしていたかは、彼が「女学雑誌」で恋愛論を盛んにぶつようになる以前の明治二十年（一八八七）、石坂美那嬢との恋愛事件について書き残した「一生中最も惨憺たる一週間」という、いささか大げさなタイトルの手記にうかがい知ることができる。本文の後には意訳を挙げておいた。

余は是れを記憶せんが為めに時と紙筆とを費やす者なり。

嗚呼人間精神の脆弱なる一に此に至るや、ラブの権勢の旺熾なる将た又た此に至らんとは。（中略）余は既にラブす可きの婦人なしと信じて、全く心を此道に絶ちたりし、計らざりきや、僅々一ヶ月許の時間内に於いて余は此最も恐

るべきラブの餓鬼道に陥らんとは。★［3］

(私はこの事件を心に刻んでおくために、わざわざここに書き記すことにした。ああ、なんと人間の理性とは脆く、ラブの力はこれほどまでに熾烈に燃え上がってしまうものなのか。（中略）私はもう「ラブする女性などいない」と信じ切って、この道と絶縁していたのだ。それがたったこの一ヶ月ほどで、恐るべきラブの餓鬼道ともいうべき地獄の底にはまり込んでしまうとはなあ。）

ここで言う「ラブ」とは、後に透谷が「厭世詩家と女性」（明治二五年二月）で「春心《しゅんしん》（＝愛欲）の勃発すると同時に恋愛を生ずる」と捉える当時一般の傾向を非難して、「想世界」の「牙城」、「人世の秘鑰《ひやく》（秘密を明らかにする鍵）」とまで持ち上げた「純粋」な「恋愛」と同義ではない。むしろ、ここでの「ラブ」は「春心の勃発すると同時に恋愛を生ずる」意味をも含んだものと言ってよい★［4］。透谷によれば、以前か

北村透谷（1868 ～ 1894）

★［3］『明治文学全集二九 北村透谷集』（筑摩書房、一九七六年）。他の透谷の文章からの引用も同じ。ルビ・仮名遣い・句読点は適宜改変した。

★［4］ただし、透谷は明治二十年九月四日付の書簡で、自分との結婚を目前にした石坂美那嬢に対して、「情欲以外に立」つ「ラブ」に言及している。

ら知っていた石坂美那嬢と親密な交際に至り、特に「一度び会し一語を交る毎にラブの堅城に」幽閉されたのは、この一週間のことと言う。

## 相思相愛を断つ「良心」

そんなやるせない状況に陥っていた八月十九日夜、透谷は竜岡町の彼女の家を訪ねたが、彼女はちょうど教会に出かけるところで、彼女の部屋でその帰りを待つことになる。九時になっても帰ってこない彼女を待つうち、透谷は一分ごとに彼女の顔を脳裏に思い浮かべ、ドアの外の足音にドキドキしながら、「嬢は何ぞ余をして斯《か》かる徒然の思ひを成さしめん（なぜあの人は私にこんなじれったい思いをさせるんだろう）」と、じりじりした思いで待っていたことを述懐している。

そこへ、石坂美那嬢が帰宅、歓談するうち彼女は話題を「ラブ」の問題に振り向けるが、「我慢心（＝理性）」のある透谷は、一言も自分の「ラブ」について彼女の前で語ることはなかったと自慢している。そんな透谷の葛藤を知ってか知らずか、彼女は新聞の「欧州情譜」を透谷に向かって朗読し始める。ここでついに透谷も、彼女のふるまいが自分に「ラブする」のを示唆しているのに気付くに至る。その声の美しさにうっとりしつつも、なぜか透谷の「良心」は、「互いの情意」

を絶つように働く。相思相愛が明白となった状態にあってなお、透谷を思いとどまらせる「良心」の正体とは何であったのか？

何となれば嬢は栄誉ある一婦人なり、余は敗余の一兵卒のみ、余の為に嬢を苦しめん事は余の敢てせざる所なればなり。
(なぜならあの人は栄誉ある女性で、私は戦いに敗れた一兵卒に過ぎない。そんな私のためにあの人を苦しめるなんて、とてもできないことだ。)

## 4　精神世界の勝利という倒錯

### 理性の勝利か、観念の奴隷か

こうした透谷の自己卑下から透けて見えるヒロイズム、言いかえればナルシシズムは、この手記に頻出する。自らは「凡夫の一疾病者」であり、一大決心をして成し遂げようとする困難な「事業」のためには、「一身の名誉幸福」を投げ打つ覚悟であり、その事業の不成功のリスクは大きく、「漂零《ひょうれい》して首《こうべ》を青山《せいざん》に暴《さ》らす可《べ》し」（落ちぶれさまよってさらし首になる）とまで言い切って、悲劇のヒーロー像に自ら酔っている。対する嬢は、透谷から見れば「真神の庭に生長する葡萄の美果」であり、彼女を巻き込むわけにはいかない以上、その「ラブ」を断念させるより他なしと考える。

しかし恋の葛藤は激しく、その夜三時まで話し込んだ末、他室に行く嬢と「グードナイトとな」った後、寝ながら一旦は別れを決心するものの、また翌朝には「ラブヒイング・フリエンド」との対話の楽しさに午後四時まで時を過ごしてしまう。結局のところ、透谷の決断は、手記における彼の「良心」「我慢心」の強調とは裏腹に、受動的な要因で発動されることとなる。行動の決断がつかないまま「暗く暮」らしていた透谷に、嬢の母が、結婚の「難題」を持ちかけるに至って、さすがの嬢も日本の古い因習に支配される存在に過ぎないことを知り、「良心を喚起して断行の決心」をつけることとなる。「凡悩《ぼんのう》」のなくなった透谷は、次のように締めくくっている。

余は又た是より真神の功徳を感じ出せり、是より真神の忠義なる臣下たらん事をも決意せり。

（この時から私はまことの神様の功徳を感じて、神の忠実なしもべとなることを決心したのだ。）

### 現実を裁く観念

こうして透谷は「春心の勃発」と「恋愛」を峻別し、観念としてこれを純化していく。透谷の「良心」「我慢心」を導いたものは、「真神の功徳」であり、あやうく「春心」にからめとられそうになった透谷を救済し、信仰の庭にすくすくと育った嬢への精神的純潔な愛、すなわち真の「ラブ」を体得する機会をもたらしたものも、神への信仰であったことになる。透谷を認め、主宰する「女学雑誌」に彼の活躍の場を提供した巌本善治は、「（恋愛の）不潔の連感に富める日本通俗の文字を、甚だ潔く」考え、「深く魂（ソウル）より愛する」ものとしたが★[5]、両者の「恋愛」のとらえ方に基本的な違いはない。

私は、透谷の実際の恋愛が、「良心」の命ずるところといいながら、目前の愛から逃げる言い訳にしかなっていないことを、いちいちあげつらうつもりはない。逆に、透谷が結局は石坂美那嬢と結婚することになった、という現実の恋愛の行方にも関心はない。透谷のように「愛」を観念的に理想化すればするほど、現実

★[5]「女学雑誌」明治二三年十月。

の「愛」は成就しにくく、それはかえって偽善に陥る危険を常に孕んでいることも注意しておく必要はある。

透谷があまりに「恋愛」を純化したせいか、たちまち結婚生活には失望、自分の経済的無能を棚にあげ、妻の嫉妬や困窮生活の恨み言を批判するに至ることは、人も知るところだが、これが上野千鶴子の言うように「女性への責任転嫁と甘え」であることも自明である★[6]。ただ、ここでは、伝統的に「不潔」の語感を伴う、恋愛に関する用語を「浄化」するためには、現実にある意味より現実を裁く規範★[7]となってしまうほどの、理想化・観念化が一旦は必要であったことや、透谷という個性を割り引いても、そうして獲得される「清潔」な「恋愛」は、「余裕」「クール」「演技」を失ってしまう可能性を孕んでいたことを確認しておきたくて、長い引用をした。

## 急速な近代化の負の側面

透谷に典型的なように、神に完全に服従するような「強烈な精神的革命」とも評すべき体験こそが、身体を抑圧して、「純潔」「高尚」な精神の主体となる契機をもたらした★[8]。理想に憧れる純潔な自己と、肉欲に翻弄される自己との矛

★[6]「恋愛の誕生と挫折」(「文学」第五巻第二号、一九九四年四月)

★[7] 柳父章『翻訳語成立事情』(岩波新書、一九八二年)「5 恋愛」。ただし、小谷野敦が指摘するように、「恋愛は西欧で生まれて明治期に日本に輸入された」というテーゼのみでは、日本の古典にも「ある程度」は「「恋愛」に相当する現象」が存在していたことを見落としてしまう(「明治二十年代「恋愛」論の種々相――布川孫市『相思相愛之現象』その他――」「文学」第六巻第六号、二〇〇五年十一月)。本章は、あくまで江戸の恋愛小説の大きな流れを

盾に悩んでいる者に、その両方ともが自己なのだ、と受け入れるような多様性の容認よりも、身体を抑圧して精神世界の勝利者となるためには、強固な唯一の価値への信仰／服従が、日本のような急速すぎる近代化を遂げた国には必要な面があったに違いない。

こうしたラブの問題を和歌の近代化にあてはめて考えれば、天皇・貴族が恋歌を詠む伝統が、明治になって抑圧され、軍人の頂点にある天皇が恋歌を歌わなくなる現象★[9]や、死に至る病をおして日清戦争に従軍した正岡子規が、『古今和歌集』に代表される古典和歌を、「優美」だが「意気地の無い女」に例えて批判攻撃した現象★[10]も、別の視点から解明が可能であろう。

## 愛による「救済」と「文明化」

一方で、透谷ほど矯激な、ある意味滑稽な葛藤を解決するためではなくても、精神に特化された「ラブ」は、多くの人にその「功徳」＝「救済」をもたらす。恋愛は現実には、身体を通した心身の交歓が行われるのが一般的である。しかし、身体は、個々人によって差異があり、必ずしも皆が恋愛の果実を享受できるとは限らない。そこに精神に特化した観念としての「愛」「恋愛」が登場すると、身

なす花柳小説が、透谷以来厳しい視線にさらされて来た意味について問うもので、前近代の日本の恋愛文化の本質を性的放縦と見なす立場に立つものではない。

★［8］柄谷行人『日本近代文学の起源』（講談社、一九八〇年）「III 告白という制度」（初出、同題「季刊藝術」一九七九年冬号。本書は、その後、一九八八年講談社文庫に、二〇〇四年、増補改訂版が岩波書店『定本柄谷行人集』第一巻に、それぞれ収められている。）

★［9］皇后との間に子がなく、女官ら側室から子女をもうけた明治天皇の御製で「恋」の部に掲げられているのは、一八七八年以前の七首に過ぎない。八九三六首と最多の歌数を誇る『新輯明治天皇御集』（一九六四年、明治神宮）の後記で、入江相政は、編纂委員の佐々木信綱が、恋の歌を省くべきだと主張して譲らず、「然るべきの」七首に落

体の差異を超えた、「平等」な「愛」の地平が現出する。身体の恋愛の舞台には上れなかった者たちも、「愛」によって救われるのである。プラトニック・ラブの語源たるプラトンが同性愛称揚者であり、身体の恋愛における言語技術に長けた詩人批判をしたというのは、ある意味暗示的なのである。

　さらに注目すべき問題がある。明治三年（一八七〇）の「新律綱領」で実質的な蓄妻制の公定化が明治十九年まで続き、その後も実態として残ることに対して、これを欧米の文明の視線から「不潔」「非文明的」とする、キリスト教系の東京婦人矯風会《きょうふうかい》の一夫一婦の建白・誓願運動が、明治二十年代盛んになるのと、透谷らの「恋愛」の言説が軌を一にしていることも忘れるべきではない。法制度が変わってからも、この運動が盛んであったのは、問題の焦点が法律よりも性道徳にあったことを意味する。運動は一夫一婦制の獲得から廃娼へと向うのである★[11]。

ち着いたと伝える。

★[10]『歌よみに与ふる書』（『現代日本文学大系10　正岡子規・伊藤左千夫・長塚節集』筑摩書房、一九七一年　図版は岩波文庫）。なお、子規の日清戦争従軍については、野口武彦「子規のナショナリズム　短歌と日清戦争」（『近代日本の詩と史実』中公叢書、二〇〇二年）がある。

★[11] 加藤秀一『〈恋愛結婚〉は何をもたらしたか―性道徳と優生思想の百年間』（ちくま新書、二〇〇四年）。

## 5　純愛からの視線

### 恋愛の演技への抑圧

一方、現実の日本文学は長く「春心《しゆんしん》」を主題とした、透谷の側からすれば、「不潔」なものであった。本書で取り上げる江戸後期の恋愛小説、人情本などその極にあると言ってよい。透谷も言う。「好色は人類の最下等の獣性を縦《ほしいまま》にしたるもの、恋愛は人類の霊生の美妙を発暢《はつよう》すべき者なる事を」（「伽羅枕及び新葉末集」明治二五年三月）と。そこまで「恋愛」を身体から切り離して称揚する以上、その行為が「演技」であってはならない。先の『春告鳥』の例に見たように、「演技」には「余裕」「遊び」が必要だからである。従って、透谷は、西洋から輸入した「恋愛」と江戸以来の恋の美意識「いき」を比較して、以下のようにも論じる。

恋愛が人を盲目にし、人を痴愚にし、人を燥狂にし、人を迷乱さすればこそ古今の名作あるなれ（中略）。然るに彼の粋なる者は幾分か是の理に背きて白昼の如くなるを旨とするに似たり、恋愛に溺れ惑ふ者を見て粋は之を笑ふ、総じて迷はざるを以て粋の本旨となすが如し。粋は智に近し。即ち迷道に智を用ゆる者……（「粋を論じて伽羅枕に及ぶ」）

このように、透谷は、旧来の「いき」のクールさを「智」と総括してこれを、自然の「理」に背くものとしたのである。ここまで読んできたなかで、人情本の言う演技の恋愛など恋愛ではない、と感じている読者がいたら、それは他ならぬ透谷の末裔ということになる。

## 江戸文学研究の近代的視線

こうした恋愛に対する視線は、意外に根強いものである。というのも、他ならぬ江戸文学の研究が、恋の遊戯・駆け引きを描いた浮世草子や洒落本の中で、井原西鶴『好色五人女』の以下のような一節を激賞してきたからである。

（お七が）吉三郎（の）寝姿《ねすがた》に寄添《よりそ》ひて、何とも言葉なく、しどけなくもたれかかれば、吉三郎夢覚めて、なほ身をふるはし、小夜着《こよぎ》の袂《たもと》を引きかぶりしを引退《ひきの》け、「髪に用捨《ようしや》もなき事や」といへば、吉三郎せつなく、「わたくしは十六になります」といへば、お七、「わたくしも十六になります」といへば、吉三郎重ねて、「長老様《ちやうらう》がこはや」といふ。「おれも長老さまはこはし」といふ。何とも、この恋はじめもどかし。（巻四ノ二）★[12]

このあとお七は雷の音に驚いて吉三郎にしがみつき、吉三郎は冷え切ったお七と身を寄せあい、結ばれる。この場面を、「少年少女の恋の、情欲に身をまかせることが可憐でありうる一瞬を愛情をこめて描き出して、近世小説史上最良の描写」と賛嘆したのは日野龍夫である★[13]。その評価が、不器用で演技がうまくできない二人を「可憐」と見るロマンチックな物差しに基づいていることは論を待たない。近年では、篠原進が、作中の徴証からお七は実は十七歳と読め、嘘をついていることや、吉三郎は既に男色を知っていた可能性を指摘しながら、そうした二人の純粋さについての傷を目立たなくさせるほど、かみ合わないコミュニケーションを「いへば」の繰り返しで表現し、最後の「も」の反復を契機に二人が融和することを描く西鶴のこの筆力は、「恋はじめ」（初恋）に付きものの、ぎこちなさと「もどかし」さの活写に成功している、と評価する★[14]。

西鶴の反復の妙筆は篠原論文の鋭い分析の通りなのだが、一方で二人の会話の

★[12]『新編日本古典文学全集 井原西鶴集①』（小学館、一九九六年）、東明雅校注、三四九～三五〇頁。

★[13]「世間咄の世界」（益田勝美・松田修編『日本の説話・近世』東京美術、一九七五年所収。のち『江戸人とユートピア』朝日選書、一九七七年、および同岩波現代文庫、二〇〇四年に所収。）

描写に笑いの要素があることは、この場面を論じた他の文章でもあまり言われることがない★15。西鶴が顔を出す「何とも、この恋はじめもどかし。」との言辞は、明らかに読者を笑いに誘う機能を担ったものである。西鶴の『好色五人女』以前の作品に慣れ親しんできた読者ならお馴染みの、廓やそれに類する世界なら、これとは全く違って、スムーズで駆け引きとウイットに満ちた会話がなされるはずなのだが、というパロディの妙も、ここから読み取れなくはない。

筆者は、両論文の評価に反対しようと言うのではない。このような、江戸文学には珍しい、いじらしい恋愛を描く場面でも、西鶴の筆には遊びと余裕があることを、この際強調しておきたいのである。そして、西鶴のこの場面を、江戸（恋愛）小説における最良の描写と見る視点からすれば、恋愛の演技に満ちた浮世草子や洒落本のような、遊里を舞台としたジャンルはもちろん、真情（＝もののあはれ）を描いたとされる人情本に対しても、「自分の描き出す恋愛が貞操節義の道徳と両立することを」「弁明し、道徳への迎合」を行う春水の「もののあはれ」とは、所詮「人間関係を円滑に保つための心づかいの域にとどまってい」た★16とか、「西鶴にあった危うさや微妙な心の動き」が減った★17とかいった、低い評価がなされることとなるのである。

★14「恋―この不思議なもの」（揖斐高・鈴木健一編『日本の古典―江戸文学編』財団法人放送大学教育振興会、二〇〇六年）。なお、「恋はじめ」の語については、「初めて情交」の意。

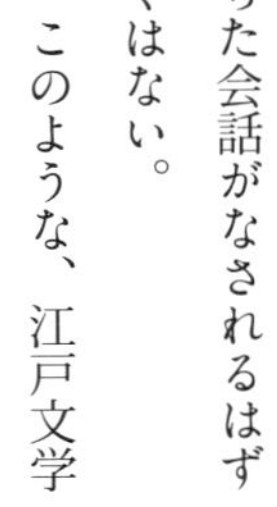


★15 もちろん、谷脇理史のように一貫して西鶴の小説の本質を「喜劇的・笑劇的な部分を楽しむ」点にあるとする立場もある（『新版好色五人女』解説、角川ソフィア文庫、二〇一〇年）。

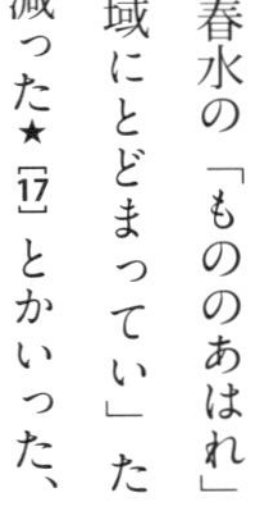

## 江戸の恋愛小説の再評価へ向けて

こうした議論の背後には、恋のロマン（秘密、夢）を、現実の世間知にまみれたそれから純化しているか否かに、恋愛小説の評価を置く視線がほのみえる。そうした文学を評価するレンズも、文学の魅力を生み出す大切なものであることは十分認めたうえで、それとは別のレンズをかけてみると、通俗的、微温的、予定調和的と評されてきた大半の江戸の恋愛小説の、隠れた魅力を見出せるのではないか、というのが筆者の立場なのである。

従って、人情本の作品分析には、「心づかい」のような世間知を対象として分析し、学問的言説とした心理学や社会学の成果を反映させることが筆者のとる戦略である（Ⅲ章参照）。特別な人生、道徳に封じ込められない真情を描く文学もあっていいし、他方で、日常の人生、現実の道徳と折り合い、自分のものにしていく文学もあっていいはずだからである★[18]。人情本、わけても春水の天保期のものに「心中」がほとんど描かれないのも、象徴的である★[19]。

近年の江戸文学研究は、教訓の文学への見直し・再評価が言われるようになった。戦後五十年の江戸文学研究が、教訓・倫理を、文学性を損なうものと見る傾向への反省からの提言である。教訓・倫理を論じたからと言って、戦前にあった

★[16] 日野龍夫「宣長における文学と神道」（新潮日本古典集成『本居宣長集』新潮社、一九八三年、のち『宣長と秋成』筑摩書房、一九八四年、および『日野龍夫著作集』第二巻、ぺりかん社、二〇〇五年に所収。）

★[17] 注[14]。

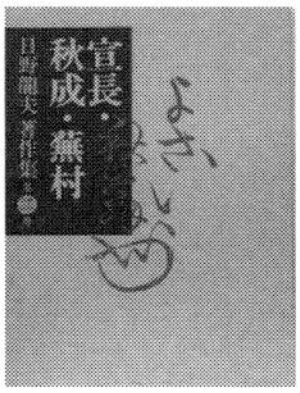


★[18] 最近、鈴木健一「江戸時代の文学が描いた恋愛——日常性と狂気性——」（「文

ような文学の政治的利用を目論もうというのではさらさらない。人間社会の規範の問題や、当時の各階級における世間知もまた、人間社会を構成する重要な柱である以上、これを無視した江戸文化、文学の研究がありえないことは当然であり、これが解明されることで、はじめて全円的な江戸文学の全体像が見えてくるという中村幸彦の言葉★[20]を今は思い出すべきだろう。

## 6 演技・教訓への再評価

### 演技の身体性への再評価

筆者が以下の章で述べる予定の人情本についての関心のなかで、今論じている問題とかかわる点を、前もってここで整理しておこう。

筆者は本書に収めるⅢ章で、心理学の恋愛過程に関する知見や社会学の演技論を使いながら、天保期の人情本が、既成の恋愛小説ジャンルである洒落本の反転として始発したという、新たなジャンル論を展開している。方法の上でも隣接分野の成果を取り入れた実験的な試みだが、この議論の先にあるのは単なる文学

学」八巻五号、二〇〇七年十月）が、江戸文学における恋愛が「日常性」「狂気性」に大きく分けられることを、本書第Ⅱ章に収録した拙稿を引用しながら指摘している。

★［19］人情本に心中が描かれないのは、もちろん心中そのものとそれを扱った演劇等への禁令があったことが直接の原因だが、人情本の主人公たちはうまくいかない恋に心中を思いついても、結局そこに至らない（本書第Ⅵ章参照）。

★［20］「近世圏外文学談」（『中村幸彦著述集』第十三巻、中央公論社、一九八四年）。

ジャンル生成の問題にとどまらない。恋人を演じることは、日常的儀礼の場面においても要求される。自己の熱情だけに振り回されていては、コミュニケーションの不全を生み出す。ましてや、仮構の恋を営みとする遊里では演技はいっそう必要となる。人情本の男主人公の冷静な演技につつまれた恋の情熱は、冒頭に紹介したように現代の、身体の多様性を無意識に抑圧するシステムを浮かび上がらせる鏡となるという可能性を筆者は感じている。もちろん、商業作家の春水にそんな大それた目論見があったはずもないのだが。

## 「いき」の美学の読み替え

さらにV章では、人情本にみえる「いき」を、「諦め」により生まれる「演技」の観点から整理することから始めて、この大衆小説の持つ予定調和への再評価を試みた。人情本と密接不可分な「いき」の美学に誰もが感じる「クール」な気分は、この「諦め」に由来するのではないか。そして、当初は色男丹次郎が巧みに演じる側であったのが、恋の鞘当を経るうちに、相手の女性、特に米八が大人になっていき、演技を学んで、ついには丹次郎を動かし、ライバル仇吉をも制していく。丹次郎のような演技のレベルの高い男と、長い間関係を持とうとすれば、相手もそれ相当の心得が必要となっていくわけである。その究極の姿を、『春色辰巳園』の米八に見出した。

ここで析出された「いき」はたとえ世間知であり、甘口でご都合主義の教訓の範囲内のものであったとしても、このジャンルを支える一つの重要な柱でもあったことを忘れるわけにはいかない。人情本が大衆小説である以上、世間的常識を元にした倫理による人間関係と結末は、読者にとって必要な娯楽だった。そして、人情本の「いき」を論じる場合は、美学としての「いき」よりも、もともと完璧な心の一致などありえないとする「諦め」から、六割自己の感情を伝えられればよしとする戦略も生まれ、演技としての「媚態」と、寛容・大気な「意気地」といった実際の方法も生まれてくるというコミュニケーション論の方向からの理解の方が、適していると思われる。

## ロマン・写実・美学からの人情本評価

人情本に対して、これまでこのような観点からのアプローチは殆どなかった。人情本への関心は、もっぱらその艶冶なラブシーンと、恋人同士の会話の描写に向けられてきたと言って過言ではない。

正岡子規・森鷗外・徳富蘆花らは、人情本のラブシーンの凄艶さに引かれたことを率直に書き残している★［21］。これは、透谷らキリスト者らが批判した部分に心惹かれていたわけで、ベクトルは逆だが、両者ともある意味同じ地平にあるといってよい。二葉亭四迷は、人情本を相当読み込んで、反人情本的で、不器用な恋愛を描いたり（Ⅲ章参照）、ツルゲーネフの翻訳に、人情本の会話体を利用している★［22］。坪内逍遙が、「人情」の描写の冴えに、読本より上位の評価を下したことはあまりに有名である。四迷や逍遙の場合は、リアルな内面の描写に光を当てていたわけである。ところが、いずれも人情本の恋のコミュニケーションの卓抜さや、それを支える演技性、さらには世間知の範囲に留まるとはいえ、一種の倫理と言っていい「いき」の精神に注目する作家は殆ど皆無と言ってよかった。

大正になって、ようやく九鬼周造が、「いき」の美学を「媚態」「意気地」「諦め」の三点から整理したことは画期的だったが、「意気地」の背景に武士道、「諦め」の背景に仏教を置いて、日本の伝統美学を説くのはよしとしても、人情本の通俗的な面の評価には相変わらず光が当てられなかった。江戸文学を学問領域化する文学史では、「人情」の描写の冴えに対し一定の評価はしつつも、近代の眼から

★［21］『新日本古典文学大系明治編27　正岡子規集』（岩波書店、二〇〇三年）五九頁。

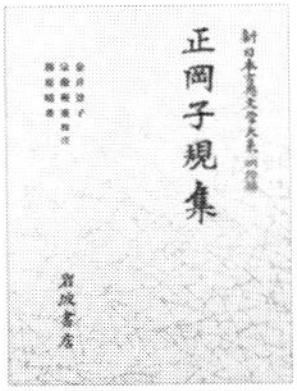


『鷗外全集』第十八巻（岩波書店、一九七三年）六七頁。

★［22］粉内裕子「二葉亭四迷にとっての「あひゞき」――ツルゲーネフと人情本」（「長野国文」第十号、二〇〇二年三月）。

見ていまだしの部分がありとし、その微温的な教訓は否定的にしか捉えてこなかったのはよく知られるところである。

### 露伴——近世と近代を跨ぐ存在

唯一の例外は、幸田露伴《こうだろはん》である。仏に昇華する芸術の理想を結末に持つ出世作『風流仏』（明治二二年）のイメージが強い彼だが、その後発表した『風流魔』（明治二四年）では面目を一新する。丹波太郎右衛門と名乗る色道の達人が、葦野花子という半玄人に送った恋愛指南書という体裁を採る本作は、恋愛の現実を徹底して穿《うが》ってみせる。

一体男と申すものは大馬鹿のあんぽんたんにて、自惚《うぬぼれ》より外は何も知らぬもの故、其自惚を此方の種にして色々の魔法を使ひ、好自在《すきじざい》に仕こなす事に候。真に能く女に惚れる男は千人に一人に候。大抵の男は女には惚れず、自分の自惚に惚れて迷つて騒ぐものに候。

大抵の男は自分の我を尚《とうと》みて人の我を憎み、人には人の我を捨させて自分の我に同ぜしめんと図る白痴《たはけ》に候へば、（中略）其凡人を相手にする色道の秘密は瘦我慢して我を捨るにあり★[23]。
以下、この大方針によって、男から金を抜き取る手管の数々が紹介されるが、「演技」の究極と言ってよい。その中には、遊里を舞台にした江戸文学の擬作的文章も多く、「為永流の」甘い「常口説《じょうこうぜつ》」も、人情本さながらに再現されている。

貴郎《あなた》が此間御来《おいで》になつたきり影も形も御みせなさらないからどんなに気を揉《も》んだか知れやしません。新聞を読んでも少しも面白い事はなく、馬鹿らしいほど唯貴郎の事ばかり気になつて、いつそ貴郎に最初から御眼にかからなかつたら斯《こう》も無《なか》ろふと、勿《もっ》体《たい》ないが御恨み申す気も出て、どうせ頓間《とんま》な妾達《わたしたち》に御構ひなさらないが無理ではない、ヱーもう愚痴は止《やめ》やうと思つても生憎《あいにく》眼に立つ貴郎の御姿（中略）と涙の水

幸田露伴（1867～1947）

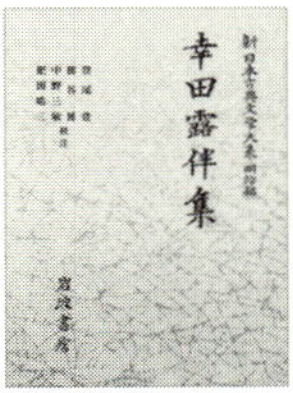


★［23］『新日本古典文学大系明治編22　幸田露伴集』（岩波書店、二〇〇二年）。なお、ルビは適宜補った。

を片手に嫉妬の火を片手に、火水一度に責立れば（中略）ウー此女は馬鹿に己に惚て居やがると（中略）翌日からは又々忠勤出頭怠りなきものなり。

## 江戸二百七十年の成果

もちろん露伴は、「悟っては手練手管の詐欺計略はだめとなり候」とも書いて、「魔法（＝演技）」の反倫理性は意識していた。この小説は、世の自惚れ強い男客を読者に笑わせながら、その一方で我執を捨てることの難しさを反面教師的に呈示して、かえって倫理性に富む。我執の克服とは露伴が馴染んだ仏教からのものであろう。そこに、「いき」の「演技」を生み出す「諦め」との径庭はさしてない。

二十四歳でこれをものした露伴の早熟には舌を巻くが、それはまた、江戸文学の伝統を学んでのことであるのは、その演技の描写における江戸小説からの影響を見れば了解される。一方で露伴には透谷ばりの純情の理想を説いた『風流悟』（明治二四年）も備わり、そこに近世と近代の連続と断絶のいい意味での成果をみるべきであろう★[24]。すなわち、純愛の理想を知ってはじめて、その反面である恋愛の現実についての江戸二七〇年の成果を集約することが可能となった。歴史とは、時代の終焉を自覚するところに生まれる好例と言ってよいのではなかろうか。

★[24] 中野三敏『『春色梅暦』とその時代」（青木生子『東西の恋愛文芸』国際高等研究所、二〇〇六年）。

〈補記〉本稿初出後、十川信介『近代日本文学案内』（岩波文庫、二〇〇八年）「Ⅰ「立身出世」の物語」中の「恋愛という観念」の一節において、近代文学における、透谷の「恋愛」発見の位置と意義についてコメントされているのを知った。それは、透谷の「恋愛」を「立身出世」を当然視する当時にあって積極的に評価する一方、伊藤整「近代日本における「愛」の虚偽」（「思想」409、一九五八年七月、のち『近代日本人の発想の諸形式 他四篇』岩波文庫、一九八一年所収）を取り上げ、「神」という絶対者を前提とする欧米の「愛」が、近代日本では言葉のみ持ち込まれて空転と虚偽に至ったとする伊藤の指摘を、露伴と透谷の「恋愛」

の観念の相違について、「最も重要な問題を提起した」ものとする。本稿は、露伴の「恋愛」観念が透谷のそれとどういう前提で異なるのかといった主旨において、結果として伊藤の指摘の延長線上にあったことを付記しておく。

▼

# Ⅱ 女が小説を読むということ

## 一体感を生む恋愛描写の秘密

「繰《くり》かへし小声《こごゑ》に読《よむ》は女《をんな》の癖《くせ》」
「ぽちぽちとひろゐよみする梅《うめ》ごよみ花《はな》の香《か》かほれごひゐきの風《かぜ》」
「ヲヤにくらしい。作者の癖だヨ。もう此あとはないのかねへ」

『春色梅児誉美』

「（小説は）筋を読まなけりや何を読むんです。筋の外に何か読むものがありますか」
「余は、矢張《やは》り女だなと思つた」

夏目漱石『草枕』

introduction
江戸の恋愛小説＝人情本への切り口

# 2 レーベルを立ち上げた「作家」

本書でも再三引用することになるが、人情本には、貸本屋がよく登場する。貸本屋は現代と違い、本を背中に担いで、お得意先を直接訪問する。取引されるのは、出版された本だけではない。出版ルートに乗らない書写された読み物も提供される。写本となる理由は様々あった。ロシアと日本との北の海での戦いなどという政治向きのことが書いてあるものは、出版統制の厳しい当時写本に限られる。また、売れるかどうか読者の反応を見る試作品もその中にはあったようだ。人情本が写本でも流通したことは知られているが、そういう目的もあったらしい。そして、人情本というジャンルを「梅暦」シリーズで確立した為永春水も貸本屋を営んでいた。

　ともかく、人情本の中には貸本屋がまま登場し、これを貸し出す。そうした場面では書名が列挙されるケースがほとんどであることから見て、そこには作品の宣伝の意味があったのだろう。しかし、見方を変えると、貸本屋は書物流通の「現場」でもあるわけで、読者の新たな嗜好を読み取る「情報収集」の機能も持っていたことが推察される。新たな市場の開拓――これはいつの時代にも新興出版業者の成長に欠かせない課題である。先行の大手は、経営を安定させる主力商品を持っているが、新興の業者にそれはなく、リスクをとってニッチ（隙間）の市場を切り開いていくことが求められる。女性読者向けの小説の開拓者であった春水が、出版業者であったことの意味は、商業出版における小説制作において、本質的な問題なのである。

　春水を現代の作家と同じように考えない方がいい。当初彼は「楚満人」という戯作者の二世を襲名する。戯作者の名前は一種のブランドだから、名を売るには手っ取り早い方法である。これなら新人作家を売り出すためのコストはそう必要ない。春水は経営する本屋が焼失するまで、特に人情本では助作者を動員している。「二世楚満人」という名前は、人情本を制作する工房の代表者の名前であり、現代なら漫画家や字幕製作者とそのアシスタントの関係に近い。

　助作者のメンバーも面白い。歌舞伎の二流作者・原稿の清書者（筆耕）・道楽者の金持ちの三種である。歌舞伎の補助的作者は、原稿料も生み、自分の名前が作品に出る点で人情本執筆は一挙両得だったことだろう。また、当時の女性の歌舞伎人気は、女性向けの小説として何が当たるのか試行錯誤を重ねていた時期の作者・版元にとって、この傾向の内容が安全確実なコンテンツに映ったに違いない。また、書物にとってレイアウトは大切である。娯楽読み物ならなおさらである。京極夏彦のようにデザイナー出身で自ら版面をレイアウトできることが強みとなっている作家を想起すれば、「筆耕」から作者が生まれることに違和感はなくなるだろう。さらに、商業ベースに乗って不特定多数の読者を対象にするにしても、パトロンの存在は当時も大きかったはずである。

春水はこれら提供された原稿を「編集」すればよい。春水の小説作りはその「編集」の冴えに注目すべきなのである。経営する本屋を火事で失い、助作者の多くが去っていった天保初年、春水は自力で作品を生み出す必要に迫られた。それが「梅暦」シリーズの始発の事情である。出版業者としての実質を失ったとき、春水が「作家」に近い存在となったことは意味深い。そして、このシリーズの魅力は「編集」を主とした彼の出自から身についた能力が開花したとも言える（詳しくは本章で検討したい）。会話を中心にスピーディに話を運ぶ彼の思い切った方法は、リテラシーの低い女性読者をも対象としうるものであった。

もちろん、その会話は、本章で検討するように、男女の心理を巧みに描いているから精彩を放ったのだが、男女の心理を解剖しようという近代作家的な動機からのみそれが試みられたわけではないことに注意すべきだろう。むしろ、会話部分の切り取り方は、和歌・俳諧や音曲の引用とあいまって、時と所をよく見計らった「編集」という次元で考える方が実態に即しているのである。

梅暦シリーズの「編集」の成功で、試行錯誤の状態にあった人情本の形態を春水が確立した事情を追ってみると、我々は作家における「編集」の能力にもっと光りを当てるべきであることに気付く。偉大な作家は、自己の作品と読者をつなぐメディアのあり方に相当の神経を使うものなのである。

# II 女が小説を読むということ

## 1 読書の現場

### ムスメが小説を読むことへの驚き

明治七年（一八七四）から翌八年末まで、足かけ二年日本に滞在した、ロシア人革命家メーチニコフは、まだ江戸の雰囲気が残る東京の街に退屈して、本屋を歩き回った。ある店では、「度の強い鼻眼鏡をかけた、いかにも気まじめそうな店主★［1］」が「厚い羊皮の台帳を考え深げにめくりながら、時おり算盤をはじいている。」そこは、当時の日本史の代表的書物である『日本外史』を置くようなまともな本屋であったが、メーチニコフにとって何より興味をそそられたのは、「店の隅の畳のうえでうずくまっているムスメ（娘）が一体なにを読んでいるのか」

★［1］渡辺雅司訳『回想の明治維新 ―ロシア人革命家の手記』（岩波文庫、一九八七年）二一六―二一九頁。

ということであった。

「このムスメというのは、日本のどんな店でもよく見かける手代とも、女中とも、はたまた店主の妾とも親類ともつかぬ娘たちのこと★［2］で、「わたしの好奇の目に気がつくと、自分の方から可愛いらしい笑みを浮べて、自分の読んでいる本をわたしに手渡してくれた」とメーチニコフは続ける。なぜ、彼はそこまで彼女に気を引かれたか？　ムスメの愛嬌もさることながら、農奴制が敷かれ、経済的格差の大きいロシアでは、使用人の若い娘が本を読んでいること自体考えられないことだったからであろう。もともと、メーチニコフの日本への関心は、明治維新を「革命」と捉え、その「革命」が「成功」した原因とは何であったか、という点にあった。この識字率の高さは、彼の目にはその原因の一つとして映ったのであろう。

## ムスメの愛読書

果たして、彼女が読んでいたのは、人情本の『いろは文庫』（天保七年～明治五年刊）であった。人情本は、日本文学史上はじめて一般の女性向けに出版された恋愛小説のジャンルと紹介されている★［3］。しかし、江戸時代の読書の実態

★［2］ムスメ（mousmee）はOED（*Oxford English Dictionary*）の一八八〇年（明治十三年）版に初めて登録されるが、その素性は、スペルからもフランス語経由かと想像される。実際、メーチニコフはフランス語でこれを出版している。

▶いろは文庫。早稲田大学付属図書館蔵。

★［3］例えば、春水作の人

というのはなかなか史料が残りにくい。ありがたいことに、メーチニコフは、その種の小説について、日本の使用人の階級が「例外なく何冊もの手垢にまみれた本を持っており、暇さえあれば」「着物の袖やふところ」から取り出して「むさぼり読んでいた」と証言してくれていた。

それらの小説が手垢にまみれていたのは、「貸本」だったからだろう。江戸時代、大衆は絵入り読み物である草双紙なら購入することもあったが、それ以外はたいてい貸本で読んだ。たとえば、森鷗外は『春色梅児誉美』の登場人物、千葉の藤兵衛のモデルである津国屋藤兵衛の伝記をつづった『細木香以』の冒頭で、読本・人情本・実録・考証随筆といった読み物を出入りの貸本屋から入手したと回想している★[4]。自己宣伝を作中で常套とする春水の人情本では、貸本屋が登場して、人情本を披露する場面がまま見えるが、そこには女性の読者が登場することが多い★[5]。神保五彌は、人情本の一定の借り賃に対する借用期間を、原則として一編三冊が三日間であり、三日を過ぎれば、貸本屋はまた「継本」と称して次編を持参することを紹介している★[6]。時間も女性読者には限られていた。

情読本『春色恋白波』(二編、天保十二年刊、国立国会図書館蔵)第十四回では、「春水伏て申す。」として、「例《いつも》の人情本《ちうぼん》を読《よみ》なれ給ひし処女《むすめご》御たちに、看《みせ》まゐらせんとしたれば」と、自作の人情本の読者対象を明言する。

★[4]『鷗外全集』第十八巻(岩波書店、一九七三年)六七頁。

★[5]例えば、『春色恋白波』(初編、天保十年刊か)第八回では、貸本屋中尾幸吉に、「江戸では大当りの読本」「梅ごよみの拾遺の英対暖語の五編と、春告鳥の拾遺の籬の梅」を長崎丸山の芸者小雛に届けさせている。

## 続き物となる理由

そうしたムスメたちが、仕事の合間の短い時間に人情本をむさぼり読んでいる。人情本、特に天保期のそれは、男女の会話を連ねた短い話を積み重ね、しかも、その話はたいていつながっておらず、一段が終わった後には、別の男女のからむシーンや事件の展開が配され、今読み終わった話の続きは、何話か隔てたあとに記されることが多い。これならこまぎれの読書にも十分耐えうる。読者は、短い間に男女の恋のささやきをのぞき見し、続きが読みたければ、何話かあとへ飛ばし読みしてもかまわなかったのである★［7］。

また一方で、手法としての会話体と、違った男女の恋愛場面の積み重ねといった構成とは、女たちのリテラシーのレベルを意識したものでもあった。人情本には、作中での読書場面がまま見られるが、『春色梅児誉美』三編巻之七第十四齣では、向島の料亭葛西太郎平岩の座敷で、得意客である千葉の藤兵衛が深川芸者米八を口説くも不調に終わり、膝枕して眠るところに、米八が置き忘れられた小冊をとりあげる場面がある。そこで春水は、その米八の小説の読み方を「繰《くり》かへし小声《こごゑ》に読《よむ》は女《をんな》の癖《くせ》★［8］」と女性の読書行為の特徴を紹介している。今日残る江戸時代の女性の日記を検すれば、女帝や天皇の女官、旗本や学者の妻、国学を

★［6］『為永春水の研究』（白日社、一九六四年）「『春色梅児誉美』をめぐって―春水人情本論」九一頁に、『春色英対暖語』第二編巻之四第八回「（岑次郎）「肝心《かんじん》の渡世《とせい》をなまけて、情人《いろ》ばかり精出《せいだ》すから、継本《つぎぼん》もわすれて仕《し》まふし、新板《しんぱん》をもつて来《く》れば、三日切《みつかぎり》ともいふ所《ところ》を三十日《さんじうにち》ぐらひ打捨《うつちやつ》て置《おく》ぜ。」」（都立中央図書館東京誌料本による。）の一節を紹介する。なお、女性読者にとって貸本読書が芝居より安価な娯楽であったことは、前田愛「出版社と読者―貸本屋の役割を中心として―」（『前田愛著作集第二巻 近代読者の成立』筑摩書房、一九八九年、二八二―二八三頁）に詳しい。

★［7］春水自身、「看官《けんぶつ》、心に好ぬ場は、四、五枚はね除、下の巻から前に読かゝり、完尓《につこり》とする好みの場があれば、それより発端もよむ気になる」（『黄金菊』二編序文、玉川大学附属図書館蔵本）と、

学んだ商家の妻では、漢字や書き言葉をかなりこなしているが、職人階級の出で商家へ奉公に出た出口なお（一八三六―一九一八）などはリテラシーが低く、話し言葉を文中に引きずる、すなわち方言や俗語が顔を出す、「声の文化」の痕跡がままみられる★［9］。春水のとった方法は、そうした女性たちをも小説の読者として捕捉するためのものでもあった。

『春色梅児誉美』初編の末尾を飾る、清元延津賀の狂歌は、

　ぽちぽちとひろゐよみする梅《うめ》ごよみ花《はな》の香《か》かほれごひゐきの風《かぜ》

とあるが、「ぽちぽちとひろゐよみ」するのは、「梅」の咲き方にひっかけた修辞上の表現ばかりでなく、女性の読書行為、すなわち人情本の読まれ方そのものを言い表したものでもあったのだ。

そうした拾い読みを予想し公認していた（注［6］神保一二一頁）。また、『春色湊の花』三編（天保年刊）巻七第十三回では、自分の人情本が、「例時《いつも》咄《はなし》が前後《ぜんご》して、途中《とちう》からはじめて、途中《とちう》で止《や》め、六ケ敷《むづかしく》なると拾遺《しうゐ》と断《ことは》り、続編《ぞくへん》と逃出《にげいだ》し、猶《なほ》その上《うへ》に、一回一章《いつくわいいつしやう》羽本《はほん》を読《よむ》が如《ごと》し」とされるその構成の不備を、自己弁護して、「羽本《はほん》を読《よみ》ても、夫程《それほど》の楽《たの》しみある様《やう》に綴《つづ》り、一回読《いつくわいよん》で後章《あと》を不読《よまず》とも、済《す》む様《やう》に著《かき》て、無理無体《むりむたい》にも満尾《まんび》をなす事《こと》、是為永《これためなが》の一流《いちりう》なり。されば春告鳥《はるつげどり》の羽本《はほん》、梅暦《うめごよみ》の羽本《はほん》を集《あつめ》て、人物《じんぶつ》の名《な》に張紙《はりがみ》をすれば、一部《いちぶ》の新作《しんさく》ともなり、羽本《はほん》が全本《ぜんぽん》ともなるべし。此故《このゆへ》に予が作《さく》の、古本《ふるほん》羽本《はほん》を取《とり》あつめて、楽《たの》しむ人《ひと》もありと聞《きき》ぬ。」と、その登場人物の設定と筋のパターン化を誇ってすらいる。

★［8］本書の『春色梅児誉美』『春色辰巳園』からの引用は、全て岩波日本古典文学

# 2　消費される恋物語

## 恋愛心理描写の冴え

明治の評論家饗庭《あえば》篁村《こうそん》（竹の舎主人）は「出版月評」（明治二十年八月）の「春色梅ごよみ」で、この作品の人気の理由を、「舌たるく春画体」の恋愛場面が「俗受」けし、読者は多く「上気しながら読」み、人情本はこうした恋愛場面が「本家」として流行した、と評している★[10]。しかし、ただ扇情的な場面を書けばよいのなら、春水のように、事前・事後をのみ描写するやり方は、実に遠回りしたやり方であると言わねばならない。正岡子規は、明治人らしく篁村同様の見方を人情本に示しつつも、次のように言う。

其男女の情を写して微細に立ち入り、其心中をゑぐるが如く、かかる事をよくも大胆にいひ現はせしよ、と思はしむる処……★[11]

（『筆まかせ』第一編、明治二二年）

大系（中村幸彦校注、一九六二年）によった。ただし、字体は適宜通行のものに改めた。

★［9］前田愛「音読から黙読へ」一二五—一二六頁（注［6］）、藪田貫「文字と女性」（『岩波講座日本通史』第十五巻近世、一九九五年）二四六頁。

★［10］朝倉治彦監修、龍溪書舎の復刻版（一九八三）第一巻三〇頁による。

★［11］『新日本古典文学大系明治編二七　正岡子規集』（岩波書店、二〇〇三年）五九頁。ただし、句読点を適宜

また、神保五彌は、この作品の魅力の核心を、末流自然主義作家白石実三の文章から、「いつか痴情小説を離れて、深くはひつてゐるところがある。遊戯として笑つて看過できないやうなところがある。鋭い細微な感覚がある★[12]。」という一節を引いて、同感であると言っている★[13]。この「其男女の情を写して微細に立ち入り、其心中をゑぐるが如く」「深くはひつてゐる」「鋭い細微な感覚」という印象語を、筆者なりに理詰めで説明してみたい。実にこの作品は、恋のメカニズムの核心を土台とした人物設定と心理描写に成功しているからである。

## 危険な恋を安全に味わう

一般に「恋」ははかなく危ういものであり、「愛」は安定して永続的なもの、と言う。特に古典の世界での「恋」ははかなく危ういものとして描かれることが多かった★[14]。I章で論じたように、近代的「愛」は、明治以降に移入された概念★[15]なので、今は措く。恋はなぜはかなく、危ういか？ それは、多数の異性の中から、特定の一人を見出し、これに熱情を注ぐことから恋は始まるが、その相手がまた、多くの異性から自らを選ぶか否かは、「奇跡」に近いのであり、たとえその「奇跡」が起こったとしても、そのようにこよなく魅力的と思える異

追加した。

★[12]「後期江戸文学雑感」（『早稲田文学』第二六二号、昭和二年十一月）一一〇頁。

★[13]注[6]神保一〇六—一〇八頁。

★[14]柴田陽弘編著『恋の研究』「日本の恋の文学」（慶應義塾大学出版会、二〇〇五年）八頁。

★[15]柳父章『翻訳語成立事情』（岩波新書、一九八二年）「5 恋愛」、佐伯順子『「色」と「愛」の比較文化史』（岩

性を独占することは、容易なことではないと感じられるからである。こうした恋の機微について春水は、『春色梅児誉美』以前、既に女性に寄り添った形で表現していた。人情本の代表作にして、文政期の「泣本《なきほん》」と一線を画す『春色梅児誉美』のステップとなったとされる★[16]『吾妻の春雨』前編（天保年三刊）中巻第三回には、次のようなやりとりがある。

みつ「ほんとうは源さん（源次郎）がよいがね、最少《もふすこ》し男《をとこ》がわるくつて、程《ほど》がわるくつてぶいきだとよいけれど」　まさ「なぜえ」　みつ「なぜといつて、かけかまい（関係）がなければいいけれど、色《いろ》にでもなつてごらん。いくらもいくらも女《をんな》がほれて、気《き》のやすまる事はあるまいと思ひます」★[17]

色男源次郎への好意を訊ねられたその回答として、魅力のある異性ほど、恋愛関係になれば、リスクを背負うというディレンマを語ることで、源次郎の魅力とそれへの好意を語る場面であるが、恋に踏み込む前の女の気持ちを見事に言い当てた言葉でもある。

「奇跡」とも思えるロマンスも、より厳密に言えば、現実には、双方の過剰な

波書店、一九九八年）八―二九頁、同『恋愛の起源―明治の愛を読み解く』（日本経済新聞社、二〇〇〇年）一二―一八頁。

★[16] 武藤元昭「『春色梅児誉美』の成立」（長谷川強編『近世文学俯瞰』汲古書院、一九九七年）。なお、本書で「天保期の人情本」と言った場合、『春色梅児誉美』以降のそれを指す。

★[17] 引用は、山杢誠編『吾妻の春雨』（古典文庫、二〇〇〇年）による。ただし、適宜字体を通行のものに改め、句読点を補った。

相手への「期待」や、一方ないし双方の、意識・無意識の別なき「妥協」によって成立している場合が多く、結果として幻滅を伴うことすら少なくない。長い時間を経た男女は、結婚の制度に守られたりしながら、せいぜい自らの結びつきの奇縁を語り、思い出すことによって、ようやく恋の気分を甦らせることができるにすぎない。また、「奇跡」のロマンスの渦中にあっても、手に入れたばかりの「夢」は、砂の城である。そのように魅力的な相手が、他の異性から注目されることは、自らがそうであっただけに否定できず、手に入れた大切なものを守るため、焦燥と不安に駆られ、常に愛の確認を相手に要求せざるを得ないからである。

このように恋の機微を割り切ってしまえば、身も蓋もないことになってしまうが、そのように恋ははかなく危ういものであるだけに、代償行為としての恋物語が必要となってくるのだ、と思う。恋は、魅惑的だが自らを危険の淵に追いやるものでもある。それは、経験豊かな玄人の読者にとっては当然のこと、ムスメのような素人の読者でも十分想定できることである。恋に傷つくとすれば、一夫多妻が容認される社会においては女性の方が可能性の高いことも、である。

## 女性読者の意識

人情本の素人読者からの好評の理由は、自らの意志で貫かれる恋への憧れや、抑圧された性への欲求の解放として説明される場合が多い★[18]。しかし、それだけなら、なぜ素人読者と同じ出自のお長は、丹次郎の不実に涙するのか（それをも読者は味わったのか）、また、検閲の問題はあるものの、なぜ人情本は、事前・事後の描写に徹するのかの説明がつかない。そもそも江戸時代の女性たちが社会的にも性的にも抑圧されていたというのは一面的な見方である。幕末から明治に書かれた外国人の記録によれば、庶民の女たちの地位は、上流階級のそれよりははるかに高かったらしく、家政や商売の実質を取り仕切っていた。支配者たちの妻や娘ですら、建前上は三従の教えや「女大学」に縛られるものの、現実は意外に自由で、飲酒喫煙など自由であった、という。女が春画を見ても怪しまれないし、それを購入するのもありふれた出来事だった。若い娘たちにおおらかな性に対する開放感があったことも、報告されている★[19]。

彼女たちは子供の頃、子供絵本の赤本を読んで育つのであるが、その中には、女子向けの内容のものであっても、直截的な性の表現が散見する★[20]。社会史の成果によれば、近代家族はブルジョワから発生し、他の階層では学校の影響は

★[18] 注[6]神保八八―八九頁、武藤元昭『叢書江戸文庫　人情本集』（国書刊行会、一九九五年）解題三三四頁。

★[19] 渡辺京二『逝きし世の面影』（葦書房、一九九八年）第八章「裸体と性」第九章「女の位相」。

★[20] 鈴木重三・木村八重子編『近世子供の絵本集　江

少なく、長いあいだ旧来の見習修業という慣行は存在し続けたが、徐々に他の階層にも学校教育は浸透していき、近代家族化していくことになったことが明らかにされている。そして、純粋・純真な子供像とは、近代家族とともに生まれた概念であり、それまで子供は、はやく大人になるべき「小さな大人」に過ぎなかったのである★[21]。

以上をふまえて話を人情本に戻せば、このジャンルが女性読者に魅力的だったのは、恋への憧れや欲求の開放といった面もあるにはあるが、何より物語が、「奇跡」的な恋人との出会いと会話の場面を設定すると共に、同時にやってくる恋の苦しみをも余すところなく描いているからであろう。それは実人生よりも小説で消費される方が、読者にとっては安全だったからではなかろうか？　また、いつの時代にもいるはずの、恋の危険を顧みず突き進み、あるいは、そうでなくてもやむをえず恋に傷ついた経験のある女性読者には、人情本を読むことは、自己確認の意味もあったに違いない。以下具体的に、作品に即して見ていくこととしよう。

戸編』（岩波書店、一九八五年）「鼠の嫁入り」。

★[21] フィリップ・アリエス『〈子供〉の誕生　アンシァン・レジーム期の子供と家族生活』（杉山光信・杉山恵美子訳、みすず書房、一九八〇年）。

## 3　擬似恋愛行為としての読書

### 男女の奇遇

人情本は、その恋愛場面を、女主人公が心から再会を願いながら、何らかの困難な事情で消息不明となっていた男との奇遇から語りだすことが多い。今当面問題としている『春色梅児誉美』で言えば、吉原唐琴屋の内芸者米八は、失踪した恋人丹次郎の行方を当てもなく探し、見習いの女の子の噂から、ついに小梅の丹次郎の侘住居をたずねあてる。丹次郎の許婚で唐琴屋の娘お長は、丹次郎の失踪後、番頭鬼兵衛のいやがらせを避け、花魁此糸のはからいで金沢に逃げる途中、駕籠かきに襲われるところを女髪結お由に助けられ、その後多寡橋で丹次郎と出会う。そのお由は、佐倉で千葉の藤兵衛と一夜の契りを結び再会を約束するが叶わず、操を立てて女髪結として暮らすが、お長がお由の病気見舞いに藤兵衛を連れて訪ねたことから、二人は七年ぶりにめぐり逢うこととなる。

奇縁による再会は、歌舞伎や草双紙に常套の筋で、これらに慣れ親しんだ女性読者なら周知の運びであるし、文政期の人情本にもいくらもそうした場面は見出せる。『春色梅児誉美』以降の人情本は、その筋を追うことから一歩進んで、男女の恋愛描写そのものを中心に描き、そこに読者との一体感が生み出された点が画期的であったことは、これまでも諸家の指摘するところではある★[22]。問題は、その恋愛描写がどのようにして読者との一体感を生んだのか、これを究明することである。

★[22] 注[6]神保一〇八頁、注[18]武藤三三四—三三五頁。

## 愛の過剰と嫉妬

いま試みに取り上げるのは、『春色梅児誉美』初編巻之一第二齣。米八と丹次郎は再会をとげ、それまでの苦しく切ない境遇を互いに語らううち一儀に至った前回を受け、その事後の語らいを描く場面である。丹次郎はお長の境遇を心配してその現況を米八に尋ね、それに米八が答えるあたりから、二人の気持ちはずれてくる。

よね「お長《てう》さんかえヱ　あの子《こ》も寔《まこと》に苦労《くらう》しますヨ（中略）随分《ずいぶん》わちきも側《そば》で気《き》を付《つけ》てゐますけれども、何《なに》をいふにもおまへはんのことを少《ちつと》はかんくつて居《ゐ》る（中略）ものだから実《じつ》にしにくふございますアな　丹「そふサあれも

『春色辰巳園』（国文学研究資料館蔵）四篇巻十一第十条挿絵。貸本屋桜川甚吉が、米八・仇吉に人情本を提供。病気の仇吉に米八はそれを読んでやる。

幼年中《ちいさいとき》からあのよふに育合《そだちあつ》たから、かはひそふだヨ　トすこしふさぐ　よね「さよふサネ、おさな馴染《なじみ》は格別《かくべつ》かわいいそふだから、御尤《ごもっとも》でございますヨ　トつんとする　丹「何《なに》さ別《べつ》にかはいゝといふのではねへはな。マアかわいそふだといふことヨ　よね「それだから無理《むり》だとは言《い》やアしませんはネ　トすこしめじりをあげてりんきするもかわゆし

米八がお長から丹次郎との関係を疑われ、とりつくろうのに苦労しているところぼしている段階で、表面上提示されたお長への同情は、丹次郎・米八・お長の三角関係に対する米八の不安へとすり替わっている。今ようやく再会をとげ、心身の交歓を終えたばかりの米八にとって、手に入れた幸せの永続が保証されることこそ何よりも大切であるのに、そんなことにはお構いなく丹次郎はお長への同情を語り続け、それがために米八の愛情はその裏返したる嫉妬へと転化する。

その目じりの上がった視線を「かわゆし」と見るのは男の視線であると同時に、そうした真情を理解する女性読者の同情と、嫉妬による攻撃も男性への恋情ゆえのものであり、無意識裡に愛の保障を要求する媚態として男性側から解釈されることを望む女の心情とが複雑にからみあった視線である。ところが、言葉尻から

痴話喧嘩へと二人の会話は展開し、米八が求める愛の保障はお預けとなる。丹次郎は、米八の攻撃が、怒りというより自らへの恋情の裏返しに過ぎないことを心得ており、かえってここは簡単には折れない。

## 恋愛心理の妙

丹「よくいろいろなことをいふヨ。そんならどふでも勝手《かつて》にしろ トよこをむく よね「ヲヤおまはんは腹《はら》をたゝしつたのかへ 丹「腹《はら》をたつてもたゝねへでも、打捨《うつちやつ》ておくがいゝ よね「それだつてもアレサおまはんがお長《てう》さんのことをかわいゝとお言《いひ》だから、ツイそふいつたんでありまさアな 丹「ナニおいらがそふいふものか。かわいゝではねへ、かわいそふだと言《いつ》たんだ よね「ヲヤかわいゝもかわいらしいもかわいそふだも、同《おんな》じことじやアありませんかへ。そんなら私《わちき》がわりいから、堪忍《かんにん》しておくんなさいナ 丹「どふでもいゝわなトいはれてもとよりこれをみし男はとかく気がおかれ、あいそづかしもされんかとなみだぐみ よね「アレサほんとふに私《わちき》がわりいから、どふぞ堪忍して、機嫌《きげん》を直《なを》してお呉《くん》なさいな トおろ〳〵する丹次郎はにつこりとわらひ 丹「そんなら堪忍《かんにん》するが、最《もふ》おそくなるだろふから、おれがことを案《あん》じずに、宅《うち》へかへつたら、座敷《ざしき》を大事《だいじ》に勤《つと》めなヨ　トやさしきことばにむねいつぱい、わづかなことがしみ〴〵とかなしくなつたり嬉しきはほれたどうしの恋中也　よね「モウ若旦那《わかだんな》おまはんが、そんなにやさしく言《いつ》て呉《くれ》さつしやると、また猶《なを》のこと皈《かへ》るのが否《いや》になりまさアな。急度《きつと》モウどんなことがあつても変《かは》る心《こゝろ》を出《だ》しておくんなさいますナヨ。

丹次郎の硬い姿勢は続き、句読もなくまくしたてていた米八も、このまま攻撃を続けてもかえって元も子もなくなっては大変と一転して涙ぐむ。もはやここには恋人を失う不安にさいなまれる一人の女がいるに過ぎない。すると丹次郎はそれまでの米八を峻拒する態度が実は演技にすぎなかったことを明かすばかりか、

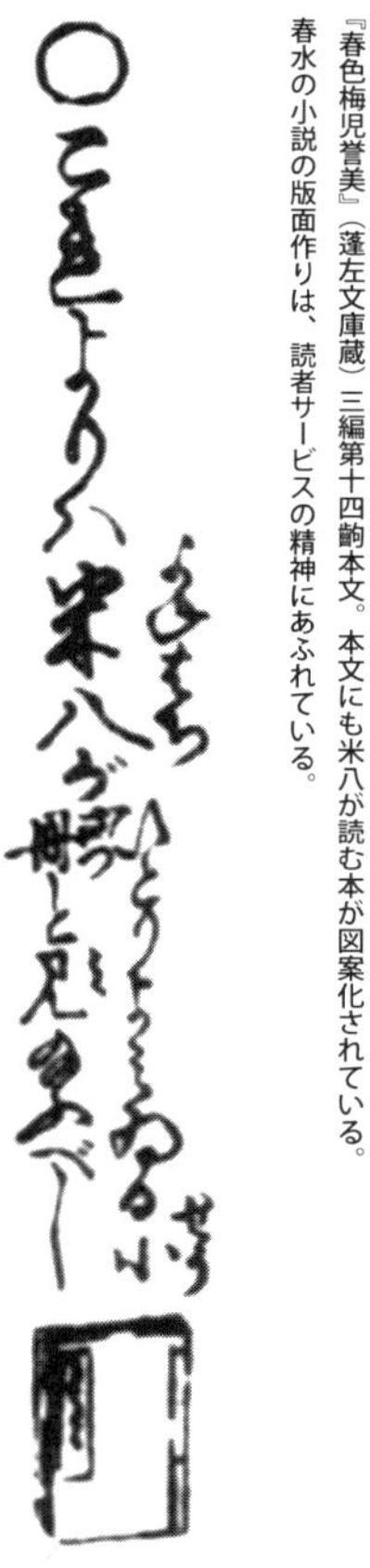

『春色梅児誉美』（蓬左文庫蔵）三編第十四齣本文。本文にも米八が読む本が図案化されている。春水の小説の版面作りは、読者サービスの精神にあふれている。

恋人を持つゆえに演技で恋愛を切り売りすることがつらくなる米八の心情を予想し、これに寄り添う言葉を贈る。

この言葉の贈り物は、米八が予想していなかったものだけに、その効果は大きく、引用の続きを省略したが米八は「あどけなきこそなをゆかし」き表情と態度となり、正直に愛の保障を要求する。「なをゆかし」という男の視線を意識した表現が、先の「かわゆし」同様、女性読者の同情と米八に似合わぬ「あどけなさ」を評価してほしい男性への要求を含意として持ち、前後照応していることは、容易に理解されよう。愛ゆえの攻撃は媚態と同様、愛の保障を得るための過剰な行動にほかならない。

## 4 読む人情噺

### 笑いを生むテンポ

引用部分のような会話文の句読点が、音読を意識して付されていたものであろうことは、既に指摘のあるところだが★[23]、女性読者が登場人物と同一化して

★[23] 注[8]五六頁頭注一二、注[9]前田一二八頁注[8]。

音読するためばかりでなく、女の心理の陰をリズミカルな会話のやりとりのなかで浮かび上がらせる意図もあったはずで、この観察眼に支えられた手法こそ、この作品の魅力の源泉であると言ってまちがいなかろう。

音読をしたからといって、完全に読者は米八と同一化するわけではない。読者は、あくまで安全な地点にいることをどこかで意識しながら、余裕を持って二人の会話を音読し、恋人たちの喜びと不安を覗き見るのである。二人のやりとりのテンポのよさは、単純な感情移入を目的とするなら、むしろ邪魔なものなのであって、恋する者の愛すべき愚かさを笑いにくるんで鑑賞するためにこそ、この一種乾いたリズムはあると言っていい。

### 笑いの後には情感を

ここで春水自らが登場し、読者に向かって問いかける。

わすれねばこそ思《おも》ひ出《だ》さず候、とは名妓高尾《めいぎたかを》が金言《きんげん》ながら、互《たがい》に思《おも》ひおもわるる、深《ふか》き中《なか》ほど愚智《ぐち》になり、少《すこ》しはなれて在《ある》ときは、もしや我身《わがみ》をわすらるる、ことあらんかと幾度《いくたび》か、思《おも》ひ過《すご》しも恋《こひ》の癖《くせ》、其身《そのみ》にならねばなかなかに他《よそ》

目《め》に見《み》てはいとどしく、阿房《あほう》らしくも馬鹿《ばか》らしく、笑《わら》ふは実《じつ》に恋《こひ》しらず哀《あは》れも
知《し》らぬ人《ひと》といふべし

こうした恋心についての講釈は、恋人たちを本気で弁護しているのではない。これまで連ねてきた会話の背後にある二人、特に米八の心理の核心を、筆者がこれまで分析してきたのと同様、わかりやすく読者に提示して、作品の理解に供するとともに、読者がここで笑いながら読んでいることを予測して、生真面目な顔つきで恋とはみなそういうものではないか、と恋人たちへの批評を通して、ここに情感を付す機能を持たせているのである。

とかく笑いの場面は、情が薄くなりがちとなるが、この警句をちりばめた講釈は、そこにある奥行きをもたらすねらいがあったに違いない。そしてこの講釈の言葉を受けて、丹次郎は「おもひ出《だ》す所《どころ》か、わすれる間《ま》があるものか」と語り、ややくだくだしい講釈と間のいい台詞は巧みに編集されて、作品はもとのテンポのよさを取り戻すのである。

この講釈と台詞の関係は、事前の描写等の場合、逆になる。しんみりした会話の場では、そこにはさまれる口上は理に勝ったものが往々にして配され、読者が

情に深く沈潜しすぎることを予防して、物語を展開する。

ともかく、人情本の恋愛場面は、感情移入の面ばかりではない。当人にとって懸命な恋の格闘を、周囲からはニヤニヤしながら覗いている快感が、この作品のかなりの恋愛場面にあると言っていい。こうした男女の機微を、あまり肩肘張って深刻に取り上げてみても始まらない。これまで、人情本に対する評価は、洒落本と対比された「泣本」というその発生史に強く引きずられ、こうしたさっぱりとした小粋な面をあまり強調されてこなかった恨みがある。

## 芸能的な文章の呼吸

男女の奇縁と目出度い結末、音読を前提とした会話体、会話のテンポのよさ、笑いの要素、恋愛心理を説明する講釈とここまで挙げれば、これは人情噺の世界に近いことに気づかれる読者も多かろう。春水が成功こそ得なかったが、高座にあがり、人情噺に近い世話講釈を演じたことは、Ⅳ章で詳しく述べる。特に擬似恋愛的読書をもたらす恋愛場面は、この人情噺の情感と笑いに学ぶことが多かったのではないか、と想像する。

『春色梅児誉美』は、新内節の入った人情噺を得意としたらしい青遊亭遊蝶や美男で女性に人気をとったという師匠の司馬龍蝶の噂（第十三齣）、さらには、狂言回しとして再三登場し、大団円でも「モシわたくしや此本《このほん》の作者《さくしや》に憎《にく》まれてでも居《を》りますかしらん、野暮《やぼ》な所《ところ》といふと引出《ひきだ》してつかはれます」とコミカルに自嘲しながら、此糸の恋人半次郎の出世と鬼兵衛ら悪人の末路を語る幇間《ほうかん》桜川善孝（第二十四齣）など、この手の芸人の記述が目立つ。これもそうした噺の世界とこの作品が近しいことを示す一端かと思われる。

　梅暦シリーズに始まる天保期の春水人情本の最大の特色である会話体と、落語の話術や講釈の教訓的語り口との関係については、Ⅳ・Ⅴ章でそれぞれ詳しく検討することになるが、今は、その話芸から学んだと思われる、リズム・笑い・読者に対する押し引きの呼吸という語り口が、登場人物と読者の同一化を単純に行おうとしたわけではなく、かなりそこに奥行きを持たせて読者を作品世界に誘ったことを確認しておきたい。

## 5　恋と恋物語の魅惑の本質

### 恋の行方を知りたがる女

為永春水の人情本は明治になっても、女性読者に好評だったらしい。キリスト教の立場から女子教育の啓蒙を説いた巖本善治は次のように証言している。

　此に於てか其（女子）の愛読するものは、梅暦、八幡鐘、辰巳の園、永代団子、の類にあらざれば此等を翻案して其粕に似せたる今日の続物語なり★[24]。
（「女子と小説（上）」、「女学雑誌」一一七号、明治十九年六月）

★[24]『新日本古典文学大系明治編二六　キリスト教者評論集』（岩波書店、二〇〇二年）七九頁。ただし、括弧内は井上が補った。

人情本、あるいはそれに準じる恋物語が女性読者に好評だった事情は、夏目漱石が、「人情」を主眼とする筋本意の小説ではなく、自ら「俳句的小説」「非人情」の世界と定義づけた『草枕』がはしなくも語っている。この作品の冒頭では、次のように言う。

人の世を作ったものは神でもなければ鬼でもない。矢張《やは》り向《むか》ふ三軒両隣りにちらちらする唯《ただ》の人である。唯の人が作った世が住みにくいからとて、越《こ》す国はあるまい。あれば人でなしの国へ行く許《ばか》りだ。人でなしの国は人の世よりも猶《なほ》住みにくからう★[25]。

人間に対してあきらめているところのある漱石は、天国で永遠の命を得るなどとはとても信じられなかった。漱石によれば、だから「兎角《とかく》に人の世は住みにくく、「束の間でも住みよく」するために、「詩人という天職が出来て、ここに画家という使命が降《くだ》る」ことになる。ではなぜ芸術にはこの世の苦しみがないのか。それは、芸術では、そこに描かれたもので「一儲け」することも「腹の足《た》し」にもできず、かえって純粋な、豊かな心でこれを鑑賞することができるからである。従って題材は、あきらめているところのある人間の喜怒哀楽ではなく、「非人情」で、出世間的な自然が中心となる。漱石はその皮肉な語り口でこうも言う。

苦しんだり、怒つたり、騒いだり、泣いたりは人の世につきものだ。余も三十年の間それを仕通《しとほ》して、飽々《あきあき》した。飽き飽きした上に芝居や小説で同じ刺激

★[25]『漱石全集』第二巻（岩波書店、一九六六年）三八七、三九三、四八六頁。一部仮名遣いを改め、新漢字にし、ルビを適宜削った。なお、左の図版は、新潮文庫版。

を繰り返しては大変だ。（中略）ことに西洋の詩になると、人事が根本になる

から所謂《いはゆる》詩歌の純粋なるものも此《この》境を解脱する事を知らぬ。どこ迄《まで》も同情だと

か、愛だとか、正義だとか、自由だとか、浮世の勧工場《かんこうば》（スーパーマーケット

のような商店街―井上注）にあるものだけで用を弁じて居《い》る。

そこで『草枕』は、人間も風景の一種として描く画工を主人公とした小説として展開する。ところが、そうした画工の小説に対する姿勢に異論を唱えるのが、ヒロインの那美である。

「（小説は）筋を読まなけりゃ何を読むんです。筋の外に何か読むものがありますか」という那美のほとんど異議申し立てと言ってよい問いに、「余は、矢張《やは》り女だなと思つた」と漱石は画工に言わしめた。この場合、那美の問いは、漱石のこの「非人情」な「俳句的小説」の世界と対極の読み方（たとえば人情本の女性読者のような）を呈示して、逆にこの『草枕』の読み方を読者に改めて確認すると同時に、世間一般の読者が小説に何を求めているかをも皮肉に示し、さらにはこの女性が「俳句的小説」の世界を脅かす存在として侵入し、あやうく画工と那美は恋愛関係に陥りかける可能性を暗示している。実際二人は恋情を意識しなが

ら接吻寸前まで近接するし、この生々しい存在をどう風景として描くかが、この「非人情」を謳う小説における、画工の克服すべき課題となるのである。

裏を返せば、人情本のような擬似恋愛行為としての読書を期待される小説とは、全く逆の世界を構築しようとした漱石がいかに冷たく言い放とうとも、いやそれほど揶揄の対象にしなければならないくらい、恋の行方に一喜一憂することは、小説の原初的な、特に女性にとって読書の快楽をもたらすものであったことが、『草枕』の「非人情」の世界と、克服されるべき「人情」の存在としての女性との対比によってかえって浮かび上がってくるのである。

## 秘密——娯楽小説の原点

小説が主題とする世界は百八十度異なるが、春水も漱石同様、自分の作品の読まれ方を想定し、読者にそれを示唆するかのように、登場人物に小説を読ませる。最初の節にもあげたように、『春色梅児誉美』三編巻之七第十四齣では、向島の料亭平岩の座敷で、米八が置き忘れられた小冊をとりあげる場面がある。その内容は金詰りの遊女花山と半兵衛が、お花半七の浄瑠璃を聞きながら、心中に及ぼうとするところで、障子の隙から花山の年季状が投げ込まれ、死なずに済むと喜ぶというものだが、話が終わり、「是より後編にくはしく入御覧ニ候」と人情本らしい口上を読んだ米八には、「ヲヤにくらしい。作者の癖だヨ。もう此あとはないのかねへ」と独り言を言わせている。

これからというところで、その先をお預けにするのは春水の常套だが、『春色梅児誉美』でも、後編以降は、たいてい次の齣は、登場人物を変え、今の話の続きはそれより後に置かれている。恋人の秘密・秘密の恋・恋の行方の秘密。「秘密」こそは、恋愛と恋愛小説の魅力の核心と言っていい。いやそれは、恋愛小説に限らず、推理小説・サスペンス・怪奇小説といった他の大衆娯楽小説にとっても読者を引き付ける力の根源なのだが、リテラシーも低く、読書時間も限定されていた女性読者に対して、「ひろゐよみ」させる構成こそは、「秘密」を生み出し続ける意匠の結果でもあった。

秘密の解決と新たな秘密の呈示により話をつなげていくやり方は、現代の、特に女性向けのメロドラマにも見られる手法であるし、かつては忙しかった主婦むけの朝・昼のメロドラマは、今もその名残として放送時間が短く、同様の方法で興味をつなぐ。レンタルビデオで利益をもたらすのは、単発の劇場用映画よりも、続き物のテレビドラマであるだろうことは、十分想定できる。そして、そこに提供される読者＝観客への快楽の源泉たる「秘密」とは、大衆娯楽作品にとって本質的な問題を孕んでいるのである。人情本とはそのような問題系の極初に位置するジャンルなのであった。

【春水の肖像】

『教訓玉手箱』最終丁（天保十五年刊、九州大学文学部国文学研究室蔵）。晩年の春水。

『愚智太郎懲悪伝』最終丁（文政十二年刊、名古屋市鶴舞図書館蔵）。左が春水。

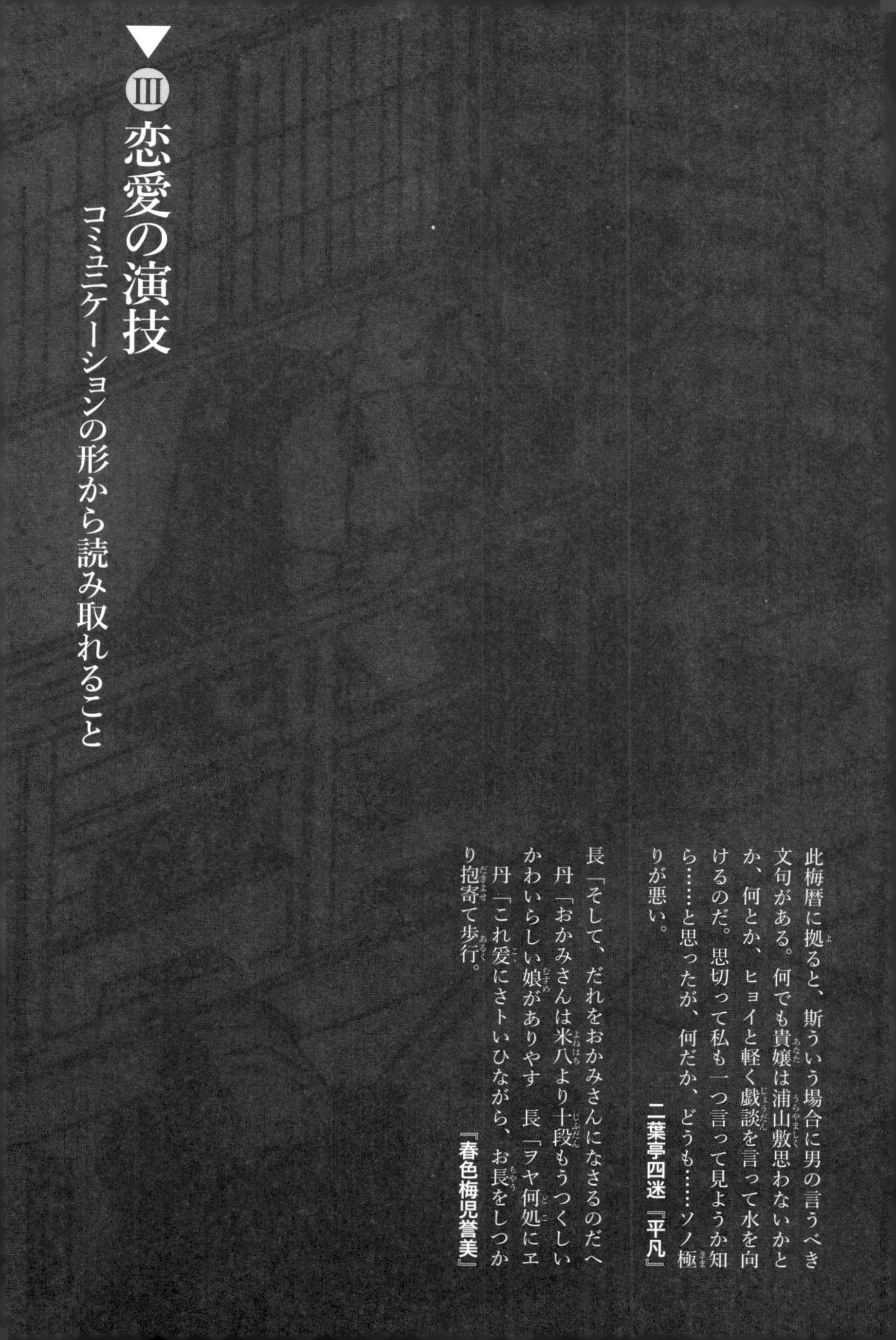

▼
# Ⅲ 恋愛の演技
## コミュニケーションの形から読み取れること

此梅暦に拠《よ》ると、斯ういう場合に男の言うべき文句がある。何でも貴嬢《あなた》は浦山敷《うらやましく》思わないかとか、何とか、ヒョイと軽く戯談《じょうだん》を言って水を向けるのだ。思切って私も一つ言って見ようか知ら……と思ったが、何だか、どうも……ソノ極《きま》りが悪い。

**二葉亭四迷『平凡』**

長「そして、だれをおかみさんになさるのだへ
丹「おかみさんは米八《よねはち》より十段《じふだん》もうつくしいかわいらしい娘《むすめ》がありやす　長「ヲヤ何処《どこ》にヱ
丹「これ愛《こい》にさトいひながら、お長《ちやう》をしつかり抱寄《だきよせ》て歩行《あるく》。

**『春色梅児誉美』**

introduction
江戸の恋愛小説＝人情本への切り口

# 3 江戸へのノスタルジーの源泉

永井荷風の花柳小説は、そのどれをとっても人情本の影響のないものはない。特に天保期の春水作品への傾倒は、戦後その伝記を書いていることからも明確である。荷風は春水人情本の何にこれほど心引かれたのであろうか？

当たり前のことだが、まず挙げるべきは、濃厚な恋愛描写。春水の場合事前事後のみを記し、荷風のそれは生々しい描写も見られるが、まずは男女の会話のやりとりから、作者の言い訳めいた言辞まで、春水の人情本に学んでいる。先にも述べたが、春水も荷風も共に落語に学んだことは大きい（春水と落語はⅣ章を参照のこと)。

次にテンポのよさと男女の心理の分析。荷風の代表作『腕くらべ』で、名うての色男瀬川一糸が、芸者駒代の心を自在にあやつる様を、「半年一年そのままに放棄《うつちや》って置いても折を見てこっちから優しく仕掛ければすぐころりとなるのは『梅暦』の米八仇吉の条を見て知るまでもない事」とあえて言及しているところから、語るに落ちている(春水人情本における駆け引きの妙についてはⅢ章に詳しい)。

以上の二点は、明治の作家たちも評価しており、荷風の他にも名を挙げれば、露伴・鷗外・子規・逍遙・四迷・蘆花と大物が並ぶ。

第三としては、短い場面の編集による話の展開。これは両者を読み比べれば瞭然だが、ここで両者に共通するのは、季節の描写である。春水は自然現象の移り代わりを俳句や浄瑠璃調の文章で描いてから、主人公を登場させる。荷風の場合、さすがに俳句そのものというわけにはいかないが、同様の自然描写は描かれる。『腕くらべ』では、駒代と一糸の馴れ初めは、晩夏から初秋への時期で、題して「昼の夢」。旦那吉岡との意外な別れは晩秋で小題は「菊尾花」。荷風全集を紐解いてみれば、その俳句は、なかなかのもので、彼の孤独感や、月を愛するその個性が浮かび上がる。江戸の町を歩いた彼の随筆にもこの趣味は横溢する。象徴的な一句をここで挙げておこう。

名月や垣根にひかる蟹の泡

墨田河畔の夜と光の交わりが、メランコリックな感情とどことない倦怠をほのかにともなって、さながら春水人情本の自然描写を彷彿とさせる。

春水も荷風も、その小説においては、こうした自然描写と恋愛場面の絡みが、作品の命だと言ってよかろう。では、両者はどこが異なるか。春水の人情本は、ハッピイ・エンドである。対する荷風の花柳小説には苦い後味のものが多い。かつての人情は薄れ、男女関係はひと時の夢に過ぎなくなり、いきおい同じ自然描写でも、荷風のそれは江戸情緒へのノスタルジックな響きを帯びて寂寥の感が濃い。失われつつあるものへの愛惜に成り立つ荷風の文学なら当然のことだが、春水の自然描写にはそれを喚起するものがあった。

子規が登場するまで、俳句に携わる人々のグループの一つには、芸能者や花柳界とその周辺の存在があった。荷風や久保田万太郎には、それらの伝統を意識しながら、子規や虚子ら学生俳句から出発した写生の一派とは一線を画す姿勢が明確にあった。

自然から受けた感動を写真のように切り取って行く写生とは異なり、恋の情感、時間の移ろい、寂寥を伴うロマンチックな情感にこだわったのである。人情本の口絵や挿絵にあしらわれた俳句はまさにその源流だった。そういう江戸へのノスタルジックな情感がどのあたりから来ているのか、これも本文Ⅶ章で論じておいた。

今また荷風ブームであるという。時は移っても、都市が変転を遂げる運命にある以上、荷風的、あるいは春水的な情感は都市生活者から失われることはないのであろう。子規が、四国の田舎者とたびたび自己規定した意味も逆にそこから見えてくるような気がする。

# Ⅲ　恋愛の演技

## 1　ジャンルの生成

### 反転するジャンル

ジャンルの創造は、既成のジャンルの〈引用〉から始まることが多い。その場合、〈引用〉はジャンルの権威付けやパロディばかりではない。既成のジャンルに対する新たな解釈が、ジャンルを生み出す原動力となることもある。例えば、恋愛小説が、読者を男から女にシフトする場合、旧来の恋愛小説を反転して引用することは、新しい角度からの恋愛を「新鮮」に提出することになるだろう。最初の女性向け小説〈人情本〉とは、そうして定立したものではなかったか。

## 恋愛のマニュアル

二葉亭四迷の小説『平凡』（明治四十年）は、老け込んだ中年の主人公古屋が、その「平凡な」半生を振り返るものだが、そこに次のような一節がある。

> 私は是より先春色梅暦《しゆんしよくうめごよみ》という書物を読んだ。一体小説が好きで、国に居る時分から軍記物や仇討物《あだうちもの》は耽読《たんどく》していたが、まだ人情本という面白い物の有ることを知らなかった。これの知り初めが即ち此春色梅暦で、神田《かんだ》に下宿している友達の処から、松陰伝と一緒に借りて来て始《はじめ》て読んだが、非常に面白かった。此梅暦に拠《よ》ると、斯ういう場合に男の言うべき文句がある。何でも貴嬢《あなた》は浦山《うらやま》敷《しく》思わないかとか、何とか、ヒョイと軽く戯談《じようだん》を言って水を向けるのだ。思切って私も一つ言って見ようか知ら……と思ったが、何だか、どうも……ソノ極《きま》りが悪い。（三十六）★［1］

法律の勉強のため上京して伯父の小狐家に下宿する古屋は、この時代にはお定まりの出会いで、小狐家の娘雪江に恋をするが、想いを打ち明けられないでいる。伯父夫婦のいないある日のこと、雪江が「一寸いらッしゃいよ、此処へ。好い物

★［1］『日本近代文学大系 第4巻 二葉亭四迷集』（角川書店、一九七一年）二九一頁。なお、旧漢字・旧仮名は現行の用字に改めた。

があるから」と部屋に招き入れる。古屋は、千載一遇の機会到来にぶるぶる震えながら部屋に入ると、そこには山盛りの焼き芋が。震える手で皮ごと芋をほおばる古屋をいぶかりながら、雪江は、両親が知り合いの結婚式に出かけていていないのだと告げる。そこで、古屋は『春色梅児誉美』に倣って口説く台詞まで思い浮かんだが、恥ずかしくて口にすることができずにいるうち、雪江は帰ってきた女中の松と話し込んでしまうという、意気地がないというべきか、その内気さ不器用さを哀れというべきか、笑いを誘わずにはいられない顛末となる。

『平凡』は、四迷自身をオーバーラップさせる書き方をしているから、古屋が『春色梅児誉美』を読んだのは、明治十年代の後半ということになろう★［2］。その頃でも『春色梅児誉美』は恋愛小説の代表格であったらしい。特に男性読者にとっては、複数の女性とからむ男主人公丹次郎の言動は、恋の手本ともなったのであろう。古屋自身は、その後妄想にふけるばかりで、雪江を口説くこともできず、ついに雪江は他へ嫁

二葉亭四迷（1864～1909）

★［2］この時期の、梅暦シリーズとしては、明治十六年一月刊魁進堂の活字本『春色辰巳園』、明治二十年十月刊同盟分社・自由閣の活字本『春色梅暦』が管見の範囲で挙げられる。また、明治十年代における人情本の復活については、山田俊治「人情本の再生まで—明治初年の恋愛小説に関する一考察—」(『日本文学』56—10、二〇〇七年十月)に詳しい。

いでしまう。古屋の妄想はますます募り、人情本を耽読、果ては外国文学にまで発展し、中途半端な文士への道を歩むこととなる。古屋は「文学の毒に中《あて》られた者は必ず終《つい》に自分も指を文学に染めねば止まぬ。」と言うが、『春色梅児誉美』は、いずれにしてもその面白さ、特に演技による恋愛の駆け引きの点から、彼を文学に引きずり込む力があったことだけは間違いない。

以下は、その力が何であったのかを、江戸の恋愛小説に描かれる演技の本質＝定型と、その変型によるジャンルの生成という観点から分析してみた。人情本というジャンルを決定付けた『春色梅児誉美』という作品は、従来の恋愛小説から何を受け継ぎ、何を異化して新しいジャンルを創造したのか。さらに言えば、これまでの文学史では、演技よりも真情に焦点が当たってきたこのジャンルに、演技の要素を発見できるとすれば、人情本というジャンルの性格、およびそれとは切っても切れない「いき」の美学についても新たな視点が得られるかも知れない。そこで、まずは、『春色梅児誉美』の分析に入る前に、議論の前提として、恋愛における演技の意義について理論的に確認しておく必要がある。

## 2　なぜ恋愛に演技は必要か

### 儀礼と演技

恋愛は、真情だけでは成り立たない。恋愛は、魅力的な対象を欲求する強い情動から出発するにしても、それだけでは恋人の獲得という成功のための必要にして十分な条件とはなりえない。恋愛のコミュニケーションには、段階的な自己開示、恋人・夫婦としての役割獲得、儀礼的場面の克服といった「演技」を要求される。

たとえば、対象となる異性との初期の会話の場面で、いきなり自己の直情をそのままぶつけることは、まずもって逆効果であろう。相手が同程度の強い情動を持っている可能性は極めて低いし、自分の情報や内面ばかり語る者は、いきなり親密な関係を求める、一方的でぶしつけな、あるいはひとりよがりで相手のことを知ろうとしていない人間、ということになってしまう。多少相手に興味があっても、恋愛というある意味危険な賭けに踏み込むには、慎重になるのが一般的であるし、一方で、何もかもわかってしまった秘密のない異性は、恋愛の対象としての魅力の大半を失ってしまっている、とも言える。結局、こういう場面では、自分の熱情を小出しにしながら、相手の話に興味を持って聞く姿勢が、最低限の「演技」として要求されるであろう。

また、互いを特別な異性として意識する段階に入っても、プレゼントを贈る・デートをする・手や腕を組む・恋人として第三者に紹介する・婚約指輪を贈る、といった段階的な社会的認知を伴う儀礼的場面が待っており、そこでは恋人としての役割をうまく演じることで、コミュニケーションが成り立つ。儀礼は、この場合、おおよそ二つの要素から成る。一つは、相手への敬意・愛情、もしくは自分が恋人として価値があることを、相手あるいは証人たる周囲の人間に表明する「提示」、もう一つは、自己の大切なものを捧げて自分にとって特別な異性であることを証拠立てる「供犠《きょうぎ》」とから成る。そして、儀礼には、形骸化したものもあるが、恋愛や結婚がその社会でどういう意義を持っているかを反映したルールが必ず存在する。デートないし手や腕を組むというのは、恋愛結婚が一般化するにつれて定着したものであるはずだし、給料の三ヶ月分という婚約指輪の相場は、これを贈る対象が他にないことを証拠立てるのに適当な金額であるからだろう。

さらに言えば、恋愛の演技は、そうした儀礼における型どおりのケースにのみ求められるのではない。親しい友人が待ち合わせに遅れてきた場合は、「怒る」という「攻撃」「処罰」の行動に直接出ても支障はないし、それはある意味親密さと信頼の上に成り立ったものとも言えるが、恋人の遅刻には女性の場合、攻撃よりも「すねる」という「媚態」を含んだ行動の方が、効果的かも知れない。また、こちらが学生で相手が社会人なら、学生の側は服装や態度、さらには心情すら普段より背伸びしたものになる場合が多いだろう。さらに、恋人が一種の社会的「役割」であることは、女性が恋人から自分の名前を呼び捨てにされることを強く望むといった例に典型的なように、呼び名によって二人の関係が規定されていることからも確認できよう。「演技」は日常の恋愛行動のそここに見出せる★[3]。

### 演技と感情のバランス

演技は、程度の差こそあれ自分で他者の目に映る自己像を想定したものであり、そこには自己を客観視した冷静な目が必要となってくる。しかし、一方で真情のこもらない演技だけでは、心の共鳴も、心身の交歓も得られないのであって、たいていの恋愛は、「冷静」と「情熱」という対極の心を要求されるディレンマに

★[3] 恋愛の演技に関する考察は、以下の社会学・心理学の成果をもとにしている。まず、社会学における、儀礼と演技の問題については、入門書として、奥村隆（編）『社会学になにができるか』（八千代出版、一九九七年）第2章「儀礼論になにができるか」（奥村隆執筆）、および、友枝敏雄・竹沢尚一郎・正村俊之・坂本佳鶴恵『社会学のエッセンス』（有斐閣、一九九六年）第4章「ドラマトゥルギー」（坂本佳鶴恵執筆）、がある。専門書としては、E・デュルケム（古野清人訳）『宗教生活の原初形態（上・下）』（岩波文庫、一九七五年）、同（田原音和訳）『社会分業論（上・

直面し、そこで行き悩むのである。それは、ちょうど役者が演技をする際、心に重心を置くべきか、身体に重心を置くべきか、という演技論の中心テーマと同方向の問題を孕んでいることを想起させる。最高の演技者、即ち最高の恋人とは、世阿弥のいう「離見の見」★〔4〕のように、役の魂を自分のものとしながらも、一方で、自己の主観を離れて観客から見た自己像を頭にモニターする意識をどこかで併せ持つ、という離れ業をやってのけられる人間ということになるのだろう。

近世文学の恋愛の舞台は多く、遊里である。そこでの恋は、仮構のものではあっても、いや仮構の恋だからこそ、その儀式性・演技性が強調されることで恋は成り立つのであり、客はその徹底して様式化されたルールに従うことから始まって、演技の恋を楽しむことが、この世界に遊ぶ資格となる。そのようなルール（諸《しょ》分《わけ》）を知ることは、「通」への入口であり、遊女の演技をひたすら真実と錯覚してしまっては、「野暮」「頓直」となってしまう。だいたい遊里の経済原理は、遊女に多くの客が集まるほどその価値を高め利益を生むのであって、遊女はいかに「実」を演技してそれぞれの客に自分だけと思わせるかが要求される。従ってその演技は御座なりのものではなく、相手に対している間はその気になって恋人を演じるものであればあるほどよいことになる。客の方も、自分だけと思い込んだ

下）』（講談社学術文庫、一九八九年）、E・ゴフマン（丸木恵祐・本名信行訳）『集まりの構造――新しい日常行動を求めて』（誠信書房、一九八〇年）、同（浅野敏夫訳）『儀礼としての相互行為――対面行動の社会学』（法政大学出版局、二〇〇二年）などが主なものである。また、心理学の立場から恋愛心理を学問的に追究したものとしては、松井豊『恋ごころの科学』（サイエンス社、一九九三年）、E・ハットフィールド、G・ウィリアム・ウォルター（斎藤勇・奥田大三訳）『恋愛心理学』（乃木坂出版、一九九九年）がある。

★〔4〕この言葉は、世阿弥六二歳の時に書かれた『花鏡』（応永三一年、一四二四）に見える、演者が自己の主観を離れて、観客のまなざしを我が物として見る態度をいう。本来は、舞の基本的な表現形式の一つ「舞智風体（技巧的な手技や仕草を用いない表

り、独占しようなどとは思わず、対面している時間に全力を傾注して「夢」の世界に遊べばよいわけである★[5]。この演技のバランスが崩れて遊女も客も本気で愛し合ってしまったら、よほどの経済的裏打ちがないかぎり、落魄《らくはく》・心中の悲劇が待っているのである。

## 3 洒落本の反転

### 恋の舞台・恋の楽屋

抑丹《そもたん》次郎と米八《よねはち》は、色《いろ》の楽屋《がくや》に住《すみ》ながらいつしか契《ちぎ》りしかね言《ごと》をたがへぬみさほの頼母《たのも》しく、尋《たづ》ねて深《ふか》き中《なか》の郷《がう》、九尺二間《くしやくにけん》の破畳《やれだゝみ》病《やまひ》の床《とこ》に敷《しき》ものも、薄《うす》き縁《えに》しとかこちたる、恨《うら》み泪《なみだ》の玉《たま》のこし捨《すて》て貧苦《ひんく》をいとはじと、誓《ちか》ふ寔《まこと》の恋《こひ》の欲《よく》、これぞ流《なが》れの里《さと》にある、人《ひと》の意地《ゐぢ》とは知《し》られけり

この一節は、『春色梅児誉美』巻之一第二齣の冒頭、落魄して向島中の郷に身を隠す丹次郎を恋人米八が訪ねあて、互いの状況を語るうち一儀にいたった前回

現）」の演じ方の心得として導入された概念ではあるが、同時に世阿弥は、この言葉を能全般の表現に関わるものとして用いている。

★［5］日野龍夫「近世文学史論」（『岩波講座日本文学史』第8巻、岩波書店、一九九六年。のち『日野龍夫著作集第三巻　近世文学史』ぺりかん社、二〇〇五年所収）。

を受けたもので、その浄瑠璃調の文章は、恋の時間の情調を演出するものであった。そこで作者為永春水は、物語の設定を「色の楽屋」と定義づけている。確かに『春色梅児誉美』は、「色」を演技して生業とする芸者や娘浄瑠璃が、演技抜き欲得抜きにというか、逆に男に貢いで恋のさや当てをする物語である。

この設定は、そうした「色」を演技して切り売りする女たちのバックステージをのぞく興味もあったであろう。実際これまでの文学史は、前節で筆者が整理したような「色の舞台」の論理を基盤とした洒落本が、その末期に至って実情を描くようになった点から人情本の始発を語る。たしかに、登場人物の心理・行動に着目すると、演技中心の洒落本から、真情中心の人情本という図式は成り立つ。しかし、『春色梅児誉美』の成功はそこだけにあるのではない。この作品の今ひとつの仕掛けは、「色の舞台」を逆転した構図をその基本設定としていた点にあると思う。

繰り返しになるが、『春色梅児誉美』は、本来「色」を演技して生業とする芸者や娘浄瑠璃が、演技抜き欲得抜きにというか、逆に男に貢いで恋のさや当てをする物語である。さらに、男主人公丹次郎に着目すると、演技と熱情を絶妙のバランスで操る丹次郎は、社会的に見れば「色男金と力はなかりけり」の典型ながら、こと恋愛の世界に限っては究極の演技者であり、恋の演技のプロであるはずの女たちをふりまわす。つまり、一人の女性に複数の男性がからみ、特に女性に演技が要求される「色の舞台」たる洒落本の世界を受けて、「色の楽屋」たる本作では、これをまったく裏返し、一人の男性に複数の女性がからみ、今度は男性の側に特に演技が要求されるよう書かれていた。金銭の関係も、「贈与」は洒落本が男から女に行われるのに対し、『春色梅児誉美』の場合は、女から男への「貢ぎ」へと逆転している。つまり、『春色梅児誉美』は、「色の舞台」たる洒落本のような世界のパロディとして出発し、役割も演技も男女入れ替わった点にまず新味があったはずである。

## 登場人物の役割の反転

その傍証となるのは、『春色梅児誉美』の登場人物の命名法である。女主人公の一人米八を一芝居打って吉原から深川に住み替えさせながら、後で宝剣の詮索の方便とは知れるものの丹次郎・米八の間に割って入る千葉の藤兵衛は、洒落本『辰巳婦言《たつみふげん》』『船頭深話《せんどうしんわ》』（式亭三馬）『船頭部屋』（猪牙散人《ちょきさんじん》）のシリーズでお馴染みの藤兵衛をきかせた命名であることが指摘されている★［6］。

★［6］山口剛『人情本集』（日本名著全集刊行会、一九二八年）解説その二。

山口剛は、その意図を深川芸者のおとまに嫌われながら、金づくで無理押しをする洒落本の藤兵衛と千葉の藤兵衛とを対照させることで、通であり、理解があり、情がある男に仕上げることにあったとし、その効果として言い寄られる米八の苦衷を一層深くし、あわせて春水のパトロンと目される津国屋藤兵衛をモデルとして称揚することになった、とする。そういう効果を否定するものではないが、それだけではない。

方便としての横恋慕という事情が読者に見えてくる以前の『春色梅児誉美』前半では、藤兵衛は、米八への恋情もさることながら、むしろ米八が操を立てるのに障害となる、言い換えれば米八の操を試す側面を持った存在として設定されている。そもそも『辰巳婦言』のおとまは、操を立てることなど眼中にない現実的な存在として、演技で客の情意をつなぎ、藤兵衛はこの演技に振り回されて金を出す。これに比べて『春色梅児誉美』後編巻之四第八齣では、藤兵衛が義理づくで米八を口説いても、米八はおとまのように巧みな演技で相手をそらしたりだましたりせず、世話になった藤兵衛への義理に苦しみながらも、精一杯の啖呵を切って丹次郎への操を立て通す。これを受けて「辰巳婦言《たつみふげん》の藤兵衛《とうべゑ》にどこか似《に》よりの役《やく》まはり、名《な》さへも同《おんな》じ二枚目《にめへめ》がたき」と藤兵衛自身に滑稽味たっぷりに言わしめているのは、藤兵衛に洒落本的世界を代表して侵入させ、対する女には全く逆の行動をとらせることで、本作が「色の楽屋」という洒落本の反転世界にあることを浮き彫りにさせていたのである。

また、藤兵衛の恋人梅のお由ならびに、丹次郎の許嫁お長は、浄瑠璃・歌舞伎から読本にも取材される梅の由兵衛長吉殺しの二人を女性に移し変えた命名であることも指摘がある★[7]。これは、九返舎主人が本作二編序に指摘するとおり、男女を入れ替える「変生女子の新工夫」と言えよう。侠客梅の由兵衛を気随の勇み肌小梅の女髪結お由に、長吉をお長こと娘浄瑠璃竹長吉に転じていたわけである。他にも梅の由兵衛ものと本作との関連はいくらも指摘できるが、今はただ、男女の逆転の傍証として、命名法にそれがみえることのみ注意しておきたい。

さて、『春色梅児誉美』が「色の舞台」たる洒落本の反転世界であるから、演技はなくなって全て真情のみの恋が展開されるか、といえばそうではない。パロディであはっても、というかパロディであればなおさら、洒落本がそうであったように、『春色梅児誉美』もやはり恋愛の演技の物語なのである。より恋愛の本質にそって言えば、演技のない恋愛などあるはずはなく、ただ演技で複数の異性を振り回す役割が女から男に、真情にからめとられて振り回される役割が、男か

★[7]注[6]。

ら女に代わっただけのことである。ただし、この役割の変更は天保期人情本のジャンル生成にかかわる問題であり、以下、作品に即して検討する。

## 4　演技の戦略・その1

### 演技が生み出す魅力

人情本は一人の色男に複数の品の異なる女性が絡むのが常套であるから、男の言い訳は本来白々しいものである。しかし、それだけでは、不実な何の魅力もない男が多くの女の気を引くことになり、説得力に欠けてしまう。読者から不実は透けて見えても、なお恋愛対象としての魅力がなければ、作品の魅力も望み得ない。作者春水は、そこのところにどういう工夫を凝らしていたのであろうか。

『春色梅児誉美』第六齣で、丹次郎と離れ離れになっていた許婚のお長は、多寡橋の往来で遭遇し、鰻屋の二階で、唐琴屋を出てから富岡で危難にあい、お由に助けられ今は娘浄瑠璃の修行の身となっている境遇を語り、丹次郎もこれに同情する。丹次郎はこの時、唐琴屋の内芸者から深川に住み替えた米八に援助され内縁関係にあるが、お長の手前それは明かせない。お長はそれとも知らず、丹次郎に今後の好意を請い、丹次郎の住所を尋ね、訪問の約束を取り付けようとするが、丹次郎は米八との関係が露見することを恐れ、なかなかこれに応じようとしない。そこにちょうど勤め帰りの米八と出くわし、（以下七齣）丹次郎との関係を知らされたお長は米八と恋のさや当てを演じる。双方譲らぬ気まずい雰囲気に、米八の朋輩梅次の機転で、丹次郎はお長を送ることとなり、まずはその場を引き取る。さて、その送る道々である。米八と丹次郎の関係を知ってふさぐお長は、思い切って丹次郎の腕に取りすがり、その媚態とは逆の、攻撃的な言葉をかけはじめる。

長「お兄《あに》ィさん　丹「ヱ　長「おまへさんは誠《まこと》に憎《にく》らしいョ　丹「なぜ　長「なぜといつて、先刻《さつき》も米八《よねはつ》さんのことをいつたら、知《し》らぬ皃《かほ》をしてお出《いで》なすつて、いつの間《ま》にか御夫婦《ごふうふ》になつておいでなさるじやア有《あり》ませんか　丹「ナニそういふわけもないが、おいらが浪人《らうにん》してこまつて居《ゐ》て、殊《こと》に病気《びやうき》の最中《さいちう》来《き》て、彼是世話《かれこれせわ》をしてくれたからツイ何《なん》したのだ　長「ツイ夫婦《ふうふ》におなりか　丹「ナニ夫婦《ふうふ》になるものか　長「それでも末《すゑ》には一所《いつしよ》になるといふ約束《やくそく》じやアあ

りませんかへ　丹「ナニナニ夫婦《ふうふ》にはなりやアしねへヨ　長「そして、だれをおかみさんになさるのだへ　丹「おかみさんは米八《よねはち》より十段《じふだん》もうつくしいかわいらしい娘《むすめ》がありやす　長「ヲヤ何処《どこ》にヱ　丹「これ爰《こゝ》にさトいひながら、お長《ちやう》をしつかり抱寄《だきよせ》て歩行《あるく》。お長《ちやう》はうれしく、すがりし手《て》に力《ちから》をいれて、二《に》の腕《うで》の所《ところ》をそつとつめり、眼《め》のふちをすこしあかくして、につこりとわらふゑがほのあいらしさ。

## 冷静と情熱の間

丹次郎の歯の浮いた台詞に一転心をとろかせてしまうお長に、他愛なさを感じる向きも多かろう。しかし、事実上の夫婦関係を構築しているライバル米八が、女性としてもはるかに成熟している存在であることを考えれば、誰と夫婦になるかという問いは、許婚という、現状ではお長の唯一の優位を基盤としたものであるし、その答えとして、「米八より十段もうつくしいかわいい」というお長への誉め言葉は、お長の想定を超えた言葉の贈り物となったに相違ない。お長の媚態と攻撃は、格別の愛情を期待しているがゆえに、それを得られるか否かについて大きなリスクを抱える、恋人なら誰もが直面するはずの不安と表裏一体のものであり、お長こそがその美ゆえに多くの女性から選ばれた存在であるとの丹次郎の回答は、たとえそれが演技の要素を含んでいたとしても、愛情のしるし／保障としてはこれ以上ないものなのである。

ここで、なお丹次郎の不実について釈然としない思いの読者に断っておきたい。この小説が一夫多妻を事実上容認する前近代の男女関係を前提にしており、そこが現在と当時の女性読者の、こうした場面に対する立場を異なるものにしていることは言うまでもない★[8]。ただし、こうした女性史による対比のみでは、問題の本質を取り逃がしてしまう。丹次郎にお長を夢中にさせる魅力があるのだとすれば、それは他の女性たちにも魅力的なもののはずで、そのような丹次郎を愛してしまったお長は、丹次郎をその魅力ゆえに独占はしたいが、その魅力ゆえに独占は難しい、という恋愛が抱える本質的なディレンマにある。そしてお長が一瞬でもこのリスキーな恋愛の勝者となった（と思えた）からこそ、この作品は恋愛小説の枠となっているのである。それほどに恋愛とは本質的にリスクを伴い、だからこそ、現実ではなく小説のなかで消費する快楽が求められる、という恋愛小説の本質については、II章で論じた。

既に同じ七齣では、丹次郎とお長の出逢いに嫉妬した米八が、「お長《ちやう》さん、男《をとこ》

★［8］たとえば、春水『梅の春』二編（天保十年刊）巻二第九回では、「春水《しゆんすい》が近年《きんねん》著《あらは》したる中形本《ちうほん》に、婀娜《あだ》なる美人《びじん》の事《こと》をしるし、好色《こうしよく》なるに似《に》たれども、男《おとこ》に対《たい》して不《ふ》実《じつ》なる女《おんな》を、一人《ひとり》も記《しる》せし事《こと》なし。男一人《おとこひとり》に惚《ほれ》たる女《おんな》が、二人《ふたり》も三人《さんにん》も在《ある》よしを綴《つつ》れど、嫉妬《ねたみ》て争《あらそ》ひ、災《わざわ》ひを発《おこ》す様《よう》なる騒《さは》ぎも作《つく》らず。只々《ただただ》男《をとこ》の為《ため》に操《みさお》を守《まも》り、艱難辛苦《かんなんしんく》して夫婦《ふうふ》となり、妾本妻《めかけほんさい》　囲《かこわれ》女《め》、睦《むつ》ましく語《かた》ひ合《あい》て姉妹《けうだい》の如《ごと》し。」と、自作の恋愛描写の濃厚さや多さを弁護すべく、一夫多妻を前提にした女主人公たちの女性道徳遵守を強調している。

といふものはどうもたのみになるやうで頼《たのみ》にならないもんだ。のう梅次《うめじ》さん」と丹次郎への当て言を言うのにたいし、「そりやアそうだけれど、なんでも女《をんな》の気《き》魂次第《こんしだい》さ。此方《こっち》が惚《ほれ》りやア他《ひと》もほれるから由断《ゆだん》をするといかないよ」と梅次に味わい深い教訓を言わしめている。恋という危険なゲームに参加した以上、大きなリスクは当然なのである。

結局、丹次郎の魅力の源泉とは、相手に対している時には「本気」で恋人を「演技」する「冷静」と「情熱」のバランスにあった、と言ってよい。丹次郎は不実を詰られても、冷静である。困惑もしないし、謝罪もしない。それが相手の本当に求めているものではないからである。彼は、攻撃がある限り、それは愛情の保障を求めているのに過ぎないことを知っている。

## 5　演技の戦略・その2

### 甘い言葉を卒業したら

呼び名は恋愛関係の深度を量るバロメーターだが、お長も逢瀬を重ねるうち、丹次郎を「兄さん」から「おまへさん」と呼ぶようになってくる。その変化の過程で、丹次郎はただお長を誉めるだけでは芸がない。七齣に続く二人の逢瀬は、第十齣である。予告もなく早朝にお長が丹次郎を訪ねるところからも、この間に関係は深化していたと見るべきであろう。

丹「ナニ別段《べつだん》に中《なか》のいいといふわけはねへが、彼是《かれこれ》世話《せわ》をしてくれるから、わりい皃《かほ》もされないはナ　長「わりいお皃《かほ》どころか、いつかもうなぎやの二階《にかい》で、おまへさんが米八《よねはち》さんの皃《かほ》をおみなさるお皃《かほ》と言《いつ》たら、そのかはいらしい目《め》に愛敬《あいきやう》らしい風《ふう》をして、喰《くひ》ついて上《あげ》たいよふに見へましたものウ　丹「つまらねへ事をいふ。おめへこそ一日《いちんち》ましに美《うつくし》く娘《むすめ》ざかりになるから、今《いま》においらがやうな貧乏人《びんぼうにん》は突出《つきだ》すだらふ（中略、この間丹次郎はお長の髪を結い直し、お長は好意に甘える。）丹「サア結《いつ》てやらう。糸鬢奴《いとびんやつこ》かくりくり坊主《ぼうず》にするか、疱豆《ほうそう》をモウ一《いつ》ぺんさせるか、何《なん》でもチツト皃《かほ》かたちに申分をこせへねへけりやア、人《ひと》が惚《ほ》れてうるさいばかりか、由断《ゆだん》がならねへ　長「よいヨ兄《にい》さん、そんな事をいつてだまかしておくのだヨ　丹「ナニほんとうに気《き》がもめるからさ　長「イイヱうそだよ。其証古《そのせうこ》には私《わちき》にはさツぱりかまつておくれでないものを

（すべてお長がものいひ、あまへてすねる心もちにてよみ給ふべし） 丹「どれどれ、サア是《これ》からうるさい程《ほど》かまつて上《あげ》やう。逃《にげ》るときかないヨト引寄《ひきよせ》て横抱《よこだき》膝《ひざ》のうへにのせ　丹「サアお長《てう》や、乳飲《ちちのん》で寝《ねん》ねしなヨト（わらひながら）皃《かほ》と皃　長「アレくすぐツたいヨといふ声《こゑ》も、忍《しの》ぶは色《いろ》の本調子《ほんてうし》・・・

## 嫉妬には嫉妬

お長の嫉妬という攻撃に対し、丹次郎は向きになどならない。それが愛情の要

『春色梅児誉美』（蓬左文庫蔵）後編第十齣挿絵。丹次郎がお長の髪を梳いている。「髪梳は、歌舞伎で女が男にしてやる愛情表現の演出定型であり、官能的で愁嘆場を構成し多く音曲を伴った。（郡司正勝「髪梳の系譜」『かぶき　様式と伝承』講談社学術文庫、二〇〇五年）この挿絵場面は、男女の役割を入れ替え、音楽も湿っぽい江戸長唄のめりやすから戯れ唄にして、その情調を愁嘆から戯笑に転じたパロディとなっている。歌舞伎に親しい女性読者は、この反転の趣向も堪能したであろう。

求に過ぎないことを逆手にとって、お長の美に対し嫉妬しかえす。丹次郎ゆえに「一日ましに美」しくなるお長は、当初の生硬さから脱皮しつつあり、丹次郎を恋の危険にさらす存在に成長した。己の独占欲にも振り回されず、むしろその独占欲の表現をお長との愛の交歓への契機に転用することこそ、丹次郎の「演技」の戦略＝筋書きなのである。しかし、「嫉妬」の感情が真に迫っていなければ、お長の心へ訴える「演技」とはならない。「ナニほんとうに気がもめるからさ」という台詞は、言い訳にとどまらない、自分の心に言い聞かせるような味がある。攻撃の台詞とは裏腹にお長の姿態は媚態を含み、やがて台詞はいらない段階へと至る。媚態同様に愛の保障欲求に過ぎない「嫉妬」を自らの演技に転用したのが次なる段階であった★［9］。

## 6　演技の本質

### 感情の再現

三度目の逢瀬は、お長が娘浄瑠璃として仕事に出るようになり、亀戸の梶原屋

★［9］丹次郎が、子供をあやすようにして、戯れかかる点は、前作『吾妻の春雨』二編下巻で、源次郎がおみつに恋を仕掛ける場面で、子供遊びの「にうめんそうめん」に擬しておみつの両手を取る一節に、「かくあどけなきわざくれが、これぞいろしのひでんなるべし」と注記する点と重なる。愛情とは、たいてい親との身体接触によって初めて体験され、長じては恋人と同様の「児戯」を行うことで、心身の交歓と愛情の確認を行うのだとすれば、子供の遊びに擬して接するやり方は実に理にかなっているというべきだろう。

敷で番場の忠太から強引に言い寄られ、数寄屋に逃げ込んだところで、米八の箱持として控えていた丹次郎と邂逅する第十三齣である。お長は、金をとるため「演技」を強いられる勤めの苦労、米八との関係への嫉妬、なかなか丹次郎と逢えない不満を並べ立て、「よいヨ私はどふで今に死でしまふから、米八さんと中をよくなさいまし」「とても私は苦労したとつていけないからはやく死んでしまふヨ」と攻撃の度合いは喧嘩のレベルに上がってくる。それでも丹次郎は「冷静と情熱の間」の世界に居続ける。

丹「・・・・斯《かう》して米八《よねはち》のほうへ附《つい》て来《く》るのも、金《かね》の都合《つがう》をはやくさせて、おめへをお由《よし》さんの方《ほう》へ一旦帰《いつたんかへ》さねへけりやア男《をとこ》がたたねへ。といふは表向《おもてむき》、実《じつ》はどふも気《き》がもめてならねへ　長「なにがヱ　丹「何《なに》がといつて一日増《いちんちまし》に仇《あだ》になるおめへを他人中《ひとなか》へ手放《てばな》して置《おく》が気《き》になつてならねへ。どふも他《ひと》が只《ただ》はおくめへとおもふと夜《よる》も夢《ゆめ》に見てたまらねへ時《とき》なんぞがあるものを　長「ヲヤ啌《うそ》ばツかりにくらしい　丹「ナニ啌《うそ》じやアねへ。丁度今夜《てうどこんや》の様《よう》なことがあるから、油断《ゆだん》はならねへ　長「イイヱ米八《よねはつ》さんが気《き》にかゝるものだから附《つい》てお出《いで》のだヨ

丹「ナニそふじやアねへ。おいらのことよりおめへがだれとか約束《やくそく》して、此《この》

数奇屋《すきや》で待合《まちあは》わせるのだろふ。邪魔《じやま》になるとわりいから、おいらア供部屋《ともべや》へ行《いか》ふト立《たち》あがればすがりつき　長「ナゼマアそんなかわいそふなことをお言《いひ》だねへトいひつゝ泪《なみだ》はらはらはら、身《み》をふるはして泣児《なきがほ》の、目元《めもと》にほんのりあかねさす、それさへおぼろにわからねど、いだきよせて丹《たん》次郎　丹「じやうだんだヨ堪忍《かんにん》しな。ほんに今《いま》までしみじみと、二人《ふたり》ではなしもしなんだが、おいらゆゑに此苦労《このくらう》、さぞつらからふが辛抱《しんぼう》してくんな。其《その》うちにはどふかして、おめへをとりかへすから

犬も食わない痴話喧嘩と切り捨ててしまうのは簡単である。しかし、お長が最も求めていた抱擁と愛の保障をいきなり丹次郎が行ってもこれほどの効果はない。愛情表現の含意をもった攻撃たる嫉妬から始め、ついには不信の演技でその場を立ち去ろうとすると、どうしてお長は泣きだしてしまうのか。それは、お長の嫉妬をそのまま丹次郎がやりかえしているのだから、お長にも愛の含意は当然受け取れるし、丹次郎は嫉妬という愛情と攻撃の混在した行動が、下手をすると対象を遠くへ追いやってしまうリスクを「演じて」みせたのである。丹次郎の演技の戦略は、誉め言葉にせよ嫉妬にせよ、相手の女の感情を再現し、効果的なタ

イミングで提示することにあった。それだけ丹次郎は敵を知り冷静で戦略があり、対するお長は自らの感情に突き動かされている。その「情熱」こそ恋愛の本質だと思う向きには、丹次郎の冷静さは唾棄すべきものかも知れないが、当事者から読者に立場を転じてみれば、丹次郎の「冷静」も恋愛の本質の一面と思い知らされるのである。

## 音楽まで「冷静」

お長とて、丹次郎の演技の背後に欺瞞や不実の匂いがすることを嗅ぎ取らないわけではない。身を寄せ合う二人には言葉のいらない時間が流れ、宴会の最中にある座敷から、はやり歌「惚過し」が聞えてくる。

噂《うはさ》にも気《き》だてが粋《すい》でなりふりまでも、いきではすでしやんとして、桂男《かつらをとこ》のぬしさんにほれたがえんかヱヱ

大勢の異性から注目される魅力を持ち、相手の心を推量してふるまえる「粋」な男を「ぬしさん」として選択し、恋愛の局面の当事者になってしまった以上、

そこから生まれるリスクや不安に脅え、嫉妬の感情に苦しむことも「縁」＝運命なのだと自らを納得させるこの女の台詞は、お長にも読者にも教訓的である。運命的な二人の出逢いと情熱を歌い挙げる類とは異なり、引用された音曲までもが「冷静」である。そこが理想化された「恋愛」の世界とは大きく異なる点なのである。

## 7　恋愛の演技の系譜

### 「いき」の再解釈へ

丹次郎の「優しさ／優柔不断」が、彼に想いを寄せる全ての女性に開かれている限り、愛のしるしではあっても愛の保障にはなりえないこと、よって男の心をとりきめることができない宙吊りの境位が、女性の不安を絶えずかきたてること、自己と異性の間に二元的可能性（＝演技）を設定し、異性間の完全なる合同をみない緊張性こそ、「媚態」の源泉であることは、「いき」の本質をなす「媚態」の定義を行った九鬼周造★[10]、および梅暦シリーズについて、丹次郎の優情《ゆうじょう》の両

★［10］九鬼周造『「いき」の構造』（岩波文庫、一九七九年）二一〜二三頁。

義性という性格設定がこれを招来していることを説いた前田愛★[11]によって、基本的な議論は出尽くしていた。

この章では、社会学の成果を受けた、恋愛が持つ本来的な演技性という視点から、「いき」の「媚態」「意気地」「諦め」について検討することにもなった。まず、丹次郎は優情だけの存在ではない「媚態」の演出者であることが確認できた。嫉妬という愛ゆえの攻撃は、「意気地」と重なる。さらに、演技のための冷静さは、「諦め」なしに生まれ得ない。従って、この議論が大筋認められるとすれば、人情本と切っても切れない「いき」の美学の内容についても、この論文で言うところの「演技」が中核となるという再解釈が迫られることになる。この問題については、Ⅴ章で検討する。また、この演技性は、近代の「恋愛」の精神性・純潔性との対比からも面白い問題を我々に残してくれていることは想定できるが、その点については、既にⅠ章で詳しく述べた。

## 恋愛描写の源泉

はやく神保五彌は、「三馬の洒落本『辰巳婦言』以下三部作の人間関係」「を裏返して」、「丹次郎をめぐる三人の女性という構想を用意した」と指摘していた

★[11] 前田愛「「いき」と深川」（高田衛・吉原健一郎編『深川文化史の研究（上）』江東区、一九八七年）。

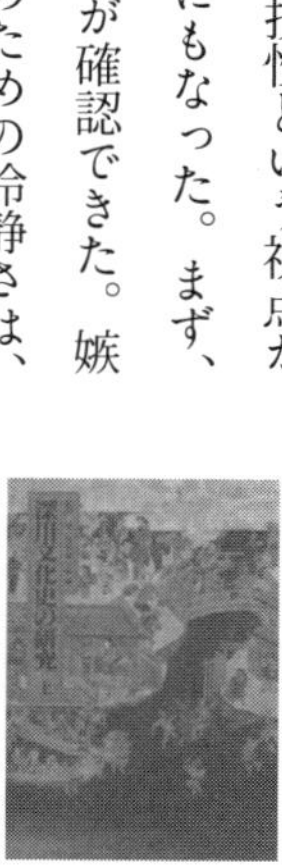

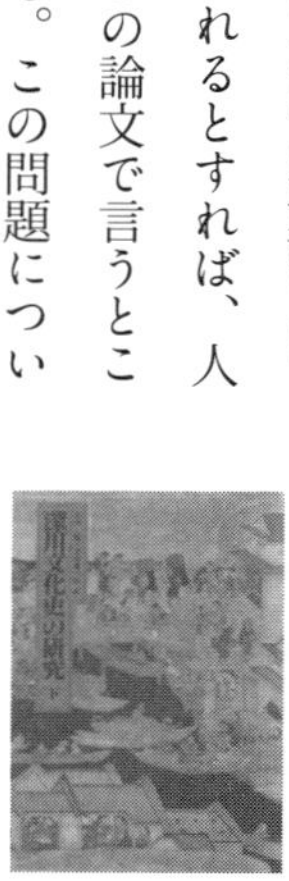

★［12］。本章では、この指摘を深く掘り下げて、洒落本的恋愛の演技の内容を、人間関係を反転しながらもある程度は受け継いでいたという結論を得るに至った。この結論の妥当性が認められるならば、天保期の人情本という、このジャンルを代表する時期の作品の、エッセンスを生み出した可能性のあるものを、呈示してみせたことになる。また、反転ではあっても本章で取り上げた場面全てが、「笑い」をある程度含んでいるという意味で、人情本の本質を、真情の観点から「泣き」の文学としてとらえてきた傾向に対して、特に本作が先導した天保期以降の人情本に新たな側面を見出す根拠を提出したとも言い換え得る。

この点から、春水作の人情本で、「人情本」の語に対するルビとして、「にんじやうぼん（もの）」「ちうぼん」といったものの他に、「しやれぼん」（『春色恋白波』二編巻三第十三回）と振るケースのあることについては、今後慎重な吟味が必要となろう。それは恋愛場面を会話体で描写するという小説様式の大枠だけの共通性からの命名なのか。それとも、本章で示したようなより本質的な問題から来るものなのか。

また、春水によれば、人情本の源流は、寛政初年ごろから制作された、大坂の岡場所島之内の「楽屋《がくや》」を詳細に描写しながら、「男女《なんによ》の痴情《ちじやう》を細《こま》やかに、恋《こひ》の

★［12］神保五彌『為永春水の研究』（白日社、一九六四年）「春色梅児誉美」をめぐって—春水人情本論」九五頁。なお、同様の見解は、武藤元昭『春色梅児誉美』の成立」（長谷川強編『近世文学俯瞰』汲古書院、一九九七年）にも見える。

実意《じつい》を尽《つく》」した書物がそれであった、と種明かしをしている（『春色雪の梅』三編、春水序★[13]）。『洒落本大成』を調べても、直接梅暦シリーズとの関係を示す部分を持った作品は、見当たらないが、今後の課題であることは間違いない。洒落本を題や口絵を改めることで、人情本めかして売ったこともわかっている春水★[14]のことであるから、こうした方面の作品が射程に入っていても、少しもおかしくはない。

さらに言えば、『応喜名久舎《おきなぐさ》』（初編、天保三年刊）序で春水が、女性向けの読みやすい愁嘆場を中心とする自作の「人情物」を、上方の「粋書《すいしよ》」と並べ称したり、『春色雪の梅』三編序で、自作を「粋書《すいしよ》の数《かず》に算《かぞ》へ給へ」★[15]と述べていたり、さらには『梅の春』四編の序で、春水の弟子松亭金水が、「婀娜《あだ》と艶《えん》なる」「情態《じやうたい》を穿《うが》」った『春色梅児誉美』以来の人情本を「粋書」と呼んでいる事実も見逃せない。そして、『洒落本大成』に収める上方洒落本＝粋書には笑いの要素も十分ある。これまで検証してきたように、場所は遊里の「楽屋」に転じ、男女の立場・役割は入れ替わっても、笑いにくるみながら、恋のかけひきを描く点では、『春色梅児誉美』以降の人情本と遊里の駆け引きを穿った粋書・洒落本とは地続きの面がないわけではない。

★[13] 東京都立中央図書館（東京誌料）蔵本による。

★[14]『洒落本大成』第十六巻（中央公論社、一九八二年）三八一頁、四二〇頁。同第十七巻（一九八二年）三七四頁。

★[15] 早稲田大学付属図書館蔵本による。

が、ともかく今は、人情本というジャンルの内容を決定付けたこの作品が、既成の洒落本の反転から出発した面がある、という見方を提出しておくにとどめなければならない。

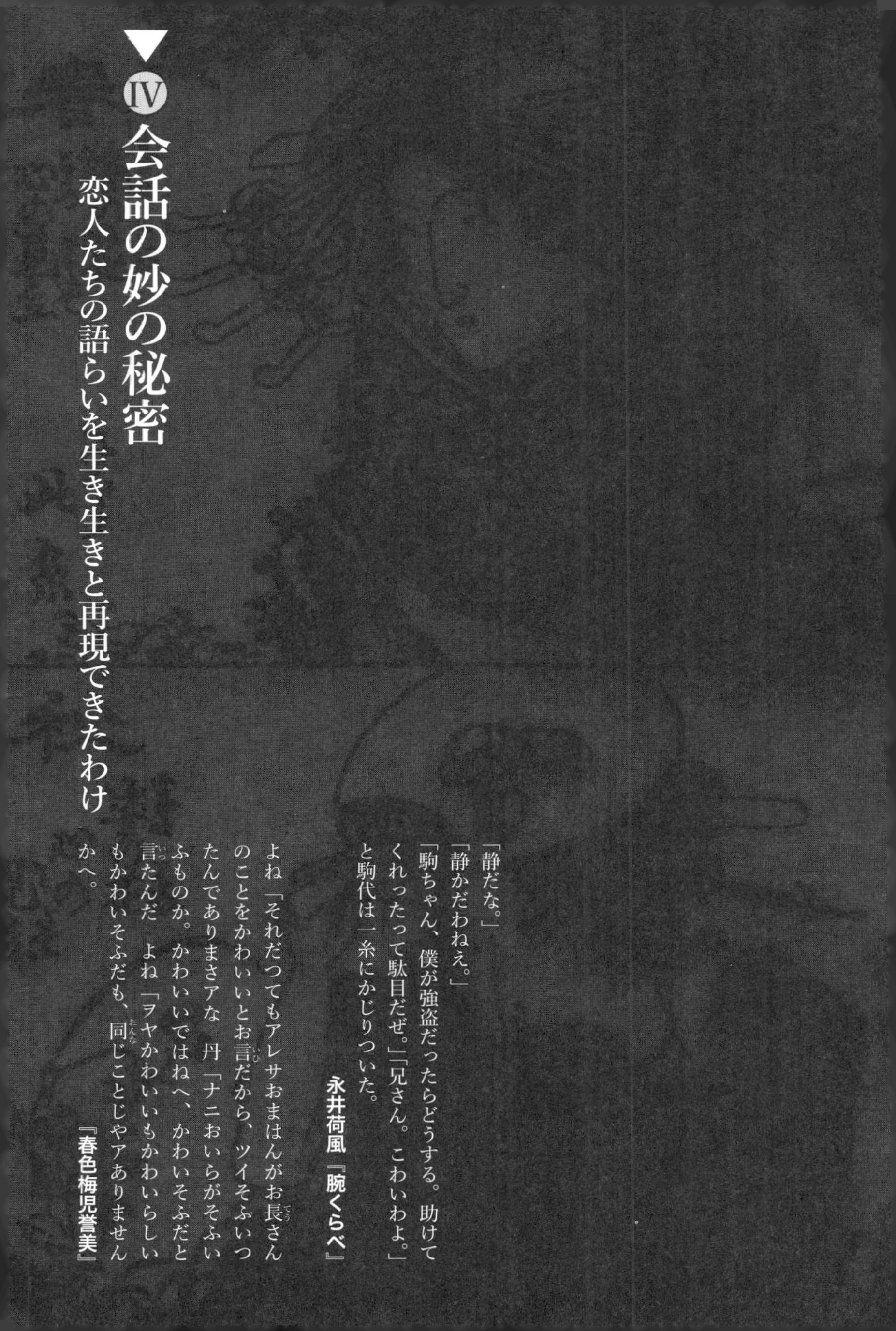

# ▼IV 会話の妙の秘密

## 恋人たちの語らいを生き生きと再現できたわけ

「静だな。」

「静かだわねえ。」

「駒ちゃん、僕が強盗だったらどうする。助けてくれったって駄目だぜ。」「兄さん。こわいわよ。」

と駒代は一糸にかじりついた。

永井荷風『腕くらべ』

よね「それだつてもアレサおまはんがお長《てう》さんのことをかわいいとお言《いひ》だから、ツイそふいつたんでありますアな　丹「ナニおいらがそふいふものか。かわいいではねへ、かわいそふだと言《いつ》たんだ　よね「ヲヤかわいいもかわいらしいもかわいそふだも、同《おんな》じことじやアありませんかへ。

『春色梅児誉美』

introduction
## 江戸の恋愛小説＝人情本への切り口

# *4*
# 「いき」の解釈をめぐる時代層

「いき」という言葉は今でも生きている言葉である。「粋」の字が当てられることが多いが、色事に関してこの言葉が使われることはほとんどなくなった。かつては「粋筋」といえば、花柳界か情事にかんする事を言ったし、やはり恋愛《ラブ》事件《アフェア》を指して「粋事」とも言った。しかし、その文化の発信地である花柳界の衰微と共にそうした言葉や用法はなくなり、「いき」は、お洒落、あるいは威勢のいいといった意味で今日使われるのが普通だ。

もともと江戸時代におけるこの言葉の意味は、「意気」の字を当てて威勢がいいことを指した。それが、江戸の花柳界、特に深川において、元気のあふれる心持や、体面を貫こうとする「意気地」をも指していうようになり、一方で、この地の芸者たちから発信された、幾何学模様や茶・鼠色といった渋い色使いをさして、服装・容姿・気風が垢抜けて洒落ていることを言うようにもなった。

人情本は、まさにこれらの意味が通用していた江戸後期の深川を主な舞台とし、芸者たちを主人公としたため、哲学者九鬼周造が『「いき」の構造』を書くに際して、もっぱら人情本を用例として検討することとなったのである。同じく明治末から昭和初年に、春水の人情本をモデルにして花柳小説を書いた永井荷風にも言えることだが、近代の知識人は、「いき」の多様な意味のなかでも、色気の意味あいを重視する。九鬼周造の母が花柳界の人間であったこと、荷風が父の勧める立身出世への反発として耽溺したのが花柳界であったこと、さらにはこの両人共にフランスで生活した体験から、日本の急速な、彼らから見れば「俗悪蕪雑な」近代化への疑問を持っていたことが背景にはある。

近代の「異端」の知識人にとって、花柳界は憧れの江戸への架け橋であり、理性の近代への対抗として、「いき」は「美」の方面から捉えられる傾向が強かったのである。そして、本物の江戸っ子は、荷風が『深川の唄』で述べているように、零落する自らの存在を「冷笑」とともに甘んじて受け入れ、俳句・音曲・落語・講談の担い手として市井に埋もれていった。

花柳界も衰微した現代において「いき」を評価する場合、荷風が指摘する江戸人の気の早い「諦め」に注目すべきだと思う。九鬼周造も、「いき」には、「媚態（色気）」「意気地」とともに「諦め」のあることを指摘している。ただし荷風や九鬼の「諦め」とは、ずいぶん悲観的なものに思えるだろうが、人情本で描かれるそれは必ずしもそうではない。詳しくはV章で検討するが、「諦め」は、そげた美を生み出すものであると同時に、コミュニケーションにおける限界を知って戦略を練る基盤ともなるものだ。失われゆくものへの哀惜を帯びた荷風や九鬼の時代からの視線と違って、春水の時代には、実際に「いき」が生活の中に生きていた以上、健康的な前向きの「諦め」もあったのでる。その点は、江戸から遠く隔たって、ノスタルジーすら消えようとしつつある今日、注目すべきは「いき」の倫理なのだと思う。

通信環境が飛躍的に、あるいは過剰に発達した今日、かえって我々はコミュニケーションの能力を失いつつある。こればかりはボタン一つで簡単に選択し操作できるものではないからだ。機械を操作することで画像や音声の再生が忠実に素早く遠くまで可能になったことで、我々はコミュニケーションの不可能性にすら気づかずにいる状況に慣らされてしまっている。

人と人が同じ心になるはずはない。ところが機械を使い続けていると、あまりの再生の簡便さと正確さに、そのことを忘れてしまう、あるいは考えようとしない危険性に落ち込んでいるのではないか。その背後では、簡単に自分の思い通りになる情報だけをやりとりする、情報の内容の個別化と情報交換の態度の画一化が恐ろしいまでに進んでいる。

これに対して江戸は、急速に都市化して、多様な人間を受け入れつつも、直接人間が触れ合わざるを得ない環境だった。荷風の指摘する江戸人の「諦め」の感覚も一つにはこういうところから生まれてきたのではないかと予想している。本書で折に触れて述べる江戸的コミュニケーションのあり方を根底で支えるものも、型にはまった思いやりや気遣いのレベルではないかと批判にさらされてきた、江戸の通俗的倫理感にある。

# Ⅳ 会話の妙の秘密

## 1 恋の調停・観察

### 落語・講談と春水

為永春水が、天保期の人情本で恋人たちの語らいを、これまで分析してきたように生き生きと再現できた原因は、いったいどこにあるのだろうか。

為永春水を「作家」と表現してしまうと、一般には誤解が生じてしまう。Ｉ章でも少し触れたが、そもそも春水は、世話種を専門とする講釈師として三十一歳の頃デビューしており、この折の経験が、彼の天保期人情本の特色である「自由な会話文」に影響したと想像されている★〔1〕。その後、春水は作家・書肆に転じるが、梅暦シリーズの好評を受けて、再び高座に上がったという★〔2〕。晩年

★〔1〕中村幸彦『日本古典文学大系　春色梅児誉美』（岩波書店、一九六二年）解説四

には、自作の『春色梅児誉美』まで口演したと伝えられている★[3]。実際、春水作『春色湊の花』(天保十二年前後刊)巻八三編第十六回では、登場人物に「去頃《いつかぢう》ね、横店《よこだな》の講釈場《かうしやくば》へ玉川日記《たまがはにつき》や梅《うめ》ごよみの作者《さくしや》だといふのが出た時《とき》、爺《おとつ》さんと聴《きき》に往《い》ツたらね、武者修行《むしやしゆぎやう》をする人《ひと》でね、後藤半四郎《ごとうはんしろう》といふ面白《おもしろ》い咄《はなし》をしたハ。」★[4]と語らせ、自己の講釈の宣伝まで行っている。

棚橋正博は、文政三年刊行の合巻『四季物語廓寄生《さとのやどりぎ》』(古今亭三馬作・歌川美丸画)に、「諸軍談正輔・鉄道」の看板のあることや、春水作『三日月阿専《おせん》』(文政九年刊)の文亭綾継序には、「講釈師《きろくよみ》の為永《ためなが》と呼《よば》れ」と記されていることを紹介する★[5]。横山邦治は、春水の読本『畠山重忠堀川清談』が講釈ネタであること報告する★[6]。また、棚橋は、人情噺が夜講釈の真打であり、式亭三馬の合巻『合鏡《あわせかがみ》女風俗《おんなふうぞく》』(文化十三年刊、歌川国貞画、次頁参照)を引いて客筋の半分近くが女性であることも紹介しつつ、残存資料から講釈の再現は困難だが、人情噺と講釈の差は、笑いの多寡にあっただろうと推測する★[7]。

## 恋の調停者たちとの近さ

ひるがえって、彼の天保期人情本を読むと、実在の太鼓持、さらには吉原・深

〜六頁。

★[2] 中村幸彦「舌耕文芸家春水」(『日本古典文学大系 春色梅児誉美』岩波書店、一九六二年「月報」、のち『中村幸彦著述集』第十巻、中央公論社、一九八三年所収)。

★[3] 前田愛「音読から黙読へ」(「国語と国文学」一九六二年六月、のち『近代読者の成立』有精堂、一九七三年、『前田愛著作集』第2巻、筑摩書房、一九八九年、『近代読者の成立』同時代ライブラリー、一九九三、および岩波現代文庫二〇〇一年に所収)。

★[4] 東京都立中央図書館(東京誌料)本による。

★[5]「人情本論(二)―『清談峯初花』(下)―」(「帝京国文学」第二号、一九九五年、九月)

★[6]『読本の研究』(風間書房、一九七四年)五〇五〜五〇六頁。

★[7] 世話講談と人情噺の境界とそのあいまいさについては、延広真治「世話講談と

川の業者たちが重要な脇役として活躍していることに気付く。彼らは、主人公たる男女の仲介者であったり、恋人をめぐって争う女同士や、他の男に嫉妬して女と喧嘩する客などとの間に入って仲裁を買ってでたり、恋に悩み愚痴を言う女の聞き役に回ったりする。

例えば『春色梅児誉美』第七齣では、多寡橋（深川高橋）の鰻屋の二階で丹次郎とお長が居るところに、ライバル米八と朋輩梅次が鉢合わせる。米八はお長と丹次郎をめぐって恋の鞘当となるが、険悪な場面にさしかかったところで、米八

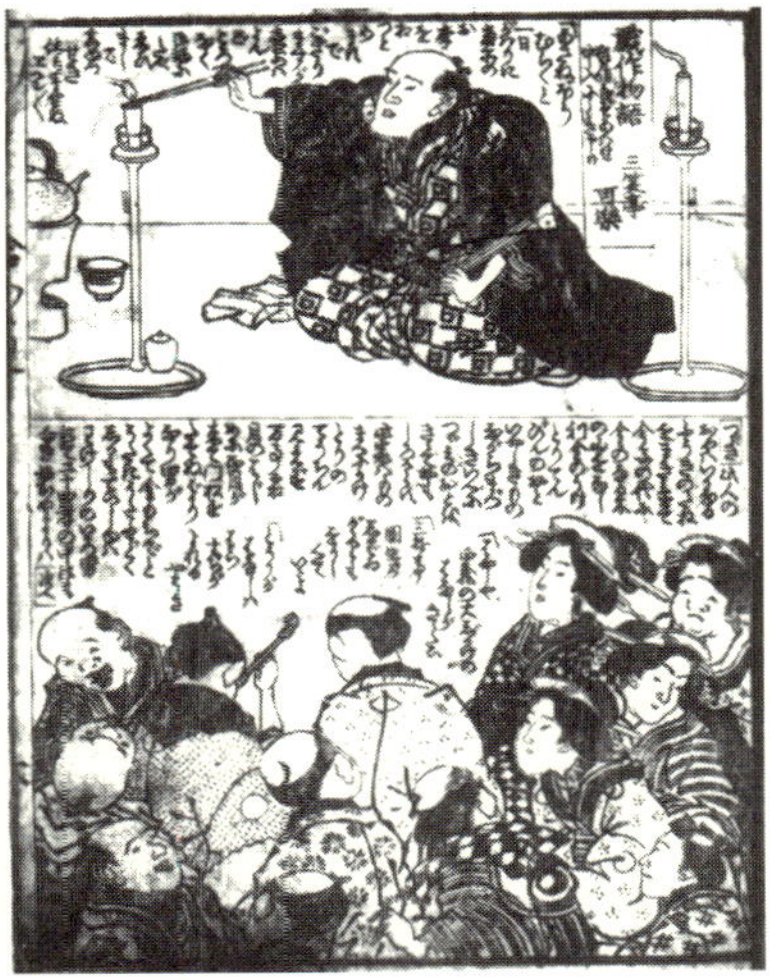
『合鏡女風俗』（上田市立図書館花月文庫蔵）。落語の口演の図。舞台の真打が蝋燭の芯を消している。客は大半が女性。

人情咄―「よむ」と「はなす」」（新日本古典文学大系明治編7『講談人情咄集』二〇〇八年）参照。

の朋輩梅次が、米八の「丸くねへ言葉付《ことばつき》」を「素人《しろうと》らしく妬心《ぢんすけ》でも有《ある》めへ」としなめつつ、丹次郎にお長を送らせて事態を収拾する。二人が去った後も、愚痴になる米八に対して、お長のような「ひいひいたもれ（子供）」に本気で嫉妬することを戒め、「実《じつ》に色《いろ》が活業《しやうばい》といふ」が「真底《しんそこ》ほれるとどうもわれながらこけになる」と、自分の体験をふまえて米八の心理を代弁、これでようやく米八も、他人の嫉妬を笑っていたが、何時の間にか自制心を失った、と自らを客観視して鉾を収める。

恋愛やそれをめぐる喧嘩の調整・調停は、コミュニケーションの潤滑油であり、悩みを聞いて適確な指示を出すのは現代ならさしずめカウンセラー並みの、心のもつれを洗い落とす存在で、いずれも当事者の話を傾聴し、対話する技術を要求される。こうした能力が、太鼓持や色里の業者には必要不可欠なものであったことは、容易に想像がつくが、日常的に恋の舞台の主役である客と女を取り持つプロが、多くそうした脇役を担わされるというのは、必然と言ってよかった。ところで、春水はそうした人々を知る環境にあった。

## 戯作者の生活

先にもふれたが、故郷の津和野から少年時代一家で江戸へ出た際、『春色梅児誉美』の主要な舞台である向島に育った森鷗外は、晩年『春色梅児誉美』の世界を懐かしむように史伝『細木香以』（大正六年）を書いている。そこには、『春色梅児誉美』の千葉藤兵衛のモデル、深川の芸人たちのパトロン細木龍池とその子香以の伝が記されているが、春水と龍池をめぐる交友を次のように記している。

　龍池が遊ぶ時の取巻は深川の遊民であった。桜川由次郎、鳥羽屋小三次、十寸見《ますみ》和十、乾坤坊《けんこんぼう》良斎、岩窪北渓、尾の丸小兼《まるこかね》、竹内《ちくない》、三竺《さんちく》、喜斎等がその主なるものである。由次郎は後に吉原に遷って二代目善孝と云った。和十は河《か》東節《とうぶし》の太夫、良斎は落語家、北渓は狩野家から出て北斎門に入った浮世絵師、竹内は医師、三竺、喜斎は按摩《あんま》である。（中略）為永春水はまだ三鷺《さんろ》と云い、楚満人《そまひと》と云った時代から龍池と相識になって此遊の供をした。龍池が人情本中に名を留むるに至ったのは此に本づいている。

龍池は我名の此《かく》の如くに伝播《でんぱ》せらるるを忌まなかった。啻《ただ》にそれのみではない。龍池は自ら津国名所と題する小冊子を著して印刷せしめ、これを知友に頒《わか》

つた。これは自分の遊の取巻供を名所に見立てたもので、北渓の画が挿《さしはさ》んであった。★［8］

史伝ゆえ細部の裏はとらねばならないが、春水が深川に出入りする環境は概ねこのようなものであったろう。ここでいう「津国名所と題する小冊子」とは、龍池の取り巻きを名所に見立てた『津廼国名所図会《つのくにめいしょずえ》』のことである。地名に見立てられた面々は、十寸見《ますみ》東雅・東永・荻江藤次・幇間栄次・和十など、龍池のとりまき芸人で、春水の作品にもよく顔を出す者たちである。跋を書いた乾坤坊《けんこんぼう》良斎は、春水作『出世娘』二編（天保六年刊）には春水と並んで世話講釈師として紹介され、『百戯述略』第一集に、春水と共に寄席に出たことが伝えられる人物でもあった。

春水自身、龍池に随って深川に出入りした、というに止まらず、龍池から資金的援助を得ていた可能性はかなりあると言ってよい。時代は下るが、幕末から明治初年に活躍した最後の戯作者仮名垣魯文の弟子野崎左文は、戯作者の経済事情を証言して、師魯文の後援者たる豪商・役人を四名数えるが、その中には龍池の子香以の名も挙がっている★［9］。その香以を訪ねた同時代の戯作者梅亭金鵞が、

★［8］『森鷗外全集』第十八巻（岩波書店、一九七三年）六九〜七〇頁。

★［9］『私の見た明治文壇』。

賞を目当てに鰻の食べ比べをする魯文や山々亭有人の浅ましい姿を目撃して、以降香以を訪ねなくなった、という証言もある★[10]。資産家や武士ではない戯作者の場合、原稿料収入のみで生計をたてることは困難であったわけで、書肆青林堂を廃業していた天保期の春水が、同様の状況にあったと想像しても差し支えはない。春水が、恋の舞台を客観視することができた背景には、彼が深川の遊民そのものであったか、それと同等の視線にあったことが考えられるのである。

★[10] 鶯亭金升「梅亭金鵞翁」(「文芸倶楽部」明治二十八年、二、三、六月)。

## 心理描写を支えるもの

既に、Ⅰから Ⅲ章で検討した、梅暦シリーズの恋愛の会話場面の心理描写の冴えには、こうした幇間同様の立場から恋愛場面を見聞きしたり、そのもつれを巧みにさばく芸人たちの様子を春水が観察・見聞きできただろうことも大きく影響していたと想像される。恋の脇役は、当事者でないだけ冷静に処し、妥当な示唆をすることができる。はやく饗庭篁村は、通油町時代の春水について、次のような伝えを残している。

弁慶橋(通油町)のほとりに住みし頃には、妻ともつかぬ色よき婦人、俗に云ふ苦労人を多く家に置き、色のもつれの捌き役、其身も仇々しき出立して俗を驚かすこと多かりしとぞ★[11]。

この記事を裏付ける文献はないが、事実ならば当然、そうでなくとも彼の天保期の人情本の恋愛描写の出来のよさは、こういう伝説を生むに十分の素地をもたらしたことも当然である。

春水自身が講釈の経験のあること、深川の幇間の座敷芸や客への取り持ちに直接触れる環境にあったこと、以上二点から、人情本の会話の妙の背後に話芸の影響を想定することが可能となる。既に中村幸彦は、合作の多い春水のなかで、単独作と想定できる作品の特徴として、会話を外側から語るのではなく、登場人物になりきった会話を挙げ、それは一人芝居と言っても過言ではない落語から学んだものではなかったかと想定した★[12]。

そうだとしたら、より具体的に春水は落語講談の話術の何を、自作の会話部分に取り入れたのであろうか。それを考えることは影響関係にとどまらず、人情本の魅力の大きな部分を占める会話の妙を成り立たせている原理を探る契機にもなろう。ただし、先に挙げた棚橋正博も言うように、江戸後期の小咄本や軍談が、

★[11]「春色梅こよみ」(「出版月評」明治二十年八月・九月)。なお、為永春水の通油町住居については、山杢誠「為永春水年譜稿 その四」「同その五」(「東洋大学大学院紀要(文学研究科)」三二号、一九九六年二月、三三号、一九九七年二月)により、文政九年春から日本橋通油町で書肆青林堂を営み始め、同十二年三月二一日の神田佐久間町火事により焼け出され、浅草寺付近に移転するまで同所に住居したことが、考証されている。

★[12]「為永春水小論」(『中村幸彦著述集』第六巻、中央公論社、一九八二年)。

当時語られていた落語・講談そのままを再記しているわけではなく、その復元は困難である★[13]。とすれば、今日演じられる落語・講談の話法から、その影響関係を類推するより他はない。

★[13] 注[5]、[7]。

## 2　会話をはずませるもの

### 繰り返しの効果

人情本の会話の精彩は、どういう仕掛けで生まれているのか。その一つの要因として考えられるものの一つに、相手の言葉を繰り返す行為がある。日常の会話でも繰り返しは、ごく普通に見られる現象である。相手の言葉を繰り返して確認したり、繰り返しつつ自分の言いたい方向に振り向けたりすることは、珍しいことではないどころか、そうした繰り返しのない会話の方が珍しいくらいである。繰り返しは、それほど日常的であるため、言語学の分野でそれが一種の表現法として着目されるのは、牧野成一や中村明の研究を待たねばならなかった★[14]。

今ここでは、会話のキャッチボールを活性化する同語反復の機能を分析するた

★[14] 牧野成一『くりかえしの文法』(大修館書店、一九八〇年)、中村明『日本語

め、最近やまだようこが提示した「語り直しの形式」についての分類モデルを使って考えてみよう★[15]。

やまだによれば、カウンセリングの際、カウンセラーがクライアントと対話し、治療を行う際の、重要な質問技法のひとつに「語り直し」がある。「語り直し」は、主に相手に自分が心の理解者であると印象づけるために傾聴しているときや、クライアントの関心を解決の方向にさりげなく向かわせるとき、あるいはクライアントが袋小路に入っていた自己を客観視してそれを言語化できた際、カウンセラーが最後に確認するときなどに使用される。以下がやまだの提唱する「語り直しの形式」モデルである。

## 語り直しのモデル

言葉や話題を反復する語り直し

同語（repeat）　言葉や表現の一部を、ほぼ同じように繰り返す。

異語（variation）　言葉や表現を、少し変えた類似形や変異形にする。

略語（summary）　語られた内容の要旨をまとめたり、簡略化する。

レトリックの体系』（岩波書店、一九九一年）第一部第二章「反復」。

★［15］「非構造化インタビューにおける問う技法―質問と語り直しプロセスのマイクロアナリシス」（『質的心理学研究』第5号、二〇〇六年三月、新曜社）。

自他関係を転換する語り直し
入語 (import)　他者の言葉を、そのまま自己の言葉に取り入れる。
他語 (others)　他者の言葉や視点によって言い直す。
自語 (me)　他者の言葉を、自己の視点や言葉にして言い直す。

話題を発展させる語り直し
細語 (detail)　語られた内容をより明細化・具体化する。
関語 (relation)　別々の文脈で語られたことを関係づける。
転語 (change)　語られた内容を別の内容に変化・転換する。
般語 (generalization)　語られた内容を一般化したり、拡大する。

やまだによれば、この場合、語り手と聞き手は役割分化せず、聞き手＝問い手も同時に語り手であり、両者の共同生成によってインタビュー・プロセスが生まれていく、という。ただし、カウンセリングやインタビューの場合、聞き手が語り手の言葉をそのまま引きとったり、あるいは調整・転換しながら、会話の主導権を握っていることは当然である。このモデルの発想は、やまだ自身明らかにしているように、ミハイル・バフチンの対話理論からインスピレーションを得ている。バフチンによれば、一見独白に見える発話すら、対話と定義される。曰く、「他者に照らし出されることによってしか自己自身についてのいかなる言葉も形造られえない」と★[16]。やまだは、この原則から出発して、インタビューやカウンセリングにおいて、相手の言葉を引き取りながら、対話を進めていくパターンを、「語り直し」モデルによって分析可能にし、結果としてこれまで断片的・経験的にしか記述されてこなかった、対話のプロセスを精密に記述した。

## 人情本の実例

今、そのモデルよる分析の実例として、本章で先に少し紹介した、梅次による米八へのたしなめの会話を挙げよう。

うめ「実《じつ》に色《いろ》が活業《しやうばい》といふじやアねへが、万事行《ばんじいき》わたつたつもりで居《ゐ》ても、真底《しんそこ》ほれるとどうもわれながらこけになるよ　よね「アア他《ひと》のことを前方《まへかた》アわらつたが、もうもう真《しん》にじれつなくなるのはこの道《みち》だのふと染々《しみじみ》といへば、梅《うめ》次《じ》は手拭《てぬぐ》ひを米八《よね》が膝《ひざ》へかける。　よね「ヲヤ何《なに》をするのだ　うめ「おめへが

★[16] ミハイル・バフチン『ことば対話テキスト』（新谷敬三郎・伊藤一郎・佐々木寛訳、新時代社、一九八八年）、同『ドストエフスキーの詩学』（望月哲男・鈴木淳一訳、ちくま学芸文庫、一九九五年）。

あんまりのろけるから、よだれをたらすかとおもつてサ　よね「ヲヤくやしい。遊《あそ》ばれるとは気《き》がつかなんだ　うめ「気《き》が付《つい》たらモウ出《で》かけやう　よね「ムムモウ酒《さけ》もいいの　　　　　　　　（『春色梅児誉美』後編巻之四第七齣）

引用場面は、丹次郎をめぐって、お長と恋の鞘当を演じた直後の米八と朋輩梅次の会話である。米八は、丹次郎との内縁関係の既成事実をお長に語り、丹次郎への想いを絶とうとするが、案に相違して、お長は自分も丹次郎に貢ぐ覚悟を述べ、譲ろうとしない。攻撃的に癇癪を起す米八に、険悪な雰囲気を察して、梅次は丹次郎にお長を送らせるが、別れ際まで米八の攻撃は絶えない。丹次郎とお長が去った後の会話が右の引用となる。

梅次は愚痴を続ける米八に対し、その言葉をさえぎりながら、にっこり笑って、「恋色を商売にして恋の熱情をコントロールできるはずの自分でも、心底惚れると「恋は思案の外」となると告白している。この梅次の告白は、いきなり提示されたものではない。それは、引用しなかったが、直前の米八の「面目《めんぼく》ないがなぜこんなに迷《まよ》つたろう」という愚痴を受けてなされたものだった。つまり梅次の台詞は、米八の告白を自分の心理・行動に敷衍して語る、先のやまだの「語り直し」のモデルでは、相手の言葉を引き取って変形しながら自他関係を転ずる〈自語〉に分類されるものである。この梅次の「語り直し」に触発されて、米八は、愚痴という袋小路の攻撃的言葉を語る段階を抜け出し、建設的な方向へと展開しはじめる。以前、恋わずらいとなった梅次を笑ったことがあったが、その身になってみれば、「じれつたく」自制心を失うものだと「染々」と語りだす。

## 恋のコーチング

梅次の「語り直し」の効果を計るには、その言葉と姿態を、別のものに置き換えてみればよい。「以前私を笑ったが、ざまを見ろ」と攻撃的にやりかえしたり、「恋は理性を失うものなのだから、愚痴になるのは当然だ」と冷たく言い放ったり、「愚痴など意味がない。いい加減そんなことはやめて、もっと前向きなことを考えるべきだ」といきなり説教したら、このような米八の自己開示による自己反省が生まれただろうか？

では、なぜ自語による「語りなおし」に効果があるかといえば、それは笑顔によって自分もあなたと同じ気持ちだった、と相手の心に寄り添う姿勢とともに、この語りがなされている点にその秘密はある。言葉のくりかえしが、共感を生むべく配されていたことが、何よりも重要であったのだ。悩みを聞く方法について、プロの心理学者はこう心得ている。自殺を考えているという人に、「自殺するな」と言ってはいけない。相手の話に親身になって耳を傾けたうえで、その感情に寄り添う言葉を返せば、相手は自分で話し出す★[17]。

聞き手＝問い手は、傾聴と語り直しによって、語り手に気づかれないように、会話を誘導していくのが、カウンセリングの鉄則であり、その方法は心の治療を目的としない、仕事・学業・スポーツの練習等において、悩み相談を解決するコーチングにも応用されている★[18]。これまではこれらの会話のプロセスについて、理論的検討がなされていなかったが、詳細な分析を可能とするモデルとして、この「語り直し」を提出した点にやまだの功があった。梅次のたしなめなど、これが当てはまる典型例だった、といってよい。

★[17] 濱村良久「沈黙と内側からの理解」(『防衛大学校紀要（人文科学分冊）』第八三輯、二〇〇一年十一月)、同「相手を内側から理解できたと感じるとき」(『防衛大学校紀要（人文科学分冊）』第八四輯、二〇〇二年三月)、同「人間関係の悩みの克服と内側からの理解」(『防衛大学校紀要（人文科学分冊）』第八五輯、二〇〇四年九月)。

★[18] 本間正人・松瀬理保『コーチング入門』(日経文庫、二〇〇六年)五五〜一〇六頁。

## 3　落語的なしぐさと言葉

### 見立てのしぐさ

梅次の会話誘導には、江戸時代的なコミュニケーションも見出せる。梅次は、「真にじれったくなるのはこの道だのふ」と述懐する米八の膝に手拭いをかける。それは、結果として「のろけ」になっている米八をからかった「しぐさ」なのだが、この一種の謎かけとその謎解きを含む言葉をさしはさまない行為が、恋の愚痴も恋しない他者から見れば「のろけ」に聞こえるというメッセージとなっている。恋をしない人間から見れば、「よだれ」をたらしているように見えるという、一種の「見立て」を梅次が行うことによって、「愚痴も、恋しない人間から見ればのろけに聞こえる。恋しない人間から見れば、それは恋する者の特権の一種だ。」と言葉で行うべき分析を、視覚化する「遊び」に替えて表現した。このコミュニケーションは、他者を冷たく笑いものにする「いじめ」につながるようなものでは決してなく、からかう側とからかわれる側に、甘えとそれを受け止める余裕を生み出す、あるいは余裕を取り戻させる機能を持っていた。前田愛は、手拭のかぶり方を図解した錦絵や『守貞謾稿』の記述から、何の変哲もない長方形のこの布が、かぶり方ひとつで「あねさん」「よみうり」「雲助」「道行」「若衆」「伊達」「権太」といった無限の変化と実用性を超えた変幻自在な意味作用を発揮する、一種の「言語」となることを説いて、手拭のかぶり方ひとつでらしくあることができる精神の闊達さ、洗練されたコミュニケーションの有り様を指摘する★[19]。

こうした「見立て」や「しぐさ」の意味するところを言語化してしまっては、「甘え」も「余裕」も入り込むことはできない。視点を変えれば、人間個人が、人格を尊重され、人権を保障されるべきだという、近代的な「個」の確立以前★[20]にこそ、互いに欠点を持った不完全な存在同士として、もたれあうコミュニケーションが成り立ちえたのである。そしてこのような「見立て」遊びのコミュニケーションが、落語によく見出されるものであることも、お気づきの方は多いだろう。

### 江戸のコミュニケーションの軽やかさ

米八と梅次の会話は、米八の「遊ばれるとは気がつかなんだ」という言葉に対し、「気が付いたらモウ出かけやう」という、やはり同語反復でお開きとなる。よだれをたらす姿態の見立てを相手にさせるほど、米八は愚痴／のろけを言う存

★[19] 前田愛『成島柳北』（朝日新聞社、一九七六年）九～十四頁。

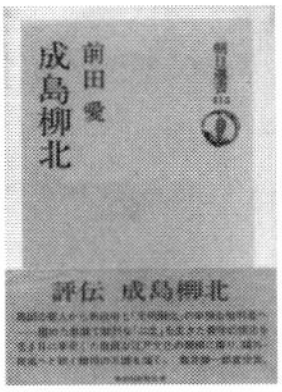


★[20] 渡辺京二『逝きし世の面影』（平凡社・二〇〇五年）五五一～五八〇頁。

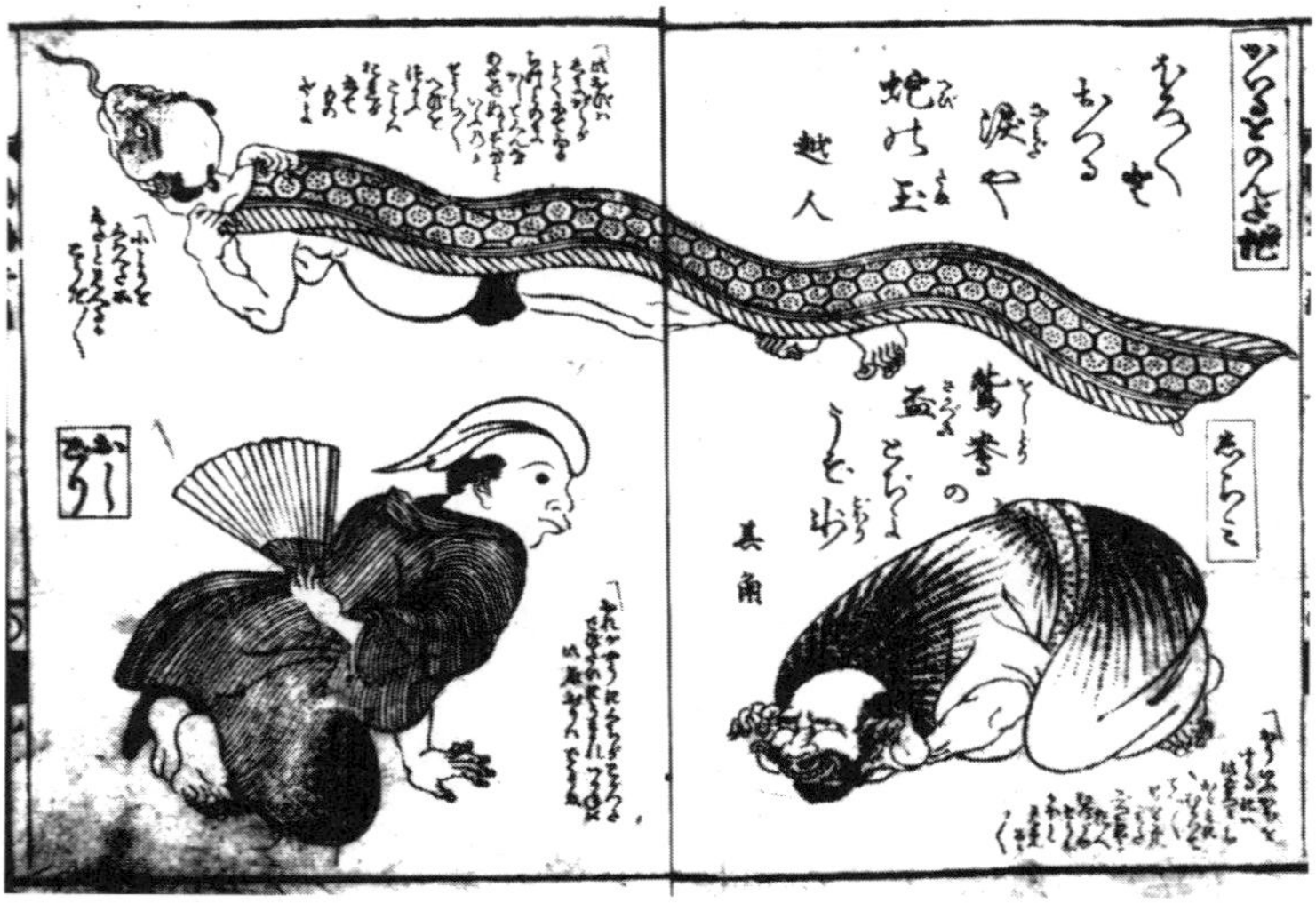

山東京伝の滑稽本『腹筋逢夢石』（歌川豊国画、文化六年刊、蓬左文庫蔵）。江戸後期に流行した茶番など宴会芸を図案化したもの。上は蛙を飲んだ蛇。下左は鴛鴦（おしどり）。下右は虱（しらみ）。

在だったのだが、それに気付けば、酒を力にした愚痴は、見立ての終了とともに店じまいされるべきものとなるというのが、梅次の応答の意味するところであろう。梅次のからかいを含んだ「見立て」に対し、現代にありがちな「人を馬鹿にして」とか、「人権侵害だ」と怒る姿勢からは、愚痴の自己客観化は難しいが、この「見立て」を、余裕を持って受け入れられれば、自己の客観化は素早く、見立ての終了は、笑うべき自己の行動の終了を意味することとなるのである。「見立て」は、悲劇の主人公が、他者から見れば喜劇にしか見えないという、演劇によってあぶり出されるような人生の真実を、「軽やかに」提示してみせる点で、江戸的なのであり、この軽やかさを「軽薄」と見る現代的視線からでは、その正当な評価は不可能であろう。

笑いを伴った話の投了を、「落ち」とか「洒落」という。「洒落」は、元来さっぱりとして嫌味のないことを意味するが、「洒落にならない」「駄洒落」など、今日の用例にも残るように、笑ってさっぱりと終わるという語感がある★[21]。引用した、梅次と米八の会話は、直接に影響した噺があろうがなかろうが、洒落た結末を型とする落語同様のものとなっていたわけである。むしろ、この短い会話のコミュニケーションの内実を、これまでのような相当の準備と、多くの言葉を

★[21] 中野三敏「洒落本名義考」(『戯作研究』中央公論社、一九八一年)。

費やした解説をしないと、理解できない地平に現代人がいることの方が、瞭然としてきたのではなかろうか。

## 4　トリチガエの話法

### せめぎあいのクリカエシ

いま少し、梅暦シリーズの会話の特徴を分析してみよう。第Ⅱ章でも検討した例であるが、落語的同語反復の特徴をよく備えているので、重複を厭わず、ここに掲出する。

丹「そふサあれも幼年中《ちいさいとき》からあのよふに育合《そだちあつ》たから、かはひそふだヨ　トすこしふさぐ　よね「さよふサネ、おさな馴染《なじみ》は格別《かくべつ》かわいいそふだから、御尤《ごもっとも》でございますヨトつんとする　丹「何《なに》さ別《べつ》にかはいいといふのではねへはな。マアかわいそふだといふことヨ　よね「それだから無理《むり》だとは言《い》やアしませんはネ　トすこしめじりをあげてりんきするもかわゆし　丹「まぬけめへ直に腹アたつから、何でも

聞れやしねへ　よね「さよふさ私は間抜サ。お長さんといふ寔にいいなづけのあるおまへさんに、こんなに苦労するから、間抜の行留りでありますのサ　丹「よくいろいろなことをいふヨ。そんならどふでも勝手《かつて》にしろトよこをむく　よね「ヲヤおまはんは腹《はら》をたゝしつたのかへ　丹「腹《はら》をたつてもたたねへでも、打捨《うつちやつ》ておくがいい　よね「それだつてもアレサおまはんがお長《てう》さんのことをかわいいとお言《いひ》だから、ツイそふいつたんでありまさアな　丹「ナニおいらがそふいふものか。かわいいではねへ、かわいそふだと言《いつ》たんだ　よね「ヲヤかわいいもかわいらしいもかわいそふだも、同《おんな》じことじやアありませんかへ。

痴話喧嘩は、再会をようやく果たし、一儀を終えて、愛の保障を得たい米八に対し、悪番頭鬼兵衛に横恋慕されるフィアンセお長のことを、うっかり丹次郎が「かはひそふだ」と洩らしたことから始まる。嫉妬に狂う米八は「かはひそふだ」を「かはいい」と言い換えて丹次郎に絡み、丹次郎から「まぬけめへ」と言われると、許婚のあるお前に惚れた自分は「間抜の行留り」と言い返す。この後も「かはいい」と言った、言わないで悶着となり、「かわいいもかわいらしいもかわいそふだも、同じことじやアありませんかへ」と混ぜ返させて、読者の笑いを呼ぶ場面となっている。中村幸彦は周到にも、このあたりの米八の言葉に句読のないのは、早口で言うことを暗示して、高座の口調がここに再現されていることを注記する★[22]。しかし、落語との近親関係は、こうした句読のない早口口調に限定されるものではない。

## トリチガエの効果

野村雅昭は、落語において、笑いを誘うクリカエシの技法として、「発話の主導権を持つ話者が意図的に、あるいは非意図的に、おなじ文ないし語句を繰り返すことにより、ワライをさそう」ことを、豊富な用例を挙げ分析する。クリカエシには、言い損じによるワライもあり、「大工調べ」を例に、その中には〈不適切な待遇表現〉〈ナンセンスな発話〉〈ふたしかな引用〉〈不適切な結合〉〈イレチガエ〉〈トリチガエ〉などがあることを分類している★[23]。

先に引用した場面の応答は、やまだのモデルに従えば、丹次郎の同情の台詞についての解釈をめぐる、〈他語〉の「語り直し」と定義でき、二人のこの言葉をめぐるせめぎ合いが、痴話喧嘩の会話を生成していることが見て取れるが、さらに「かはひそふだ」か「かはいい」かをめぐる悶着は、野村の言う〈ふたしかな

★[22] 注[1]前掲書五六頁、注一二。

★[23] 野村雅昭『落語の言語学シリーズ3　落語の話術』（平凡社選書202、二〇〇〇年）五一〜一一八頁

引用〉ともなっており、それは丹次郎のお長への同情を愛情と誤解するほど、愛の裏返しとしての嫉妬が露出したことを示す。丹次郎は、あくまで「かはひそふだ」と言ったのだとその間違いを訂正しようとするが、米八にとっては、愛の永続を最も願う気持ちになるベッドシーンの後に、丹次郎がライバルお長への情けを吐露するだけでは、嫉妬もやむなきものとなるから、結果「かわいい」「かわいらしい」「かわひそふだ」も皆同じことだとやり返さざるを得ない。真ん中の「かはひらしい」は同音を繰り返し、語調を整えるための付加で、これがまた笑いを誘う。と同時に、今分析したような丹次郎と米八の微妙な心理の綾も、この反復表現は描いている。

反復表現は、会話のリズムをつける効果が当然予想されるが、リズムのよさは笑いを生む重要な要素でもある。野村は、これを「スタイルとしてのクリカエシ」と銘打って、三遊亭円生の高座を引用し、さらに、リズムのよさだけでなく、クリカエシが特に人情噺かそれに近い内容を有する場面において、内面描写に効果的であることを指摘する★［24］。

先の米八と丹次郎の言葉のせめぎあいとしてのクリカエシも、特に米八の愛と嫉妬を浮かび上がらせていた。以上のように、「語り直し」「ふたしかな引用」「リ

★［24］注［23］。

ズム」と、さまざまな角度からこの会話の笑いを生み出すしかけを検討すると、落語に象徴される話芸の技法に近しい点が浮かびあがると同時に、それが人情の機微を表現することになっている点も確認できた。

## 5　良質な人情本を支える会話

### 演劇的クリカエシ

こうした、テンポのよい繰り返しに特徴的な、笑いを含む会話は、主に丹次郎とお長・米八との恋の会話のなかで見られた。話が深刻の度合いを増す、『春色梅児誉美』の後半や『春色辰巳園』に至ると影を潜めてくるが、それでも全くなくなってしまうわけではない。

米「…おまへも何《なに》か腹《はら》があつて、言出《いひだ》した切口上《きれこうぜう》、私《わた》やア覚悟《かくご》を極《きめ》たから、おまへもその気《き》で居ておくれト、ずつかり言出《いひだ》す米八《よねはち》が詞《ことば》にさすが丹次郎《たんじらう》、元《もと》より当《あて》なき出《で》たらめに、心《こころ》のそこはぶるぶるもの　丹「かくごといつてどふす

る気《き》だ　米「どうするといつて、切れる女の心《こころ》いきを、聞正《ききただ》さずといいじやアないかね　丹「いんにや、まだ切《きれ》きらねへその内《うち》は、やつぱりおいらが掛《かか》り合《あい》だトいへば米八《よねはち》、完尓《につこり》と心《こころ》にわらへど知《し》らぬ顔《かほ》で　米「なにも私《わたい》が死《し》ぬ日《ひ》には、掛《かか》り合《あひ》にならねへやうに、仕様がいくらもありますは　丹「コウ米八《よねはち》、何《なに》も死《し》ぬ程《ほど》のことでも有《ある》めへじやアねへか　米「よいヨ、わたしが身《み》で私《わたい》が死《し》ぬのに、いらざるお世話《せわ》さ

次章でも別の角度から取り上げるが、『春色辰巳園』初編末尾の巻三第六回では、丹次郎が仇吉とその親友増吉の家を借りて密会したことを米八が聞きつけ、丹次郎を詰る。丹次郎は例の調子の駆け引きで、自分の存在ゆえに勤めにも気を使わせているのは申し訳ない、こうした苦労をするぐらいならいっそ別れようと切り出す。開き直ったとも言えるこの言葉に激高して、米八は勤めでも操を立て通した誠と苦労を並べ立て、この会話となった。

しかし、米八の激高も半分は本心からでない「演技」であって、その術中にはまって、別れを切り出す演技をしていた丹次郎は内心臆し、関係の継続という米八が求めていた言葉を語ってしまうという、読者から見れば、コミカルな場面で、

一種の痴話喧嘩は落着する。その会話には、「覚悟」「切れる（切れきらねへ）」「死ぬ」といったリスクを伴う言葉の反復／綱渡りが、かえってリズムと笑いと心理の綾をこの会話にもたらしている。ただし、ここは先の「かはひそふ」「かわいい」の論争の場面のような、一語をめぐるズレや反復は見えず、前の語を受けて反復がなされるのみで、「切口上」という定義や、「切《き》れる女の心《こころ》いきを、聞正《ききただ》さずといいじやアないかね」「まだ切《きれ》きらねへその内《うち》は、やっぱりおいらが掛《かか》り合《あい》だ」といった啖呵の応酬など、落語というより歌舞伎や浄瑠璃の対話に近い面もある。ただし、一人芝居である落語が、歌舞伎と縁の深いことは当然で、今この場面を「落語的」なのか「演劇的」なのかと、細かい分類をしてもはじまらないことは断っておく必要がある。

### 会話の妙こそ命

総じて恋の駆け引きには、笑いの要素を盛り込み、時には落語同様の掛け合いをも行う梅暦シリーズも、湿っぽい和合や泣きの場面が多くなる話の後半には影を潜め、合作が多くなる続編や、他のシリーズでは恋愛場面の会話も平板となっていく。どうやら、精彩と陰影に富んだ梅暦シリーズ当初の会話の魅力は、高座の体験を生かした春水一流のものと考えることが、妥当に思われる。Ⅲ章でふれたが、人情本という呼称に、会話と笑いを生命とした前ジャンルの名「しやれほん」と読ませる例がわずかながら春水の人情本中に見られる(『春色恋白波』二編巻三第十三回)、という事実は、湿っぽい泣きと恋の情をこのジャンルが中心としながら、笑いの要素をも一部特徴としたことと符合するものであったというべきである。人情本というジャンルの最も「良質」な部分とされる会話の精彩ある作品群には、そのような背景が見て取れるのである。

# V 「いき」の行方

## 美学からコミュニケーションの世間知へ

「いき」は垢抜《あかぬけ》がしていなくてはならぬ。あっさり、すっきり、瀟洒《しょうしゃ》たる心持でなくてはならぬ。この解脱《げだつ》は何によって生じたのであろうか。

**九鬼周造『「いき」の構造』**

「どふすれば、米さんのやうに、気がもたれる（さっぱりと大気でいられる）のだろう」

**『春色辰巳園』**

introduction
江戸の恋愛小説＝人情本への切り口

# 5 三弦の誘惑——恋に言葉はいらない

　ある心理学者からこんな話を聞いた。デートでしゃべり過ぎる人間は失敗する。恋の場面には、言葉が消え、必ずと言ってよいほど音楽が伴うが、それがなぜなのかを証明するのは難しい、と。

　実験して証明しようという発想のない文学研究者からすれば、手のかかる悩みだなというのが率直な感想だったが、確かに映画やドラマのラブシーンにも同様のことが言えるのは、皆経験的に感じていることではなかろうか。

　天保期に恋愛小説の性格を明確にしてくる人情本も、江戸の音曲とはその発生の時点から密接な関係にあった。春水が本格的に人情本にかかわるのは、『明烏後正夢』（文政四年初編）という作品からだが、これは文化年間から流行した新内節『明烏夢泡雪』の後日譚として書かれたもので、新内の稽古本の表紙を模したものだった。新内節は、江戸浄瑠璃の一派だが、遊里の情景や心中を多く歌い、花街で流しとして演じられることが多く、「語り」よりも「歌う」ことに重点を置いた音曲であった。

春水の人情本、特に『春色梅児誉美』以降の天保期のものでは、新内に限らず、義太夫・清元・長唄・宮園節・一中節・都都逸・端唄・上方唄と、多彩な音曲が作品のここかしこにちりばめられて、恋の情調を描出する。春水の場合、助作者の一人に清元の女師匠延津賀が想定され、深川の芸人たちとは馴染みの関係にあったことも大きい。しかし、事は春水周辺の環境の問題に留まるものではない。

まず、こうした音曲類は玄人だけでなく、一般の未婚の女性にも必要な教養として位置していたという、人情本の読者層と重なる問題がある。詳しくは本章で述べることになるが、町娘も武家奉公・御殿奉公は、自身に付加価値をつける上で重要だったのだが、その際の面接試験には、容姿も当然のこと、三味線が弾けることも課されていた。奉公は、礼法を実践的に身につける場であると同時に、藤間などの踊りをも学ぶことができた。いくら、御殿奉公が今日でいう女子向け教育機関と同様の「品格」教育がなされるとは言っても、容姿や芸能といった「美」の世界までが、その教育内容に入ってくることは現在はありえない。それだけ、都市の女性の多くが三味線をたしなみとして身につけていたことが、この層をターゲットとする恋愛小説人情本において、多く音曲が引用されるひとつの理由であった。

さらに、音曲そのものの性格も、人情本の恋の情調には合致するものであった。都都逸や端唄のような軽いものを除いて、江戸音曲の基調は、恋にからむ恨みや涙である。恋にからむ「涙」が人情本の本質の一つであることは、本書第Ⅵ章でも詳しく分析している。

荷風は、欧米から帰朝後、変転を遂げた東京のなかで深川に江戸の残照を見出し、その叙情は盲目の芸人の歌沢節で最高潮に達する（「深川の唄」）。同じく荷風の『すみだ川』では、恋ゆえに学校から落伍する主人公長吉は、隅田河畔の今戸橋で、失った恋の情調を、清元を口ずさむことで確認する。

もはや言葉はいらない。ワゴンセールで安価に売買される江戸音曲のCDを試聴されんことを願うのみである。春水や荷風を読む合間に。

［補註］鹿倉秀典は、江戸時代（現代でも）芝居での音曲演奏は男性に限定されるが、口絵にあげた「子供音曲さらいの図」を紹介して、そこに女性の多いことから、芸者・女師匠としての要求を指摘する（「音曲に描かれた性」「国文学解釈と鑑賞」70―8、二〇〇五年八月）。

# V 「いき」の行方

## 1 恋のサスペンスと予定調和

### 恋の行方というサスペンス

天保期の為永春水の人情本の人間関係は、たいてい一人の男主人公に複数の女性を配し、彼女たちに恋の鞘当をさせるのが一つの見所となっている。この場合、ライバルとなる女性はそれぞれ品が異なる存在であることが普通である。

梅暦シリーズの場合で言えば、男主人公丹次郎をめぐっては、米八・お長・仇吉がつばぜり合いを演じるが、米八はお長に比べ、年齢的にも上で、はやくから丹次郎と恋人関係にあり、自前の深川芸者として、借財を負って失踪中の丹次郎を援助する。対するお長は、丹次郎とは許婚であり、米八からすれば主筋にあたるが、鬼兵衛に乗っ取られた唐琴屋を出て、自らも娘浄瑠璃となり、米八同様丹次郎を援助しようとする。仇吉は、米八と同じ深川芸者ながら、もともと親の不徳から妾奉公同様の勤めに出ていた者で、器量自慢だが、芸もこの世界のルールもあまり身につけてはいない。

『春告鳥』の場合、男主人公鳥雅に対しては、追憶の対象の深川芸者お浜、逆に鳥雅を追憶の対象として追い続ける花魁薄雲、鳥雅によって見出され恋の対象となり、やがて不幸のうちに大坂町の芸者となるお民と、これもそれぞれキャラクターは異なっている。なぜであろうか。

先にⅡ章で、筆者は、人情本を女性読者が読む意味は、本来リスクを伴う恋を、小説の中で安全に擬似体験するところにある面のあることを論じた。読者は、自分が安全な位置にいることを知りながら、恋のリスク、恋のサスペンスを体験することができる。サスペンスとは、サスペンダーと同語源の、宙吊り状態、すなわち、この先どうなるかわからない不安定な状態を指す。

女性読者は、品の違うヒロインの誰かを自ずと応援し、同一化することで、恋のサスペンスを味わう。恋は競争関係のなかから、一人が選ばれることにカタルシスがあるのだとすれば、このような読み方は、擬似恋愛行為としての読書と言うことができ、読者は、恋の行方がどうなるのか、その筋を追うことを楽しみとしたことは間違いない。そのような読み方を女性読者がすることを、『春色梅児誉美』第十四齣では描いていることも、やはりⅡ章で紹介しておいた。品の違う女を設定して競わせるのは、この小説の快楽の大事な一面である恋のサスペンスを生み出すためであったと考えられる。

## 妻妾同居の「ハッピー・エンド」？

ところが、このからまりあった恋の行方はいかなる結末を迎えるか、といえば、それはほとんど予定調和とも言うべき、妻妾同居のハッピー・エンドとなっている。梅暦シリーズの場合、お長は正妻、米八は妾、仇吉は丹次郎の胤を得、一旦は身を引くものの、最終的には丹次郎の近くに迎えられる。『春告鳥』シリーズの場合は、お民は妻、実の姉妹とわかった薄雲とお浜は別宅で妾となる。もちろん、現代から見て、妻妾共存でめでたしめでたしとはとても納得いかないことだろうが、事実上の一夫多妻を容認する江戸時代においては、その点は抵抗も幾分かは少なかったであろう。こうした結末を小説・演劇における定型＝お約束と考えることもできる。

しかし、誰が恋の勝利者になるのか、という興味から人情本を読む者にとっては、現代はもちろん江戸時代にあっても、この結末では欲求不満となる可能性は十分ある。恋のサスペンスを仕掛けた側の春水が、みすみす読者の失望をもたらすことを知りながら、こうした結末を、何の手立てもせずに用意したと考えられるだろうか。もしそうでないなら、春水は恋の結末に至るまでに、どのような手立てをして、恋の行方を追っていた読者の心を納得させたのだろうか。

## 2　諦めという大人への階段

### 丹次郎の不実はなぜ容認されたか

既にⅢ章で分析し終えたことだが、丹次郎のような人情本の男主人公は、恋愛に対してある程度冷静な演技を行っていた。もちろん、まったく冷め切ったままでは、演技も白々しいものとなるから、丹次郎は目の前にいる女性には、その時その時で最高の恋人として接するわけで、彼の立場からすれば、真情がないわけではない、ことになる。ただ、己れの真情に振り回されることはなく、相手の女性の真情を受け止めながら、相手も自分もコントロールする冷静さが演技の形で表現されていた、と言えるだろう。

このように要約してしまうと、丹次郎なる人物は「色好み」「色男」といったかわいげのある存在ではなく、憎むべき女の敵ではないかと受け取られてしまう可能性なきにしもあらず、である。そこで今、丹次郎の不実が言い逃れのしようもないほど決定的になってしまった場面を取り上げて、そのあたりを春水がどう考えていたか、見ておきたい。それは、丹次郎がなぜ最後まで特定の女性を恋の勝利者として選ぶことなく、複数の女性と共存することができたのか、あるいはそれを読者が納得せざるを得なかったのか、という問題を考える材料ともなるからである。

## 恋の修羅場

『春色梅児誉美』第十八齣では、「客人《まろうど》此《この》芸妓《しや》の名を知らずは、婦多川《ふたがは》（深川）通《つう》とは言べからず」と大仰にスポットライトを当てて、米八の新たなライバル仇吉をいきなり登場させる★【1】。丹次郎の部屋から情事を終えて出てきたのであろう、島田髷もほつれて横にまがり、上気しつつも溜息と満足の笑顔で紹介され

★【1】『春色梅児誉美』初・二編の好評を受けて続編『春色辰巳園』（初編、天保四年刊）

る、名前どおりの仇っぽさである★[2]。既に二人の密事を嗅ぎつけていた米八は、不意打ちに仇吉に「丹《たん》さんはモウ起《おき》たかねへ」と訊ね、今しがた丹次郎の部屋から出てきたのを見たと問い詰めるが、小癪な仇吉は、「外《そと》から声《こゑ》をかけたばかりだヨ」ととぼけてその場を去る。

続いて、仇吉が戻ってきたかに思わせて丹次郎の不意を衝いた米八であったが、敵もさるもの、丹次郎もあれこれと米八の追及をかわす。米八は、仇吉の名の入った梅模様のかんざしが部屋にあるのを証拠と詰め寄るが、それでも丹次郎は「こゝに其様《そん》なものがあるものか」「どうしたものだかどうも解《げ》せねへ」とまだ降参しない。悔し涙にしがみつく米八を受け止め、丹次郎は、仇吉がここへ寄ることがあっても浮気なことはない、金銭的援助から身の回りの世話まで受けているお前にそんなことができるわけがない、心配するなとなだめにかかる。

いつもならこのあたりで、嫉妬が愛情に転化するところだが、米八は、昨夕お座敷で仇吉が懐中から落とした、丹次郎の筆跡の、仇吉と密会の約束をする手紙を拾っており、これを丹次郎に突きつける。さすがに返答の仕様もない丹次郎、読者もどうなることかとさぞや息を呑むに相違ない緊張をはらんだ展開に、ここで都合よく米八が丹次郎のためにあつらえておいた、どてらが呉服屋から届く。

の構想を持つ春水が、同年正月刊『梅児誉美』三編の段階で、その主人公仇吉を登場させたものか。(岩波古典文学大系一八四頁注四)。

★[2] 天保期春水人情本の魅力の核心とも見なせる、「あだ」については、武藤元昭「あだ——春水人情本の特質——」(『国語と国文学』四三巻八号、一九六六年八月)に詳しい。

## 男の可愛げ

米「サア御《ご》ふせうでもちよつと着《き》てお見《み》せ。丈《たけ》や行《ゆき》が間違《まちが》やアしないか　丹「ヱそふか。そいつはありがてへト気《き》の毒《どく》そうに、ちいさくなつて着物《きもの》を引掛《ひつかけ》る。米八《よねはち》はうれしそうに見《み》て　米「なんだへ、そんなにこわ〴〵着《き》ることもないネ。継子《まゝツコ》が美服《よそいき》でも拵《こしら》へてもらやアしめへし

ここで幇間桜川由次郎がお座敷の迎えに登場、米八は出かけることになる。

米「ドレおいらも支度《したく》をしようや。丹《たん》さんおまへ今日《けふ》、今《いま》の所《ところ》（仇吉との密会場所）へ行《ゆく》ときかないヨ　丹「ナニ行《ゆく》ものか。こんなかわいゝものゝ有《ある》のにと抱付《だきつく》　米「およしな。ふけへきな。小児《こども》をだますやうな　丹「藤《とう》こう（通人藤兵衛）に責落《せめおと》されちやア御免《ごめん》だぜ　米「おまへじやアあるまいしト心残《こゝろのこ》して出《いで》て行《ゆく》。

なぜ米八は丹次郎の不実を徹底的に追及せず、結果不問に付してしまうのか、理解に苦しむ向きも多かろう。米八の激昂していた気持ちをほぐしたものは、小

さくなって着物を着る丹次郎のしぐさにあった。この可愛げが丹次郎の魅力と言ってしまえば他愛ないが、ここには彼が米八の手中に入ったことを自ずと示してしまった、その様態が端的に示されている。そういう目で見てしまえば、丹次郎の優情／優柔不断が、彼の色男としての本質であり、仇吉との浮気も、自分に「抱付」く行為も、皆子供めいて見えてしまう。「継子が美服でも拵」えてもらったようなとか、「小児をだますやうな」といった比喩は、この点、意外に重要である。本作の始発では、丹次郎が冷静な大人で、米八の方が真情に振り回される存在だったのが、何時の間にか立場が逆転してしまっていることに、我々は気付くべきなのである。

## 心を成長させるもの

既に、Ⅱ章の分析で指摘したことだが、第二齣で、米八はお長への嫉妬から丹次郎を攻撃、逆に丹次郎の怒りの演技に振り回され、最後に優しい言葉をかけられると、自立したしっかり者の彼女が「あどけなき」表情で素直に愛の保障を求めていた。さらに第七齣では、お長と恋の鞘当を演じ、険悪な場面にさしかかったところで、仕事仲間の梅次が米八の大人げない攻撃をたしなめ、丹次郎にお長を送らせて事態を収拾する。二人が去った後も、「面目《めんぼく》ないがなぜこんなに迷《まよ》つたろう」と愚痴になる米八に対して、お長のような「ひい〱たもれ（子供）」に本気で嫉妬することを戒めなどする梅次の説得により、ようやく米八も鉾を収めている。しかし、仇吉が登場して以降の米八は、常に丹次郎に対して大人の態度をとるようになる。この心理の変化を分析するについては、九鬼周造の『「いき」の構造』を引くのが最適だろう。

　「いき」の第三の徴表は「諦め」である。運命に対する知見に基づいて執着を離脱した無関心である。「いき」は垢抜《あかぬけ》がしていなくてはならぬ。あっさり、すっきり、瀟洒《しようしや》たる心持でなくてはならぬ。この解脱《げだつ》は何によって生じたのであろうか。異性間の通路として設けられている特殊な社会の存在は、恋の実現に関して幻滅の悩みを経験させる機会を与えやすい。（中略）「いき」を若い芸者に見るよりはむしろ年増《としま》の芸者に見出すことの多いのは恐らくこの理由によるのであろう。（中略）「野暮は揉《も》まれて粋となる」というのはこの謂《いい》にほかならない★［3］。

★［3］九鬼周造『「いき」の構造』（岩波文庫、一九七九年）二五〜二六頁。年増と「いき」を重ねる表現を春水

## 「いき」＝大人の内面の美

さらに九鬼は、右の本文の「年増芸者」云々の部分に注記して、『春色梅児誉美』や『春色辰巳園』から用例を挙げ、「いき」と形容されている女は男より年上であることや、「いき」は「年の功」を前提とし、「いき」の所有者は垢抜けた苦労人でなければならない、と指摘してもいる。もはや、これ以上の説明は不要であろう。米八の変化は、「いき」の契機の重要な一つである「諦め」を得るに至ったことからくるものであることが想定される。

ただし、この「諦め」が倫理的に言って、納得しがたい面のあることは否み難い。中村幸彦も、岩波古典文学大系の注で、出際の米八に抱きつく無反省な丹次郎に対して、「誠に男妾ともいうべく、梅児誉美の批難はこんな所にありというべし」と裁断している★[4]。こうした男の不実を前提にした美学を説くには、九鬼としても、花柳界という特別な世界に起因する現象であると限定する必要があったし、先の引用後、運命を甘受するわが国仏教の諦念という「伝統」に引き付けて説明するのも、この「諦め」が美学としてはあまりに不道徳な条件から生まれたと限定せざるを得ないことを、「伝統」まで持ち出して自ら弁護しているのである。

作からなお挙げれば、『処女《むすめ》七種《ななくさ》』初編（天保七年刊）巻一第一章「二十六七な」るお禄の「見送《みおく》る姉《あね》も意気《いき》なる姿《すがた》」（国文学研究資料館蔵本）、『春色袖の梅』（初編、天保八年刊）第三回「二十六七の小好《こいき》風な年増の女」（引用は古典文庫）、『春色恋白波』初編（天保年十刊）八回「年増《としま》女お京が姿うつくしく意気なるこしらへ」（同じく引用は古典文庫）などの用例が数えられる。

★[4] 岩波古典文学大系『春色梅児誉美』（岩波書店、一九六二年）一八四頁注三。

## 「関係」としての「いき」

筆者は、今ここで「いき」の美学が持つ性的非対称性の問題に深入りするつもりはない。むしろ、この「いき」における「諦め」は、美学といった価値判断からは解釈せず、コミュニケーションの方略としてとらえた時、今日の我々にとって文化的資源となることを強調しておきたい。「諦め」とは、筆者の立場から再解釈すれば、心の完璧な一致など「奇跡」に近く、違う人間が、完全に同じ心を共有できるというのは難しく、たいていは、そう信じる／錯覚しているだけなのかも知れない、というコミュニケーションの不可能性についての認識と言い換えることができる。

先の米八の、丹次郎への大人としての態度について言えば、丹次郎の優情／優柔不断こそが、彼の本質であり、それがかつては魅力の源泉ともなり、夫婦関係同様になってみれば不実と不安の原因ともなっているのだが、その彼の本質を一種客観的に眺めたうえで、そのような男と添い遂げられるのは、愛しているゆえに起こる、嫉妬と不安をコントロールするだけの器が必要になってくると覚悟し始めなければ、冷静にはなれないわけであった。自らの激しい感情をもある程度客観的に眺められることが、「諦め」によって生まれる「演技」だといってよい。

意外に思われるかも知れないが、この「諦め」は、コミュニケーションに対する悲観的な認識では決してない。むしろ、こちらの感情の六割方を、会話のキャッチボールや演技で伝えることさえできれば、それで十分であるという、現実的で建設的な姿勢を生む契機となるものなのである。

すこし、理念的議論が先走りすぎた。以下は、「いき」の様態が最も顕著に見えるとされる、米八と仇吉の鞘当が本格化する『春色辰巳園』の検討に入ろう。

## 3 演技の応酬

### 女たちの思惑

『春色梅児誉美』の続編である『春色辰巳園』は、冒頭から先のかんざしをめぐって、米八と仇吉のにらみ合いになるが、それはまだ嫌味の応酬といった程度の「冷戦」に留まる。というのも、仇吉は、かんざしの一件も言いぬけはいくらでもできるし、既成事実を作るため、丹次郎との関係をこの際あっさり認めてもいいのだが、惚れた心の弱みから、あまり喧嘩が高じて肝心の丹次郎からさげすまれては、元も子もないと鉾を収める。

一方の米八もかんざしを証拠に仇吉を攻撃しても、それで関係が絶たれるとは思われず、肝心の丹次郎の心をこちらに引きとめなければどうしようもない。それまでは泳がせながら、丹次郎を上手に扱って、しかるべき時機を捉えて丹次郎と談じ込むやり方もあるはずだ、と漠然とではあるが、今後の「戦略」を頭に思い描く（初編巻一第二回）。同じ恋のライバルでも、仇吉はお長と異なり、米八と同じ深川芸者であるだけに、相手の気持ちも推し量られ、相当の覚悟を抱くことになるのである。

## 恋のペースは米八本位に

さらに、初編末尾の巻之三第六回では、丹次郎が仇吉とその親友増吉の家をかりて密会したことを米八が聞きつけ、丹次郎を詰る。丹次郎は例の調子のかけひきで、米八の世話になっている引け目から言うに言えなかったが、米八の勤めを歓迎しているわけではないことや、米八が自分の存在ゆえに勤めにも自分にも気を使わせているのは申し訳ない、こうした苦労をするぐらいならいっそ別れようと切り出す。開き直ったとも言えるこの言葉に激昂して、米八は勤めでも操を立

て通した誠と苦労を並べ立て、

米「…おまへも何《なに》か腹《はら》があつて、言出《いひだ》した切口上《きれこうぜう》、私《わた》やア覚悟《かくご》を極《きめ》たから、おまへもその気《き》で居ておくれト、ずつかり言出《いひだ》す米八《よねはち》が詞《ことば》にさすが丹次郎《たんじらう》、元《もと》より当《あて》なき出《で》たらめに、心《こころ》のそこはぶるぶるもの　丹「かくごといつてどふする気《き》だ　米「どうするといつて、切《き》れる女の心《こころ》いきを、聞正《ききただ》さずといいじやアないかね　丹「いんにや、まだ切《きれ》きらねへその内《うち》は、やつぱりおいらが掛《かか》り合《あい》だトいへば米八《よねはち》、完尓《につこり》と心《こころ》にわらへど知《し》らぬ顔《かほ》で　米「なにも私《わたい》が死《し》ぬ日《ひ》には、掛《かか》り合《あひ》にならねへやうに、仕様がいくらもありますは　丹「コウ米八《よねはち》、何《なに》も死《し》ぬ程《ほど》のことでも有《ある》めへじやアねへか　米「よいヨ、わたしが身《み》で私《わたい》が死《し》ぬのに、いらざるお世話《せわ》さ

と緊張は一転して痴話喧嘩の笑いへと転じる。身を捨ててこそ浮かぶ瀬もあれを地で行って、丹次郎からきりだした別れ話の演技を自分が引き取って、それ以上にして応酬することで、米八は主導権を握ったのである。もはやここでは、丹次郎に振り回されるかつての米八はいない。相手の感情を引き取って再現してみせ

る演技達者な丹次郎のやり方を、そっくりお返しして一本取ったわけである。

## 復讐の濡れ場

後編末尾の巻六第十回下で、米八は料亭千代本で仇吉と密会を終えたところを捕まえる。続く三編巻七第一条では、米八が仇吉のあつらえた丹次郎の羽織を駒下駄でさんざんに踏みにじり、千代本にあがって、仇吉がまだ残っているのを知りながら、これ見よがしに丹次郎と凄艶な濡れ場を演じる。仇吉は羽織を踏みつけられた怒りと嫉妬から、とうとう米八とつかみ合いとなるのであるが、ここでも丹次郎は、米八の媚態に振り回される存在に過ぎなくなっている。

羽織を踏みつける米八に対し丹次郎は羽織が仇吉ではなく、幇間桜川三孝に作ってもらったものだと言い訳し、そこまで怒るなら「いっそ思《おも》ひきつて切《き》れやうはな」と切り出すのに対し、米八は怒りを抑え、この丹次郎の一言から千代本に仇吉が隠れていることを確信、「心《こころ》に計《はかりごと》」を思いつき、逆に丹次郎に謝り、誘惑する。丹次郎はこれにまんまとはまって、「仇吉《あだきち》が帰《かへ》り行《ゆき》しか、まだ爰《ここ》に忍《しの》び居《ゐ》るかもうちわすれ」て事に臨むのである（次頁参照）。ここに至って、米八は「媚態」と見せかけた「演技」によって丹次郎を引き込み、仇吉への復讐を遂げたの

『春色辰巳園』（国文学研究資料館蔵）三篇巻七第一条挿絵。珍しい三枚続きで、演劇的な立ち聞きの場面を構成する。丹次郎と米八の背後の衝立には帯などが掛けられ、濡れ場を暗示。仇吉はこれを悔しがるが、その姿態と米八の姿態が同じであることが、二人の感情を対比させるようになっている。

である。演技の主導権は米八に移った。

### 演技としての媚態

先に、九鬼の「諦め」の定義をめぐって浮かび上がってきた、彼の価値判断の根底に潜む男性性が、より鮮明にうかがえるのは、この「媚態」についての定義と位置づけである。彼は、「いき」の意識現象ついて論じる際、「媚態」をその「原本的存在」と位置づけ、「意気地」と「諦め」は従の位置に置いた。そして、「媚態」とは彼によれば、「一元的の自己が自己に対して異性を措定し、自己と異性との間に可能的な関係を構成する二元的態度」と規定される。これは言いかえれば、同一化の欲望に突き動かされ、接近はしつつも実際には完全な同一化をしない態度のことで、それはこの緊張関係が失われてしまう目的の実現とともに、消滅する運命を持っているものである。

藤田正勝は、九鬼のパリ時代に書かれた草稿の一節を紹介して、彼のいう「媚態」が明確に男女の性的関係を念頭に置いたものだったことを証明する★[5]。ここで興味深いのは、九鬼は、「媚態」を説明する際、近松秋江『意気なこと』、永井荷風『歓楽』、菊池寛『不壊の白珠』といった、男性作家の描いた、女性へ

★[5] 九鬼周造著、藤田正勝全注釈『「いき」の構造』（講談社学術文庫、二〇〇三年）五六頁。

の性的視線と快楽についての言説を専ら引いている点である。この点、中野三敏は、九鬼の念頭にある「いき」が、人情本が出された化政期以降のそれであるため、一種のズレが生じたと指摘する★〔6〕。つまり、九鬼が「媚態」を「いき」の基調と考えるのは、それが女性的な様態であることを意味し、化政期以降のそれには当てはまるものの、その生成の過程においては男性的な精神性を言う「意気地」こそ、本来の意味であったことを、用例を挙げて説く。ただし、今問題となるのは、「いき」の言葉の来歴よりも、九鬼の定義が男性から見た女性の「媚態」として定義され、「いき」の中心に据えられている点にある。

「いき」が江戸時代の恋愛の舞台である遊里から発生したものである以上、それが女性から男性への「媚態」として表現されることは理の当然である。しかし、これをコミュニケーションの立場から考えるときは、完全な心の一致などないとする「諦め」から、女性の側が演出する「媚態」が生まれるという考え方も可能となる。そうした視点から言えば、むしろ「いき」の核心は、九鬼の言う「媚態」よりも「諦め」にあり、そこから完全に一体化した瞬間に失われてしまう「媚態」の本質も認識可能となって、我が物となる、という「いき」の再解釈も導きだされてくることになる。

★〔6〕「すい・つう・いき——その生成の過程」（相良亨・尾藤正英・秋山虔編『講座日本思想5　美』東京大学出版会、一九八四年）。

## 4 「媚態」から「意気地」へ

### 自他の名誉の保障

さて、米八は本作冒頭で、既に、丹次郎の心を仇吉から思い切らせる筋書きを頭に思い浮かべており、その点仇吉に比べ一日の長があったのだが、米八のいうしかるべき時機とはいったい何時のことだったのか。

三編巻八第三条から巻九第五条まで、かなりの長丁場となっている場面でそれは現前する。この場面ではこれまでのおさらいをするかのように、米八に己れの苦労と操を述懐させ、これを受けて丹次郎は本来一人前の男なら、「色《いろ》は幾人《いくたり》したとつても、此方《こっち》のはたらきしでへ」だが、米八の世話になる自分がそうした立場でもないのに仇吉と恋仲になってしまったことを言い訳のしようもないと思いつめる。

米八は最初気休めでも仇吉と別れると言ってくれと願うが、丹次郎にかき口説くうち、対面を重んじる深川の気風では、このまま引き下がることもできない、丹次郎もこれで急に仇吉と別れたのでは体面もある、今夜にも丹次郎から仇吉に羽織の詫びを伝言してもらう代わりに、これまでの密会のようなことはやめて「今までの好身《よしみ》に（米八の）顔《かほ》を立《たて》さしておくれな」と泣きながら懇願する。

## 「意気地」の原義

先にも述べたが、中野三敏は、「媚態」を中心に据える九鬼の「いき」の定義に対して、言葉の成立の経緯からみて、むしろ「意気地」こそ「いき」の本来的意味であることを、用例を挙げて主張する。元来「意気地」は、男性客の心意気のよいことであり、さっぱりとして嫌味なく、自分や世間に対する体面から自分の意志を貫徹しようとする精神でもあり、大気さ、即ち、気風が良いことでもあった。

これが人情本の段階では、男性だけでなく女性にも用いられるようになると同時に、服装・化粧・色・模様・音曲・身のこなしなど具体的事物の様態の表現へと拡大していく。前田愛も、深川の芸者の吉原に比べて自由である点が、芸者同士の競争関係（達引き）を生み、男装の羽織の衣装や男名前の芸名（米八・仇吉）とあいまって、特有の男性的気風が生まれ、本来男性への評価であった「意気」が、女性に転じて用いられる経過を手際よく分析している★［7］。

★［7］「「いき」と深川」（高

## 器量の大きさ

ひるがえって、この男と思えば、操を立て通し、男の体面を立てつつ、自分の体面もたててくれと、（まだ泣きながらではあるが）大気に出る米八は、男と肩を並べた「意気地」そのものの存在と言ってよく、丹次郎も内心「なぜこんなに利口《りこう》に生《うま》れて、うつくしい中《うち》によはみがあつて、またあるまじき女《をんな》なり」と賛辞を送るのである。

　ところで、この「意気地」の達成は、ただただ遮二無二己れの感情に振り回された、仇吉のような小さな「意気地」とも異なる。米八のそれは、自らの体面のみにこだわる二者択一のそれではなく、相手の体面を立てつつ、自らの意志を通すため、他者の対面への配慮を呈示しつつ、同等かそれ以上の自らの体面への想いを表現する、「演技」の裏打ちがあったればこそ可能だったのである。

ただし、このような現実には実行しがたい、米八の貞操は、通人藤兵衛の理解と庇護があったればこそ可能だったことは、『春色梅児誉美』に詳しく描かれている。本来の意気地は、客に対して張りとおすものだったのだが、それが恋人丹次郎に向けられるのは、そうした特別の条件が用意されていたからである。一方の仇吉は、立派な旦那幸三郎がありながら丹次郎にも想いをかけようとしていた

田衛・吉原健一郎編『深川文化史の研究（上）』江東区、一九八七年）。

わけで、ここにも米八との勝負の行方は、暗示されていた、と言ってよい★［8］。

優柔不断な丹次郎もいよいよ決意を心に秘め、仇吉に逢っても態度は冷ややかになるが、仇吉もやはり意気地から別れようとはしない。ここで三度目の大喧嘩となり、桜川善孝や藤兵衛の調停で、仇吉は身をひくこととなるわけだが、喧嘩の描写の長さに比べ、調停と別離を語る部分は実にあっさりして拍子抜けがするほどである（四編巻十第七条）。

要は作中繰り返される「浮世の義理」、具体的には、旦那を持つ身ながら、夫婦同然の米八・丹次郎の間に割って入った点から見て、仇吉は敗北せざるを得なかったのである。

## 5　予定調和の魅力

**小さなプライドを消す「意気地」**

仇吉は丹次郎と別れてから気鬱で病に伏し、旦那とも切れて生活にも困るようになる。金目当てで養育の恩を売る継母からは責め立てられ、その悪心から継母

★［8］注［7］前掲論文。

が頓死しても、今度は仇吉に金を貸していた鬼九郎から色づくで言い寄られる。すんでのところで仇吉を救うべく劇的に登場するのは、何と米八であった。借金を肩代わりして清算し、さらに生活費から看病まで何くれとなく援助しようと申し出る米八の嫌味のないさっぱりとした心意気に、流石の仇吉もこれまでの恨みや怒りを消して謝罪もし、二人は打ち解ける。

ここに、米八の「意気地」は完成したと言ってよい。この時点で、丹次郎は榛沢家に帰参して出世、お長を正妻、米八は「お部屋さま」（上級武家の第二夫人）に納まっていたゆえ、余裕ができたといえばそれまでだが、恩讐を乗り越えた和解はそう簡単なものではないし、京都の仕事を終えて丹次郎が帰宅すると、仇吉のところへ見舞うよう米八から是非にと勧め、土産まで持たせるのである。それを知った仇吉は「どふすれば、米さんのやうに、気がもたれる（さっぱりと大気でいられる）のだろう」と泣く。

実はこの後再会を喜ぶ丹次郎は、折からの春の大雪に足を止められ、仇吉と昔の夢を結んでしまい、その後も関係は切れないのであるが、その事情を察してはいても米八はねたむ心も起こさず、仇吉と仲良く交際する。ここまでくれば、米八のような大気な「意気地」は、一種の「諦め」に似た情がなければ成り立たないことがわかる。

## 「意気地」の浸透

ところが、丹次郎の胤を宿したことを知って、仇吉は一通の手紙のみ丹次郎に残して二人の前から失踪する。もちろん、米八に助けられた義理もあるが、米八の「意気地」に対し、己れの我執を恥じたのでもあろう。三年後、池上本門寺で丹次郎・米八・お長は、わが子にお米と名づけて育ててきた仇吉と邂逅する（次頁参照）のだが、なぜ、米八の名をわざわざ仇吉はわが子につけたのか。その名をつけることは、自らの不明をわが子に接するたびに自覚せざるを得ないものなのに、である。これは、もちろん己が罪を忘れないためであもろうが、育てる以上は米八同様の立派な女に育てようという深い愛情と決意からもなされた命名なのだろう。そう前向きに解釈してこそ、仇吉の人生にも救いがあるのである。

裏を返せば、米八の、精神としての「いき」の完成が、仇吉の人生にも浸透して、恋の我執は解かれたわけである。春水は、再会をとげた仇吉が、丹次郎宅の近隣に移転し、末永く交際は続いたことを簡単に語って一編を閉じる。仇吉の失踪は、後に永井荷風が評するように、病気中世話になった米八に対して申し訳が

『春色辰巳園』（国文学研究資料館蔵）四篇巻十二第十二条挿絵。池上で出会う、左から仇吉・米八・藤兵衛・お長。米八の背負っているのが、仇吉の娘お米。

たたないと思い詰めてのことで、この哀愁は春水の筆の利いたところである★［9］のだが、苦労の末の米八の「いき」の体得の過程を知る我々は、それもまた尤もなことであると感じる。

また、子供の名を米八からもらうほど、内心は米八との和解にこだわり、自身は親の愛薄く育った仇吉が、これまでの人生を埋め合わせるようにその子をいとおしく育んだことを米八にも想像させることで、二人の和合が成立したであろうことも納得がいくのである。米八・仇吉の恋の鞘当は、米八の「いき」を磨く契機となり、それがまた仇吉にも伝染して小さな「意気地」や恋の欲の解消へとつながっていったことになる。

★［9］「為永春水」（『人間』鎌倉文庫、一九四六年二月）五二頁。

## 講談的場面構成

ここで今一つ注意しておく必要があるのは、春水の小説構成法である。従来は筋立てが安易で、艶冶な恋愛場面こそが天保期人情本の特徴として言われてきた★［10］。たしかに、別々に登場した女が実は姉妹だったり、ご落胤だったりといった語り口は、人情本の読者である女性にはお馴染みの演劇にみえるところではあったろうが、今日からみてお世辞にも出来のいい筋立てとは言えない。

★［10］神保五彌「為永春水作『春色梅児誉美』鑑賞」（『図説日本の古典18　京伝・一九・春水』集英社、一九八九年）

それはそうなのだが、目を転じて、春水が読者の感情に配慮した、場面や事件の並べ方はもっと評価されてよい。今分析したところでも、仇吉の失踪は、思い切れぬ恋の執着をともかくもきれいに収めて一編を終わらせるため機能していた面がある。目を転じれば、できた米八に比べれば、仇吉の我がままで過剰な恋の意地を描いた後には、彼女の不幸な生い立ちを、継母を登場させることで描くことでその同情も買うようにすることを忘れていない。甘いものの後には辛いものといった押し引きの呼吸だが、濡れ場から教訓へ、愁嘆場や恋の口舌から笑いの場へと春水は、読者を飽きさせず、甘口の教訓を筋として目出度い結末へと運ぶ。

ここで言う「甘口の教訓」とは、「時に人たる道が受け手の感情の起伏を増幅して心に深く感動を刻み、あるいはまた体に染みこんだ正しさは繰り返し認知するに足る安心感や快感をもたらす」といった意味の、教訓の伝播よりも娯楽の一翼を担うものである★[11]。『大岡政談』に収められた筋本意で教訓を柱とする裁判物の講釈種にも、こうした読者の感情を意識して、善と悪を対比して描き、善への感心と悪へと痛罵を読者に感情的に行わせ、通俗的教訓で一編を終えるパターンは頻出する。Ⅳ章で紹介したように、春水が講釈の経験のあったことを考えると、人情本の教訓と語り口もここから学んだ可能性は高い。

一一一〜一一五頁。

★[11] 津田真弓「教訓——甘口の教訓という娯楽」(『江戸文学』三四号、二〇〇六年六月)。

## 大衆的文学の核心

通俗的教訓・倫理は、冷徹な判断と強い力で世の中を動かす厳しい現実世界を忘れさせ、その微温的な心地よさに読者を麻痺させるという意味では、批判・嘲笑の対象になる。事実、春水の言う「人情」は、当時の知識人の文学に見えるところの、道徳から独立するキーワードとしての「人情」と比べて、通俗的倫理との妥協の色彩が強いとして従来評価が低かった★[12]。しかし、大衆とは個々に弱き存在であり、通俗的倫理はそうした人々に、匿名・集団で崇拝される、一種宗教にも似たものであると気付けば、大衆的文学がこれを重要な資源とすることは、文学が商品であるかぎりなくならないことがわかる。

人間は、金銭や論理、法律といった一種非情な、強者の論理とも言える合理性だけでは生きられない場合が多く、そうした多くの人の心の弱さを受け入れ保障するような「信頼」「絆」といった宗教にも似た言葉が、今も人の心を捉えて離さない魅力を持ち続けている現状を想起すれば、春水やそれを愛読した人々を簡単に笑うことなどできない。合理的に説明すれば、「信仰」も「信頼」も、「〜にしても信じる」という論理的飛躍という点では同一線上にあるのではなかろうか。

★[12] 日野龍夫「宣長における文学と神道」(新潮日本古典集成『本居宣長集』新潮社、一九八三年、のち『宣長と秋成』筑摩書房、一九八四年、および『日野龍夫著作集』ぺりかん社、二〇〇五年。揖斐高「人情」(『国文学』第四〇巻第九号、一九九五年七月)。

## 6　美学から世間知へ

### 世間知としての「いき」

『春色辰巳園』の筋を追いながら、「いき」が九鬼の言うように、「媚態」「意気地」「諦め」から成るにしても、コミュニケーションの視点からは「諦め」を基盤とした「演技」を生み出す余裕がまず必要であり、「媚態」と「意気地」が実際の場面における行動原理となったと見ることができる、という再解釈を行ってみた。

九鬼のように「いき」を一つの美学として、武士道や仏教の「伝統」まで背景にして考えることは、日本の美学を豊かにする重要な仕事である。その立場からすれば、「コミュニケーション」といった大衆的・通俗的・実用的な視点からの解釈には、違和感を持たれる向きもあるかもしれない。

しかし、「いき」一般ではなく、人情本という最も大衆的な文学における「いき」を考える場合、こうした視点からの再解釈がかえって、「いき」という美学との径庭を埋める作業にもなり、そのことで、人情本に即した「いき」の契機となる心的構造を捉えることにもつながると思う。「コミュニケーション」という世間知に近い地平に引き戻して、九鬼の言う「いき」を解釈しなおしてみること★[13]も、文学の大衆性を考えるうえでは、意味のないことと思われないからである。

★〔13〕西山松之助は、九鬼と麻生磯次の「通・いき」（『日本文学講座』Ⅶ一〇三〜一一六頁、河出書房、一九五五年）とを取り上げ、「いき」の「諦め」の表象たる「垢ぬけ」について、両者が「気どらない、人生の表裏に精通し、執着を離れた淡白な境地」と論じていることを、「これも美意識といえるであろうか、という疑いをさしはさみたくなる。」と記している。（『江戸学入門』「「いき」の美意識と背景」、筑摩書房、一九八一年）

▼ Ⅵ

# 女の涙

## 不幸と恋愛の接続によるカタルシス

お由《よし》は藤兵衛《どうべゑ》が皃《かほ》を見《み》て、身《み》をふるはし　由「死《し》んでもよいヨト膝《ひざ》にしがみついて、皃《かほ》を赤《あか》らめうつむく

『春色梅児誉美』三編巻之九第十七齣

「女子《をなご》の好《すい》た婦夫事《めをとごと》、あるいは道行《みちゆき》、心中《しんぢう》もの」

『婦女今川』三編春水序

# Ⅵ　女の涙

## 1　愛情表現の前近代と近代

### アイ・ラブ・ユーをどう訳すか

近世文学研究の大御所としてかつて一時代を築いた暉峻康隆《てるおかやすたか》は、次のようなエピソードを紹介している。それは、二葉亭四迷がツルゲーネフの小説のなかの一節、「あたしあなたを愛しているわ、アイ・ラブ・ユー」という台詞に、しっくりくる訳文が見当たらず、頭を悩ませた末、「死んでもいいわ」と訳した、というものである。それは「愛する」という動詞が、当時の日本ではまだ告白用語になっていなかったからだ、と暉峻は解釈している★［1］。

最近、この文章を検討した、比較文学研究者のヨコタ村上孝之は、実際ツルゲー

★［1］暉峻康隆『好色』（有紀書房、一九五八年）一一四～一一五頁。

ネフの原文は、「わたしはあなたのものよ（あなたのためなら何でもするわ）」となっていることを報告する。その上で、相手の人格への敬意という含意を持った「愛する」という動詞が、西洋から移入された普遍的観念としての「恋愛」が一般化しだす、明治二十年代になってはじめて可能になったのであり、江戸時代的な恋愛のパラダイム（枠組み）にあっては、特に女性がそのような意味での告白を可能にするコード（文化によって異なる見えないプログラム）は存在しえなかった、と分析している★[2]。

## 愛の名作の台詞

今、近世文学中で愛の名作の一つ、『曽根崎心中』中段の、お初の台詞をここで取り上げてみよう。

油屋の九平次に、困ったときこその友情と金を貸してやった徳兵衛は、改印して無効となった印を押した証文で九平次から金を騙し取られたばかりか、落とした印で証文を捏造した濡れ衣まで着せられ、恋人の遊女お初のいる天満屋の縁の下に隠れながら、九平次の悪口に身を震わせて怒る。これをお初は脚で押し鎮め、証拠がなくとも恋人である自分が徳兵衛の無実は知っていると主張、愛情・友情

★［2］ヨコタ村上孝之『性のプロトコル』（新曜社、一九九七年）七〜二六頁。

に篤い善人徳兵衛ならば、死を以って潔白を証明するはずだと当て言をして縁の下の徳兵衛に足で問いかけ、身を潜めて声を出せない徳兵衛も、お初の足首にのど笛をあて、死の決意を知らせる。

徳兵衛が潜んでいることを知らず、また、徳兵衛がぬれ衣を着せられたまま生きてはいない、という「廉恥」の精神を全く理解しない卑怯な九平次は、徳兵衛が死ぬものか、また死んだら金のあるおれがお初の客になってやろうと言う。そこで、お初は九平次の相手になるくらいなら、九平次を殺す、と言ったあと、次のように語る。

徳様に離れて、片時《かたとき》も生きてゐようか。そこな九平次のどうずりめ。阿呆口《あほうぐち》をたたいて、人が聞いても、不審《ふしん》が立つ。どうで徳様、一所《いつしよ》に死ぬる、わしも一所に死ぬるぞやいのと。足にて突けば、縁の下には涙を流し。足を取つて、おし戴《いただ》き、膝《ひざ》に抱付《だきつ》き、焦《こが》れ泣き、女も色につつみかね。互《たがひ》に物は言はねども。肝《きも》と肝とに応へつつ、しめり。泣《なき》にぞ泣きゐたる★[3]。

★[3] 信多純一『新潮日本古典集成　近松門左衛門集』（一九八六年）九四頁

## 涙を生み出すもの

お初の死の決意の理由としては、①本来、徳兵衛の失った金は、徳兵衛の階級上昇のチャンスとなるはずの縁談とその相手の持参金であり、お初への愛ゆえにこの縁談を断ったことから問題は始まっているから、②徳兵衛の潔白の証明のための自殺に、自分も行動を共にすることが無実の証明の一つとなるから、③お初は遊廓という肉体の〈市場〉に生きていながら、徳兵衛を金銭で交換不可能な唯一の恋人としつつある以上、九平次のような意に染まない客はもちろん、他のどの客と接しても苦痛となり、「いつまで生きても同じこと」となるから、といった複数のものが考えられ、そのいずれもがお初の死を決意させるものではあっただろう。

②は、廉恥を重要な徳目とする武士道の町人道徳への影響が見て取れ★［4］、江戸時代特有のモラルに沿ったものであることが理解されるし、③は、金によってより有利なものを選択していく自由を享受する代わり、自己は唯一無二の存在ではなく、いつでも交換可能な軽い存在になってしまう、という〈市場〉の原理に対する究極の抵抗としての「死」が、あの世での再会を保障する仏教の言説に支えられながらなされるという意味で、「市場原理」対「宗教」という実に今日

★［4］土田衛「近松・人と作品」（大阪女子大学国文学研究室編『上方の文化 元禄の文学と芸能』和泉書院、一九八七年）、池上英子『名誉と順応 サムライ精神の歴史社会学』（NTT出版、二〇〇〇年）、谷口眞子『武士道考——喧嘩・敵討・無礼討ち——』（角川学芸出版、二〇〇七年）。

的な問題を想起させる要素を孕んでいる。

さらに言えば、自分に有利な縁談を断って愛を貫こうとし、九平次にも純粋な友情から金を貸してやる徳兵衛は、大衆＝弱者が信じたい、「信頼」を体現する存在であり、その徳兵衛の純情が蹂躙されることがこの劇を悲劇にさせている本質と見てよい。大衆は、世の中の原理が「市場」の方にあり、「信頼」が弱いものであることを直感的に知っているから、劇の中では「信頼」の体現者を応援し、その悲劇に涙するのだ。ここまで、愛の告白の表現から少し離れて、『曽根崎心中』に寄り道したのは、この章のテーマである、大衆文学における「涙」とは、何かを問うための、基本作業をここでしておきたかったからでもある。

## 現代の純愛物語の関係性

愛の告白の表現にかかわる点から見れば、『曽根崎心中』で注目すべきは、別の点にある。女が男に命を捧げることの表明、という男女の愛情告白にかかわる関係性と、それを言葉ではなく、これまで愛し合った身体の一部である「足」で応答し、確認しあうという身体的なコミュニケーションによる演出である。この二つの点は、明らかに今日の作劇法と異なる。特に前者の違いは、小説における愛の告白表現の、近代と前近代の対比に関わるものなので、看過しえない。

今、現代との違いを探るため、突飛なようだが、試みに、ここ十年余りで、最も多くの観客の涙を絞ったと目される映画「タイタニック」（一九九七年公開）を想起してみよう。意に染まない、経済的保障だけを目的とした結婚に追い込まれそうな主人公の女を守り、解放してやるため、身を犠牲にするのは男の方であり、その思い出を胸に女は、「女飛行士」などになる（年老いてからの女の写真立てからわかる）など、自由な新しい女の人生を生きる。その意味で、二十世紀初頭の事件を、世紀の終幕に再現した「タイタニック」は、二十世紀を女性の解放の世紀として総括する映画でもあったわけである。男が女を支えて、船の舳先で「飛翔」させるようなポーズをとるシーンと、男の死後、アメリカにひとり女が着いた時、最初に目にする自由の女神像とのオーバーラップは、その象徴的な編集といえよう。

ところで、これは、『曽根崎心中』における恋愛の「供儀」にまつわる男女関係と、全く逆であることがわかる。自分の最も大切なものを提供して愛の証とする点は、『曽根崎心中』も「タイタニック」も変わりはないが、その男女関係は全く逆転している。こうした対比からは、演劇・映画・大衆小説が、その社会の人間関係をゆりかごにして、はぐくまれるという、という公式が改めて確認されよう。観客・読者の「涙」を絞るものとは何かを究明するために、この部分への射程は欠くべからざるものであるので、あえて強引な対比を試みた。

人気のあった大衆的な文学は、こうした社会関係を象徴する機能をも結果として持つ側面すらあるのであって、女が愛情の表明として「涙」とともに「死んでもいい」と洩らすシーンをカタルシスとしていた人情本の存在が、二葉亭にそのような訳語を選ばせたことは容易に想像がつく。では、人情本はどのようにして当時の社会関係をも踏まえながら、女の「涙」と「死んでもいい」という告白をカタルシスとし、近松とは別の形で定型化していったのだろうか。ようやく、議論は人情本の「涙」の問題に入る。

## 2　人情本における愛の言葉

### 七年ぶりの邂逅

春水の人情本で、暉峻の言う「死んでもいいわ」という台詞が印象的に使われているのは、次の一節である。

藤「ほかの用《よう》じやアねへが、おめへの好《すき》な玉子蒸《たまごむし》をこしらへさせやうと思《おも》つてサ。なんとどうだヱ。情《じやう》なし男《をとこ》と思《おも》ふか知《し》らねへが、七年跡《しちねんあと》の相宿《あひやど》に、三日《みつか》一座《いちざ》のその時《とき》に惚《ほれ》た気《き》からは、たべものの好《すき》きらいまで覚《おぼ》えてゐる。これでも浮薄《うわき》か情《じやう》なしかネトいはれて、お由《よし》は完尓《につこり》と、嬉《うれ》し涙《なみだ》の笑《わら》ひ皃《がほ》は、此糸米八《このいとよねはち》お蝶等《てふら》が、亦《また》およばざる姿《すがた》あり。藤兵衛《とうべゑ》は抱寄《だきよせ》て、藤「コウおめへが爰《ここ》に居《ゐ》るとも知《し》らず、恋《こひ》しさ余《あま》つて、此糸《このいと》が少《すこ》しおめへに似《に》てゐるゆゑ、真《しん》から斯《かう》といふ気《き》もねへが、当座此方《とうざこつち》の気保養《きはやう》、また芸者《げいしや》の米八《よねはち》を世話《せわ》をしたのも、込入《こみいつ》た腹《はら》に理合《りあひ》のあることだけれど、マア今はいふめへ。ドレちつと皃《かほ》をしみじみ見《み》せな。かわいそうにやせたのふ（中略）藤「どうりで長病《ちやうびやう》にしては、あかもよごれも見《み》えねへで、美《うつく》し過《すぎ》ると思《おも》つた。病人《びやうにん》でねへと了簡《りやうけん》ならねへ処《とこ》だけれどト笑《わら》ひながらいふ。お由《よし》は藤兵衛《どうべゑ》が皃《かほ》を見《み》て、身《み》をふるはし　由「死《し》んでもよいヨト膝《ひざ》にしがみついて、皃《かほ》を赤《あか》らめうつむく

（『春色梅児誉美』三編巻之九第十七齣）

藤兵衛とお由は、その台詞の中にあるように、七年前成田で出会い、愛を契るが、生き別れとなってしまい、お由は芸者をやめて女髪結となり、藤兵衛にいつ会えるとも当てのないのに、七年も操を立て通す。その間、藤兵衛の方は、吉原の花魁此糸の客となるが、それは此糸がお由に似ていたからで、米八を世話するのは、この後明かされるが、夏井家の宝剣の行方を詮議し、夏井家のご落胤である丹次郎に米八がふさわしい女であるかどうかを詮索するための方便であった。

## 「死んでもいい」が意味するもの

引用の直前では、別離の間の互いの境遇を語るうち、お由は、自分が妹分として面倒を見ているお長から、此糸との関係を聞いていることを語り、藤兵衛のお長への好意をも懸念して、藤兵衛の心を探る。それに対する藤兵衛の心の証は、お由の好物「玉子蒸」を忘れることなく料亭平岩に注文していたことによってなされる。とどめは、七年の別離にも、長患いにも、その容色の魅力を失わないという藤兵衛の台詞で、ついにお由は、「死んでもよいヨ」と洩らすのである。

この台詞を、現代人の感覚で、幸せすぎて「もう死んでもいい」と文字通りに近い意味で受け取るのは早計であろう。この台詞のあとのお由の姿態は、「膝にしがみついて、皃を赤らめうつむく」という男の愛の言葉としぐさを期待し、暗に要求するものとなっていることからして、「アイ・ラブ・ユー」の意味の一斑を担ったものであることが了解されよう。暉峻が、二葉亭の訳文として、女からの暗示的ではあるが求愛の台詞を江戸文学の世界から抽出するとしたら、この言葉が至当であると注目したのは尤もなことであった。もちろん人格を持った個人が、敬意を含めて「愛する」といったニュアンスを、ここから読み取れないのは言うまでもない。

### 愛ゆえの行動を示す言葉

さて、ここまで分析を進めてみると、この時代は、男の側からの愛の行動を意味する言葉も、近代的な意味での「愛する」という言葉ではなかったのではないか、と予想されてくる。それは、むしろお由の「死んでもよいヨ」という台詞のあとの、赤面してうつむく、という姿態が、暗に要求している行為を表現する言葉でなければならない。その言葉は、春水自身この濡れ場のあと、「わが著《あらは》せし草紙《さうし》いと多く艶言情談《えんげんじやうだん》ならざるはなけれども、いづれも婦人《ふじん》の赤心《まこと》を尽《つく》くし、淫乱多婬《いんらんたいん》の婦女《ふぢよ》をしるせしことなし」と、言い訳めいた言辞を弄さねばならないほど、愛の交歓の現場を多彩に描く、この作品の別の場面から拾うことが可能である。

長「…そしてネ兄さんどうふぞこれからかわいがつておくんなはいヨ　丹「知《しれ》たことよ　長「それでもわちきはいろ〳〵苦労《くらう》したのも知《し》らずに、わすれてお出《いで》たものを　丹「なにすこしもわすれるものか。いつかもおめへのことでおほきにいぢり合《やつ》たくらひだものを　長「ヲヤだれとヱ（初編巻之三第六齣）

答えは「かわいがる」という、実に身体的な表現であった★[5]。対等な人格を持った男女が求愛するという枠組み以前の江戸時代にあって、求愛は身体的な、あるいは身体行動とセットの表現がなされていたと同時に、男から女を「かわいがる」ことはあっても、その逆はなく、女の側からは「死んでもいい」という自分の大切なものを捧げる表現が心の証となったのである。この点は『曽根崎心中』も同様であった。そこで、次なる課題として浮かび上がってくるのは、人情本の中の多くがそうであるように、心中によらない「涙」は、どのような手だてが用意されていたのか、についてである。

★［5］その他用例を挙げれば、春水作『春色袖の梅』初編（天保八年刊）下巻第六回に「かはいがられもかはいがりも仕ないで老父《おぢいさん》老女《おばアさん》になつて」「ほかにかはいがる人がなかア、もつと私《わちき》をかはいがつておくれなねへ」（大喜多勘学氏蔵本による）などとある。

## 3　読む快楽としての「涙」

### 笑いと涙

「死んでもいい」という言葉には、「涙」が伴うのに対し、男が女を「かわいがる」場面は、ともすれば「笑い」が伴う。悪番頭鬼兵衛の横恋慕を避け、唐琴屋を退くも、富岡で盗賊に襲われるところをお由に助けられるなど、苦難の連続だったお長が、深川多寡橋（高橋）で丹次郎と邂逅、お長はそれまでの苦難を涙ながらに語り、それに同情した丹次郎は、お長を抱きすくめる。ところが、涙のからんだ濡れ場から一転、二人で鰻を食べるうち、お長は丹次郎の好意を請い、丹次郎は米八と内縁関係にあることを隠そうとする読者に笑いをもたらす場面が引用部分であった。言葉巧みな丹次郎が、その多弁ゆえ、うっかり米八と、お長のことで痴話喧嘩になったことを洩らしてしまい、「ヲヤだれとヱ」と追及されてあわてるところなど、確実に笑いを生む場面である。

## 女性読者は「涙」がお好き

梅暦シリーズの春水人情本の特徴は、一種の悲惨小説というべき文政期の人情本と比べたとき、この笑いの場面にあることは、Ⅲ章でも指摘した。武藤元昭は、人情本の成立を、本屋の広告や作中の作者の発言を検討して、女性読者の獲得のため、「人情」を涙で描く方法を選択した点に見る★［6］。それはまた、当時の歌舞伎人気を支えた女性たちの嗜好を意識したものでもあったろう。春水作『春色湊の花』三編（天保十二年前後刊）第十五回は、「万事《ばんじ》に行届《ゆきとど》く、芸者《唄女》の心《こころ》も芝居《しばゐ》といふと、則只《やつぱりただ》の素人《しらうと》の、娘《むすめ》にかはらぬ人情《にんじやう》にて、皆促装《みないそいそ》とうれし気《げ》に、市村座《いちむらざ》」★［7］へと芝居見物に行く、という場面である。式亭三馬の芝居小屋の風景を穿った滑稽本などに学んだらしい★［8］この場面で春水は、芝居そのものではなく、観客達の様態を細密に描写するが、芝居そっちのけで喧嘩をする客をよそに、大半の観客が舞台に集中するのが愁嘆場であることを描いている。

此《こ》の時《とき》狂言《きやうげん》は愁嘆場《しうたんば》と見《み》えて、見物一同《けんぶついちどう》に眼《め》に涙《なみだ》を持《も》つて、しんしんと静《しづか》になるは、実《げ》に人情《にんじやう》の赴《おもむ》く処《ところ》、哀《あは》れな事《こと》を見《み》て、喧嘩《けんくわ》の方《かた》に気《き》が移《うつ》らねば、自《おのづか》らしめやかにて、狂言《きやうげん》則《すなは》ち勧懲《くわんちよう》なる事《こと》を知《し》るべし。

★［6］武藤元昭「「人情」から「人情本」へ」（水野稔編『近世文学論叢』明治書院、一九九二年）。

★［7］東京都立中央図書館（東京誌料）本による。

★［8］武藤元昭は、「『春色湊の花』の位置」（「青山語文」28、一九九八年三月）で、春水が意識した三馬作品として『戯場粋言幕之外』（文化三年刊）『大千世界楽屋探』（文化十年刊）を挙げており、全く同感である。

この後恋がままならない娘が、芝居に感情移入して泣くシーンが用意されているわけだが、この点から「狂言則ち勧懲」とは、歌舞伎の本質をついた春水の評言にとどまらず、歌舞伎と同じ女性を対象とする人情本の「人情」の核心が、そこにあったことを裏付けるものともなる。

人情本の用語の初出は、管見の範囲では、『萩の枝折《しおり》』（文政十一年刊）後編第一回の次の一節である★〔9〕。

何所《どこ》の国《くに》にか、情死《しんぢう》の損料貸《そんれうがし》も、装束《みなり》を売《う》る人も、義太夫本でも今流行《いまはや》る、彼《あ》の一九種彦楚満人《いつくたねひこそまひと》（春水）なんどが、専《もつぱ》らに書《か》く人情本《にんじやうぼん》でも、ツイぞ見《み》たことのない代物《しろもの》★〔10〕

場面は、心中をしようとするおうめ・粂之助に、心中の支度屋が登場するくだりで、その珍妙な仕事の存在に粂之助が、涙を誘う場面の多い浄瑠璃本や「人情本」を引き合いに出して、驚いて見せている。この時点で「人情本」の意味は、「女子《をなご》の好《すい》た婦夫事《めをとごと》、あるいは道行《みちゆき》、心中《しんぢう》もの」（『婦女今川』三編春水序、文政十一年★〔11〕）という愁嘆場の多い中本サイズの小説を意味し、梅暦シリーズの

★〔9〕山杢誠氏御示教による。

★〔10〕東京大学文学部国文学研究室蔵本による。

★〔11〕東京都立中央図書館（東京誌料）本による。

ような、恋愛場面を中心とした笑いをも含むものとは、その意味するところが少しずれていたと考えられるが、天保三年『応喜名久舎』初編序でも、「中本は辛気心苦の愁嘆場」「成人の娘御方の看ものなれば」「京摂《かみ》では粋書、お江戸では中本とよぶ人情物の作者（中略）為永春水誌」★[12]と記しているから、文政期の人情本が、「泣き」をその文学の核心としていたことの傍証とはなろう。

★[12] 早稲田大学付属図書館蔵本による。

## 天保期人情本の明るさ

そこで涙を誘うには女性の苦難が格好の材料となるわけだが、対する『春色梅児誉美』の特色は、ジャンルとして定型になりつつあった女性の苦難と涙を描くと、またその後にすぐ恋のかけひきの笑いを含んだ場面を用意する点にあった。

たとえば、初編巻之一第一齣では、失踪中の丹次郎を米八がようやく訪ねあて、二人はこれまでの苦労を語り、現状の経済的悲惨を涙しながら結ばれる。ところが、続く第二齣では、お長に同情する丹次郎への米八の嫉妬と、それを巧みにさばく色男の本領を見せる丹次郎とのやりとりに、笑いをさそう場面が用意されていた（第Ⅱ章参照）。後編巻之五第十齣では、畠山家の追及の手が迫る危機を知ったお長が、丹次郎の家を早朝訪ね、当初は身を犠牲にして勤めに出て、丹次郎を救う決意を語る涙の場から始まるが、愛の交歓の場面となると、米八への嫉妬を巧みにそらし、お長に嫉妬し返すことで、巧みにリードする丹次郎を描いて戯笑を含んだ濡れ場に転じる（第Ⅲ章参照）。第三篇巻之七第十三齣では、勤めの苦労と米八への嫉妬、そして巧みな丹次郎の誘導から、お長は思い余って涙するが、後半には痴話喧嘩のレベルに収まり、たがいの体をくすぐったりして一儀に至る（第Ⅲ章参照）。

泣きと笑いの場面を交互に立てる手法は、春水が経験した講釈の話法に学ぶところも多かっただろう。『大岡政談』に収められた筋本意で教訓を柱とする裁判物の講釈にも、読者の感情を意識して、善と悪を対比して描き、善への感心と悪へと痛罵を読者に感情的に行わせ、通俗的教訓で一編の結末を終えるパターンが頻出することは、Ⅴ章でも述べた。甘いものの後には、辛いもの、その後は栄養のあるものとでもいうように、梅暦シリーズの恋愛場面の、泣きと笑いを交互に提供した後は、作者自身が登場して通俗的教訓の言辞で締めくくることが多い。この点も講釈の話法に通じるのだが、先に挙げた二・十三齣の末尾は以下のようになっている。

## 健康的な「人情」

嗟愚智《ああぐち》なるには似《に》たれども、またその人《ひと》の身《み》となりては、他《よそ》に知《し》られぬ恋《こひ》の道《みち》、此《この》おもむきにはかはるとも実《まこと》は同《おな》じ男女《なんによ》の情《ぜう》、色《いろ》は思案《しあん》の外《ほか》とはいへど、物《もの》の哀《あは》れをこれよりぞ、しらば邪見《じやけん》の匹夫《ひつぷ》をして、心をやはらぐ一助《いちぢよ》とならんか。

作者伏《さくしやふし》て申《まうす》、かかる行状《ありさま》を述《のべ》て草紙《さうし》となすこと、婦女子《ふぢよし》をもつて乱行《みだりがはしき》ををしゆるに等《ひと》し。もつともにくむべしといふ人有《ひとあり》。（中略）巻中艶語多《くわんちうゑんごおほ》しといへども、男女《なんによ》の志《こころざし》清然《せいぜん》と濁《にごり》なきをならべて、○此糸《このいと》○蝶吉《てふきち》（お長）○於由《およし》○米《よね》八四人女流《はちよにんぢよりう》、おのおのその風姿異《ふうしこと》なれども、貞烈《ていれつ》いさぎよくして大丈夫《ますらを》に恥《はぢ》ず。なほ満尾《めでたしめでたし》の時《とき》にいたりて、婦徳正《ふとくただ》しくよく其男《そのをとこ》を守《まも》りて、失《あやまち》なきを見《み》るべし。

いずれも、恋愛場面の好色性を言い訳すると同時に、情操・倫理への効用を説く「建設的な」言辞となっている。それは、当時の恋愛に対する古典文学の初心者の読まれ方と同じ方向のものである。

されば此ものがたりを見んものは、好色いんらんの事は心とせず、作者の真意に心をつけて、書中のよき事をのみ見るべし。（中略）書中に人情をいへる事、つまびらかなり。よく人情をしらざれば、五倫の化をうしなふ事多し。これにもとりては、国おさまらず。家もまたととのはず。さるによりて、此物がたりにも、さまざまの事によせて、人情をつくししらしめ、且じせいのうつりゆくさまをよくしるせり。歌をはじめ、ことばのすゑまでも、それぞれの人の気かたを、絵かき出すごとく、かきあらはせり。これ又此物がたりにおいて、人情をえたる所もつとも妙なり。すべて此ものがたりは、風化をもとゝとしてかけり。（中略）此ものがたりは、しぜんと人のこのめる好色の事をつりいとにして、あまねく世の人にもてあそばしめ、明君のおこり給はん時までのこしとゞめんのこゝろざしなり。

右の引用は、初読者用に『源氏物語』各巻の歌と挿絵を連ねた『源氏物語絵尽大意抄』の絵の上に書かれた頭書の一節である。本書の絵は春水の人情本の挿絵を多く描いた渓斎英泉のもので、本文も書いたと推測されている★[13]。板元は戯作・錦絵の出版で知られた芝神明前和泉屋市兵衛である。本書は文化九年に出されたが、引用は天保八年の再板本で、『偐《にせ》紫田舎源氏』の好評を当て込んでの

★[13] 小町谷照彦『絵とあらすじで読む源氏物語――渓斎英泉『源氏物語絵尽大意抄』――』（新典社、二〇〇七年）解題。なお、本書の引用は、蓬左文庫蔵本による。

再板であったことは容易に想像がつく。

こうした古典入門書は、Ⅶ章でも詳しく検討するが、女性向けの教養書の性格が強く、女性教訓書にも、絵や歌、古典の教養をちりばめた『源氏物語』の知識を併記しているものが多い★[14]。春水に近いところで出された、こうした古典入門書が人情を主意とし、好色を読者への誘い水としているとの見方に立っていたことは、春水のいう「人情」とおなじ方向性とレベルにあったことを意味するものである。性は倫理の問題に還元して論じられていたのである。

こうした春水の「人情」は、倫理が優先する当時の社会の枠組みに安易に妥協する点、批判もされてきたわけだが★[15]、一方でこれらの作者の評言が、物語と現実世界を「健康的に」きり結ぶ、読者への読みの方向性を暗示・誘導するものとなっていることも確かである。先に引用した『春色梅児誉美』第十三齣の評言など、この先のハッピイ・エンドを保障するものとして、読者には受け取られたに違いない。

★[14] 注[13]。

★[15] 篠原進「恋―この不思議なもの」(揖斐高・鈴木健一編『日本の古典―江戸文学編』財団法人放送大学教育振興会)。日野龍夫「宣長における文学と神道」(新潮日本古典集成『本居宣長集』新潮社、一九八三年、のち『宣長と秋成』筑摩書房、一九八四年、および『日野龍夫著作集』第二巻、ぺりかん社、二〇〇五年に所収。)。揖斐高「人情」(「国文学」第四〇巻第九号、一九九五年七月)。

## 4　家族の喪失と回復

### 「涙」と通俗的倫理の結婚

『春色梅児誉美』を境に春水の人情本の内容が変化するのは文学史の常識であるが、そうした中で、文政期のそれは「涙」ばかりが描かれるのに対し、天保期のそれには「笑い」が付け合わされるということは、作風の変化とともに読者層の広がりも意識されていた可能性はある。

　禄「お豊《とよ》や、此本《このほん》を鳥渡《ちよつと》マアお読《み》、誠《まこと》に可愛《かあい》そうな所《ところ》や、哀《あはれ》な所《ところ》があるだらう。」豊「ヲヤそりやア読本《よみほん》とやらだねえ。」ろく「アア好文士伝《かうぶんしでん》といふ為永《ためなが》の新作《しんさく》だヨ。」豊「私《わち》きやア、そんな本《ほん》は堅《かた》いから嫌《きら》ひだよ。夫《そ》れよりか春告鳥《はるつげどり》か、梅《うめ》の春《はる》だの、此間出来《でき》た狂訓亭《きやうくんてい》の弟子《でし》の、春笑《しゆんせう》と云《い》ふ作者《さくしや》の著《かい》た、春色百千《しゆんしよくももち》鳥《とり》といふ人情本《ちうほん》なんぞが、当世《いき》な事が著述《かい》てあつて能《よい》ハ。」ろく「ヲヤ、左様《さう》お言《い》ひだけれども、此本《このほん》なんぞは堅《かた》い事ばつかり著《かい》てありハ仕ないヨ。婦多《ふた》川のことやなにかを、昔《むかし》の言語《ことば》に直《なほ》してあるから、どんなに面白《おもしろ》いだらう。」

（『処女七種』五編巻七第二十五章）★〔16〕

春水人情本の読書場面は、直接には自作の宣伝を目的としたものだが、一方で読者の様態を知るデータともなりうる。右の引用から見えてくるのは、年増の嗜好は「涙」、若い女性の嗜好は女性の最新風俗を含めた「当世《いき》」にあり、内容の柔らかさ・入り易さから人情本が歓迎され、堅い内容で言葉も古い読本は敬遠されがちだったことである。梅暦シリーズ以降の人情本のもたらす女性読者への娯楽が、「涙」のカタルシスと当世風俗や恋のかけひきだったことがここからは類推できる。

そもそも人情本において女の恋の「涙」をもたらす場面は、金と家の論理によって愛情の貫徹が妨げられるか、一夫多妻の関係において女の恋情が試練を受けるか、たいていはそのどちらかである。こうした不幸と恋愛の接続による「涙」の創出という点では、先に挙げた近松の世話物の世界と大差はないように見えるが、実際人情本の場合、その「涙」の行方は大きく異なる。近松の場合のように、心中という来世での問題解消を前提として、不幸を背負いきる設定には、このジャンルの場合進まない★〔17〕。真実を生きる苦労の果てに、女に待っているものは、

★〔16〕国文学研究資料館蔵本による。

★〔17〕『春色湊の花』四編

平安であり、愛情の獲得であり、階級の上昇であり、恋人との奇遇である。「涙」は、彼女たちが、倫理を遵守している限り、彼女たちを裏切ることはない。逆に考えれば、通俗的倫理を落ち着きどころにしている春水は、女たちに「試練」を与え、その真実の証拠として「涙」させるが、それは必ず報いられるよう事を運んでいたことになる。

二十二回では、お富は自殺を決意した書置きを残しているが、結局は助けられる。

## 家族の謎をめぐるミステリー

このように予定調和的な「涙」と通俗的倫理の関係は、V章で検討した「関係」の倫理としての「いき」にも言えることであった。今一つ、人情本の「涙」と通俗的倫理の互恵関係を証拠だてられるものとして、人情本における「家庭」「家族」の問題がある。

女性読者の「紅涙」を絞る、女主人公に降りかかる試練は、恋にまつわるものばかりではない。彼女たちは多く、自己の過失にあらずして、ふりかかる災難から家族を失い、身を花柳の巷に落としながら、それでも健気に心正しく生きる。文政期の人情本から、『三日月阿専』(文政九年刊)を取り上げて見てみよう。

## 不幸・美談・奇縁

おせんは、訳あって大川に身投げするが、道具屋与兵衛に助けられ、横網にいたおせんの乳母に預けられる。ところがその乳母も病気で、今度は店請の判人大和屋文蔵におせんもともに身を寄せるが、乳母は病没、文蔵も大病で、困ったおせんは女郎に身を売る。——ここまでは絵に書いたような不幸の連続で、悲惨小説的傾向のこの時期の人情本の特徴をよく示している。ただし、おせんの出自は大家の武家で、乳母もそれを知っており、おせんの身投げには訳があるとされ、与平衛はおせんの名も聞かない。すでに家族の謎と家の回復の伏線は張られていた。

おせんは美人で、身の上話だけして床入りしないことで、かえって評判となるが、ある時、一人の客が喧嘩騒ぎに主人の金三百両を置き忘れ、二、三日後におせんはその金をそっくり返し、礼金も受け取らない。客は道具屋の手代重蔵で、事情を主人与兵衛に語り、与兵衛は出入りの吉次に頼んでおせんを身請けするが、この時大川で助けた娘であることを知る。また、おせんは、大名末広要之亮のご落胤で、母は奥女中であったが、おせんを生んだ後、屋敷勤めを引いて与兵衛の女房になっていたこともわかる。——ご都合主義の展開といえばそれまでだが、身投げや忘れ物をくすねない善行が、失われていた家族の回復につながる「奇縁」をもたらす、因縁話になっている。

吉次の母が末広家の家老に仕えていたことから、末広要之亮がおせんを探していることが知れ、おせんは実父と対面。与兵衛は、おせんと重蔵を結婚させようとするが、重蔵の父徳作から重蔵も駿河の大名清見義景のご落胤とわかり、二人は夫婦に、道具屋は末永く繁盛した、という。——重蔵の出自が明かされるあたりは、あまりに現実ばなれしているが、おせん同様重蔵も家族の回復を願いとする人物であり、二人が身分的にもつりあうことを明かした設定となっていた。

## 謎の答えのパターン

『春色梅児誉美』でも、お長と丹次郎は、本田・榛沢という武家のご落胤であったことが後に明かされ、結ばれる。こうした、喪失された家族が回復される過程で、読者の興味を引っ張るものは、不幸の涙ばかりではない。『春色梅児誉美』第二十一齣でも、お由と米八が実は姉妹だったことが明かされるように、一見関係なさそうに見える登場人物が、ふとした縁から、兄弟・姉妹であったり、実の親が本当は別のところにいたりして、それが作中明かされていく、というパターンが頻出する。

その場合、家族の喪失の事情は、「捨て子」か「私生児」かのどちらかに分類が可能である。「ファミリー・ロマンス」というフロイト系の心理学の延長線上にある用語がある。児童期から思春期にかけて比較的多くの子供が抱く「自分は両親の本当の子供ではないのではないか」という空想のことで、マルト・ロベールは、子供が両親の性の違いを認識するのを境に、前段階を「捨て子プロット」、後段階を「私生児プロット」とする★[18]。江戸時代ならば、貧しさ故の捨て子とか、事情があって子供を交換したケース、あるいは脇腹の子や身分の低い母親の子、さらには本妻の嫉妬といった「変数」が絡んでくる。

もちろん、人情本の家族の物語を、いきなりフロイト的モデルで分析するのには、慎重であるべきで、ここはむしろ江戸時代に今より多くあったはずの、捨て子や私生児、あるいはそれに準じる養子・奉公のような現象を頭に入れるべきではあろう。ただし、少なくともここから我々は、子供が親から自立して自ら家を作ろうとする当初に抱く可能性のある、家族にまつわるミステリーの祖型を見出すことは可能である。このフロイトの用語が、西洋の通俗小説を分析する際役立ったのは、そもそもこうした家族のミステリーがなぜ生まれるのかに答えるもので

★[18] マルト・ロベール『起源の小説と小説の起源』(岩崎力・西永良哉訳、河出書房新社、一九七五年)。

あると同時に、実の親が別にいたとか、どこに本当の親がいるのか、なぜ親子兄弟は離れ離れにならなければならなかったのか、という「謎」を説明するものには、先の二つのプロット以外なかなか読者を納得させうるものがないからだ、という事情もあったのだろう。

## 5　大衆小説の快楽の本質

### 秘密の魅惑

さらに、ここまで分析してくると明瞭になってくるのは、「謎」「秘密」の持つ娯楽性である。筆者は、Ⅱ章で恋愛小説の筋を追う醍醐味は、恋人の秘密、秘密の恋、恋の行方の秘密など、「秘密」にその核心があることを呈示しておいた。実は、家族の問題も対象こそ変わるが、「秘密」の魅力があるからこそ、洋の東西を問わず小説・演劇の題材となってくるのではなかろうか。

ミステリーとは犯人探しに限定して考えるよりも、そこに何かがあることはわかっていながら、それを容易に知ることができないものを、曲折を経て知る、という原理に還元した方が、大衆娯楽小説の分析には有用であろう。知りたいものは、恋にまつわるもの、家族に関するもの、殺人事件の犯人やトリック、社会的事件の裏事情、地理的・心理学的・文化人類学的・科学的発見等々、時代により変化もしようが、「秘密」という本質にそう変化はないのだと見ることもできよう。

## ディープな人情本読者

『春色梅美婦禰』二編巻五第十二回では、十六、七歳の水茶屋の娘で、「人情本《にんじやうぼん》の博覧《つうじん》にて、梅暦《うめごよみ》と春告鳥《はるつげどり》」★[19]を暗誦するほどの読み巧者《マニア》であるお園が、春水の助作者の一人、清元延津賀の写本の人情本『春色乙女雛形《むすめひながた》』を読む場面が展開される。劇中劇ならぬ小説中小説というこの設定は、春水の自作小説の宣伝という目的からか頻出することは述べたが、この場面は、読者が読み巧者なだけに、人情本の読みのエッセンスが呈示されている。お園は、まずそのタイトルを褒め、その筆跡から書き手が春水ではなく弟子の春暁であることを見抜き、実際は清元延津賀の草稿を手直ししたものと判次郎から教えられ、「口《くち》のうちにていいながら」小説の中身に入る。

設定は「あはれな事《こと》も口惜《くちおし》き所為《わざ》も堪《こら》へて惚《ほれ》た同志《どし》」が「親《おや》の無慈悲《むじひ》や世間《よ》の

★[19] 新潟大学附属図書館（佐野文庫）蔵本による。

義理《ぎり》に、妨《さまたげ》られて其限《それぎり》に、離別《きれ》て浮名《うきな》の立類《たつたぐ》ひ」と紹介され、いきなり清十郎が芸者姿のお夏のところへやってくるシーンが展開される。清十郎はお夏の母がいないか確かめるところから、母が二人の仲を妨げる存在であることも知られる。その母が、お夏ももう会わないと言っている、と清十郎のところに言いに来たことを語り、お夏の真意を確かめに来たのだと彼は言う。お夏には毛頭その覚えがないばかりか、別の客をとれと母から責められるのを嘆き、「殊《こと》に依《よっ》たらばお前《まへ》と相談《さうだん》して、死んででも仕《し》まはふかと思《おも》ふヨ」と落涙して男の膝にすがりつく。ここまでは、心中話のベクトルに沿った展開であるが、以下がファミリー・ロマンスの新展開である。

## 「涙」の本質

お夏は妊娠の事実を告白、母は養母ゆえ強欲で、かなり稼いだ今は義理はないと言うが、清十郎は幼少時に生き別れとなったお夏の姉の行方を問う。お夏は、姉が不幸で女郎に身を売り、今は身請けされて頼りにはならないと言う。これを聞いて清十郎も、自分の母は日陰者で、腹違いの兄弟とは音信不通、その兄も隠居してしまったと告白する。心中か逃避行を考える二人は、互いに頼りになる身

『春色梅美婦禰』（新潟大学附属図書館佐野文庫蔵）二編第十二回挿絵。人情本マニアのお園が、写本の人情本を読みふける。

内がいないことを語りあうわけである。特に清十郎の告白は、「ヲヤヲヤお前《まへ》にも兄《あに》さんか姉《あね》さんがあるのかへ。私《わちき》やアはじめて聞《きい》たヨ」「左様《さう》だろう。これまで誰《だれ》にも咄《はな》した事《こと》がなひから」との応酬から、恋人同士の中を深めるように機能する「秘密」の告白であると同時に、家族の「謎」の告白ともなっていた。

お夏は「性根《どきやう》をすへて一《ひと》ツ思案《しあん》をしてお呉《くれ》な」「斯《かう》して居《ゐ》るのがしみじみ否《いや》でならなひよ」と決断を迫り、土地を離れるかとの清十郎の問いにも、「アア万一《もし》も二個《ふたり》が添《そは》れずは、否《いや》でも死《し》んでお呉《く》れな。」と泣きはらす。これには清十郎も涙に咽せながら「それほどまでに思ふのか」と答え、お夏も「アア慈愛そふだと思つてお呉な」と応じる。妨げられる恋の不幸と、家族の喪失の不幸の取り合わせは、人情本の「涙」の本質であり、これが集約されていたわけである。

お園は、並の趣向では驚かない読み巧者であるが、「哀《あは》れな段《だん》に余念《よねん》なく、夢中《むちう》の様《よう》になり」、その間判次郎宅にいた仲間の娘たちはお園を置き去りにする。それとも知らずお園は本を読み終わって、目に涙をため、「アア引、モウモウかはひそふだネへ。ヲヤ私《わちき》を置逃《おきにげ》にして衆女帰《みんなかへつ》たのかへ。」と場面は笑いに転じる。

作中作の筋の行方も、春水人情本も、たいてい心中には至らず、主人公の男女には平安がおとずれる。その意味では、読者は物語の結末をある程度予想しつつも、なお涙していた。Ⅱ章で分析した恋と同様、自分の身に降りかかれば大変な、二重の不幸も、小説で擬似体験されれば娯楽となる。一方、江戸時代の婚姻が、基本的には見合い婚であったことからもわかるように、家が恋の障害となる可能性が高い時代だったからこそ、恋と家族の不幸は連動し、女の涙を誘うことも忘れてはなるまい。現代ならさしずめ、不倫や家族内不和を描いたドラマが、多くの女性の関心を引き、涙を絞るのと同じように。

天保期の春水人情本は、「恋」のサスペンスと「不幸」のサスペンスを絡ませるが、そのどちらもがジェットコースターのように、読者自身はもちろん、主人公たちも、本当に身に危険がふりかかることはないことを前提にして、読書の快楽がなされていたわけであろう。

▼Ⅶ

# 物語の面影、歌心の引用

## 人情本の文学的資源

水や空月の中ゆくみやこ鳥

**山東京伝、『春色梅児誉美』三篇口絵**

小梅《こうめ》の土手《どて》また百花園《しんうめやしき》に遊《あそ》ぶに至《いた》りて、枝《えだ》うつり目《め》うつりもして、梅《うめ》になく声《こゑ》きくう（聞く・鞠塢）が庭《には》の鶯《うぐひす》。

**『春色梅児誉美』四編春水序**

（俳諧師松風庵）蘿月は俄《にわか》に狼狽《うろた》え出し、八日頃の夕月がまだ真白《ましろ》く夕焼の空にかかっている頃から小梅村瓦町《こうめむらかわらまち》の住居《すまい》を後《あと》にテクテク今戸をさして歩いて行った。…それらの家《うち》の竹垣の間からは夕月に行水《ぎょうずい》をつかっている女の姿の見える事もあった。。蘿月宗匠《そうしょう》はいくら年をとっても昔の気質《かたぎ》は変わらないので見て見ぬように窃《そっ》と立止まるが…

**永井荷風『すみだ川』**

# Ⅶ　物語の面影、歌心の引用

## 1　文学のなかの、文学への愛

### 文学が文学を引用する意味

小説において既存の文学の引用がなされる。それには様々な意味があろう。ある場合には、それは引用された文学の魅力を共有することを目的として、またある場合には、引用した文脈を原典とずらすことで、笑いや新たな世界を生み出すために、さらには、暗号化した隠微な引用を読み解かせて、読者の好奇心と優越感をよびおこすために。

江戸後期の恋愛小説の代表選手である人情本の場合は、平安朝の物語や和歌の引用がまま見られる。そのことの意味は何だろうか。人情本は、恋愛をテーマとしながら、小粋で洒落た編集感覚を売りにする文学である。純愛の真剣さが描かれるのは当然だが、笑いやクールな感覚も、特に天保期の春水人情本の場合、見出せることはこれまで紹介してきたところである。従って、引用も生真面目な表情でなされるとは限らない。むしろそれは、すました、時にはとぼけた顔つきで呈示されることがままある。

人情本は、物語・和歌の、何を、どのように引用して、その魅力を獲得し、創造していったのだろうか。

## ロマンの再生産と変奏

そもそも文学の力とは何か。文学が人を魅了して文学愛好者を生産し、それが高じて自分も文学に手を染めてみたり、文学を論じてみたりするようになる者も出てくる。その力の源泉とは何なのか。

もちろん、このような本質的なテーマが一筋縄ではいかない問題であることは言うまでもないことだが、文学に備わるある種の「輝き」とそれへの「憧れ」が、文学の力の一つであることは異論なかろう。今対象となっている人情本に即して言うなら、このジャンルが恋愛小説である以上、そこに描かれた恋への憧れを生み出すものが、まずは、この作品の力ということになる。

ただし、天保期の春水人情本のような恋愛小説の場合、テーマが男女の問題であるだけに、読者の視線も男女双方に目配りしておく必要がある。こうした人情本の魅力は、自らの意志で貫かれる恋への憧れや、抑圧された性への欲求の解放として説明されてきたが、本書のⅡ章では、それに加えて現実の恋愛そのものの危険性と、その代償行為としての恋物語の消費という意義を呈示しておいた。

一方、男性読者の場合はどうであろうか。それについては、明治の小説家たちが、自分の作品のなかで人情本の読書体験を多く残していて参考になるが、今はその典型的な例と言っていい、森鷗外の言説を挙げておこう。


［十三歳の時には］人が春水を借りて読んでゐるので、又借《またがり》をして読むこともある。自分が梅暦の丹治郎のやうであつて、お蝶のやうな娘に慕はれたら、愉快だらうといふやうな心持が、始て此頃萌した。

［十四歳の時には］馬琴や京伝のものは殆ど読み尽した。それからよみ本といふものの中で、外の作者のものを読んで見たが、どうも面白くない。人の借りてゐる人情本を読む。何だか、男と女の関係が、美しい夢のように、心に浮

ぶ。（中略）その［人情本の美しい夢のような］印象を受ける度毎に、その美しい夢のやうなものは、容貌の立派な男女の享ける福で、［容貌のぱっとしない］自分なぞには企て及ばないといふやうな気がする。それが僕には苦痛であった。

（『キタ・セクスアリス』）★［1］

恋愛の文学にはたいていロマンの要素があり、そこにこそ、この種の文学の快楽があることを端的に示す一例である。もちろんこの告白は、文学作品としてのそれであるから、鷗外本人と直結して考えるには慎重であるべきだが、恋へのロマンチックな憧れが、人情本によって呼び覚まされるという設定が、明治の読者に説得力を持っていたという事実は確認しておかなければならない。二葉亭四迷の『浮雲』では、主人公の内海文三が、ヒロインお勢から好意を持たれているらしいことを、「内海は果報者だよ。まづお勢さんのやうな此様《こん》な（中略）頗《すこぶ》る付きの別品《べつぴん》加之《しか》も実《じつ》の有るのに想ひ附かれて（中略）実に羨《うらや》ましいネ。明治年代の丹治《たんぢ》と云ふのは此男の事だ」「オイ好男子、然《さ》う苦虫《にがむし》を喰潰《くひつぶ》してゐずと、些《ちつ》と此方《こつち》を向いてのろけ給え。コレサ丹治《たんぢ》君★［2］」と冷やかされている。丹次郎の名前は、この時期には作品の名をいちいち挙げずとも、色男の代名詞として通用

★［1］『明治文学全集27 森鷗外集』（筑摩書房、一九六五年）五五、五九頁。ただし、旧漢字は新字体に改めた。［ ］内は、井上が補足した。

★［2］『明治文学全集17 二葉亭四迷・嵯峨の屋おむろ集』（筑摩書房、一九七一年）五一頁。ただし、旧漢字は新字体に改めた。

するほど行き渡っていたのである。
その他にも、坪内逍遙・尾崎紅葉・幸田露伴・徳富蘆花・永井荷風・正岡子規・寺田寅彦など、天保期の春水人情本の世界に泥んだ男性作家は多い。文学がある魅力的な恋愛世界を描くことに成功し、読者に憧れの視線をもって記憶に焼き付けられると、読者はその表象を現実のなかに追い求め、現実から表象を汲み取って恋愛に入る。当事者自身は、特に恋の詩歌を作ることで、よりそのロマンは確認され、強化される。文学・芸術から現実の恋が起こり、その現実の恋から文学・芸術が再生産されるのである。

ただし、小説のような長い言葉を費やして、恋そのものを対象化しうる文学の場合、すこし事情は複雑である。多くの女性と浮名を流す丹次郎をそのまま小説で再現するのでは芸がない。むしろ、先の鷗外の例や、Ⅰ・Ⅲ章で紹介した、四迷や露伴のように、恋の文学を書くとき、人情本は憧れの恋愛世界の共有イメージとして引用され、時に変奏され、時に克服されたりする対象だったのである。

では、人情本自身は、どういう文学表象をベースにしながら、恋のロマンを描いたのか。この問題を考えるとき、『伊勢物語』の「むかし男（＝在原業平）」や『源氏物語』の光源氏の存在が浮かび上がってくる。さらにこの両作品は、多くの和歌を引用することで恋愛の文学として定立しており、長い間詠歌の手本として読まれてきた事情も考えれば、両作品の延長線上には、恋歌の存在も無視するわけにはいかない。

天保期の春水人情本という恋愛小説の魅力を生む際、物語や和歌はいかなる文学的資源として、どのように利用されていったのだろうか。

## 2 『伊勢物語』『源氏物語』の投影

### 業平の末裔

人情本研究に大きな足跡を残した前田愛は、『春色梅児誉美』の舞台が、江戸郊外の向島のわび住いに設定されたことの意味を、『伊勢物語』第九段の在原業平の引用と見破っている★［3］。業平は二条后高子との身分違いの恋に破れ、「身をえうなき物に思ひなして★［4］」、東海道を下る感傷旅行へと出る。すなわち「東下り」である。ところが、忘れるための旅であるはずが、業平は各所で高子を思い出さずにはおれない。

★［3］「エロティックな密室—『春色梅児誉美』—」（「ユリイカ」一九七八年四月、のち『前田愛著作集』第四巻、筑摩書房、一九八九年、所収）。

★［4］『伊勢物語』からの引用は、全て『新日本古典文学大系17 竹取物語・伊勢物語』（岩波書店、一九九七年）によった。ただし、漢字表記・オドリ字・送り仮名は適宜改めた。

唐衣着つつ馴れにし妻しあればはるばる来ぬる旅をしぞ思ふ
駿河なる宇津の山べのうつつにも夢にも人に逢はぬなりけり
名にし負はばいざ言問はむ都鳥わが思ふ人はありやなしやと

特に三首目の詠まれた地は、橋場から船で隅田川東岸向島へ連なる須田（隅田に同じ）堤へ渡るところと江戸時代は考えられていたのであり★[5]、身に覚えのない借金を負って失踪し、恋人米八とも一旦は離れ離れとなって、同じ向島に隠れ住む丹次郎は、江戸時代版の業平だったわけである。

同じことは梅暦シリーズと対をなす『春告鳥』の男主人公鳥雅にも言えることである。『春告鳥』は、行方の知れなくなった恋人お浜のことを忘れられず気鬱になる鳥雅が、向島、即ち、隅田川東岸から、幇間桜川新孝の案内で、船に乗って対岸の吉原へ向かうシーンから始まる。その挿絵には、都鳥があしらわれており（次頁図版）、船の設定は、『伊勢物語』第九段の、「渡守、「はや舟に乗れ。日も暮れぬ」といふに、乗りて渡らんとするに、みな人物わびしくて、京に思ふ人なきにしもあらず。」という、隅田川の渡し舟と失った恋人への想起の場面が踏まえられていたことは、間違いない。ここまでくれば「鳥雅」の命名も、「都鳥」

★[5]『新訂江戸名所図会5』（市古夏生・鈴木健一校訂、ちくま学芸文庫、一九九七年）四〇四～四〇七頁。『新訂江戸名所図会6』（一九九七年）二〇九～二二七頁。

『春告鳥』初編第一章挿絵（三原市立図書館蔵）。鳥雅が桜川新孝に吉原へ誘われる。対岸は山谷堀。川に浮かぶのは三羽の都鳥。鳥雅は「東下り」の業平の江戸版である。

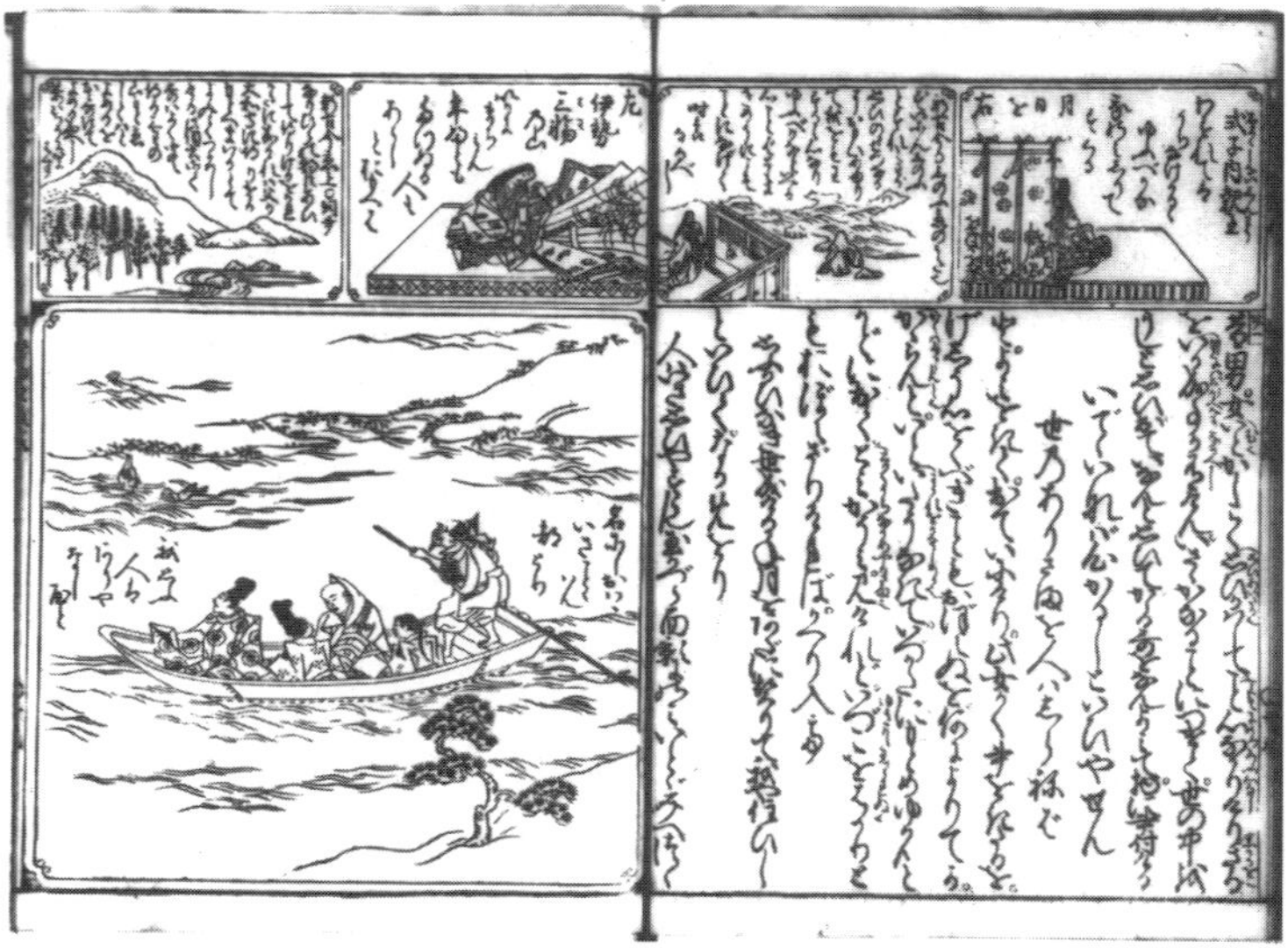

『伊勢物語改成』（都立中央図書館特別買上文庫蔵）。下段に『伊勢物語』本文、上段に勅撰和歌集からの抜粋。

をきかせたもの、と想像をたくましくすることすら可能になってくるのである。丹次郎・鳥雅という、多くの女性に夢をふりまく天保期の春水人情本の色男は、業平の末裔とされていたわけであった。

## 追憶の主題

さまざまのこと思ひ出す桜かな　　（芭蕉）

『春色梅児誉美』とその続編『春色辰巳園』の好評を受けた為永春水が、天保七年（一八三六）、殺到する執筆依頼をこなすなかで、最も力を入れたのが『春告鳥』であったことは、春水自身「そも梅暦《うめごよみ》の開《ひらけ》てより、是《これ》に並《なら》んで春告鳥《はるつげどりとり》の双《つい》をなし」（『春色鶯日記』初編序★〔6〕）と語っている通りである。前田愛も春水単独作と推定されるはじめの十章について、「筆力も冴え、彼独特の凄艶な場面描写の妙が遺憾なく発揮されている」と褒めちぎっている★〔7〕。

その『春告鳥』の巻頭は、芭蕉が二十年ぶりに故郷伊賀上野に帰り、彼を俳諧の道に導き、芭蕉自身も「仕官懸命の道」を目指した故主藤堂新七郎蝉吟の別荘に招かれた際の、この回想の句で始まる。

もちろん、『春告鳥』の場合、回想の対象は、亡くなった主人や、それにまつ

★〔6〕名古屋市蓬左文庫（尾崎久弥コレクション）本による。

★〔7〕『日本古典文学全集 洒落本・滑稽本・人情本』（小学館、二〇〇〇年）前田愛解説、六〇一頁。

わる青春の記憶などではない。愛を言い交わしながら、理由もなく突然消息を絶った恋人お浜のことに鬱々とするうち、男主人公鳥雅は桜川新孝の手引きで吉原の花魁《おいらん》薄雲と出逢い、対する薄雲は三年前の鳥雅との出逢いを忘れずにいて、その邂逅に喜び、鳥雅の方も薄雲の真情にほだされ、お浜のことを思い出しつつ、結ばれるという、この作品冒頭二章の、面影の恋の設定の導入として、この句は機能していた。

薄雲は、三年前に神田祭の宵宮での出会いから、鳥雅が落とした薬入を後生大事に身につけていたこと、お浜と鳥雅の関係を噂に聞きながら、不幸から苦界に身を沈めても、なお思いはやまず、鳥雅の定紋桔梗を、再会を祈願して重ね桔梗にして自らの紋としたことを語る。鳥雅もこれには絆されて憎からず思うが、一方で、またまたお浜の記憶が蘇る。

鳥雅はまた心の中《うち》に風《ふ》とお浜のことを思ひ出して、何所《どこ》にどふして居ることか、他《ほか》に男をこしらへたの欲で影を隠したのといふ気づかひは決してないに極《き》まつた女、さぞ苦労をして居るか、万一死《しに》でもしたものならあれに対して浮気《うはき》なことが少《すこ》しもあつてはすまねへことだが、また今夜の此女《この》も捨《すて》られねへうつくしさ。殊《こと》に此方《こつち》の自惚《うぬぼれ》かは知らねへが、まんざらでもなく心のある様子。どふしたことかと胸に手を置《おい》ても、思案《しあん》の外心《ほかごゝろ》、恋には知恵も分別《ぶんべつ》も出来ぬならひか。風流の才子も野暮もこの道は案内知れぬ難所《なんじょ》といふべし★［8］。

後半は春水一流の通俗的教訓を語って講釈風だが、前半の鳥雅の心内語は、恋の記憶の問題を考えるのに興味深い例と言えよう。なぜ、鳥雅は薄雲への恋情が芽生えると、お浜のことを想起するのか。それは、表面的には、お浜への罪悪感から、ということになってはいるが、それだけではなかろう。本書の冒頭は、先の芭蕉句に続けて「その桜節、憂ことを、わすれさせんと（桜川新孝から）勧められ」登楼したと書かれていた。本来は忘れる目的で一時の座興と思って吉原へと向かったのだが、思わず真情を呼び覚まされると、当初の目的に反して、失って忘れようと抑圧していたお浜の記憶がフラッシュバックしてきたのである。フラッシュバックとは、この場合、抑圧していた強い情動が、同じような場面に遭遇することで呼び覚まされることを言う★［9］。

失恋の痛みが深刻であればあるほど、次の恋は困難となる。恋の感情を持とうとすると、忘れようとしていた、もう二度と味わいたくないつらい感情が否応な

★［8］注［7］三九〇頁。

★［9］精神医学の世界では外傷後ストレス障害と診断名が名づけられた症状の典型例として、「侵入」、すなわち、忘れていた記憶が無理やり意識に押し入ってくることを言う。（American Psychiatric Association［編］：高橋三郎・大野裕・染矢俊幸訳『DSM-IV-TR精神疾患の分類と診断の手引』新訂版、二〇〇三年、医学書院）もちろん、ここでの「フラッシュバック」は精神疾患ではなく、日常の恋愛の中で体験されるそれを言う。失恋時の記憶の想起については、小此木啓吾『対象喪失　悲しむということ』（中公新書、一九七九年）五九～六七頁、および松井豊『恋ごころの科学』（サイエンス社、一九九三年）一三四～一五二頁。

く蘇ってきて、恋の再チャレンジを妨げる★[10]。「さまざまのこと思い出す」という表現は、鳥雅にとっては、三年前の薄雲との出逢いとともに、忘れようとしていたお浜への愛情とその喪失を想起させるものでもあったのだ。

前節で検討した『伊勢物語』からの引用とあわせ考えてみると、業平にとっては東下りの旅が、追憶の機能を果たし、『春告鳥』では、それが廓への旅に「やつ」されていた、すなわち当世風に翻訳されていたのである。

お浜の面影への追憶は、これにとどまらない。第三章で、鳥雅が侍女お民に思いを掛け染る際も、芸者お浜に着せようと呉服屋へあつらえておいた玄人用の衣装を、無垢なお民に着せることから、事は始まっている。『春告鳥』の四章までは、想起される「面影」こそが、物語のキーワードとなっていた。

## 古典愛好者の設定

『春告鳥』冒頭の二章は、この他にも、『伊勢物語』『源氏物語』に代表される古典世界の背景が仕組まれている。男主人公の名鳥雅は、『春告鳥』という作品名と呼応するものであることは、すぐに了解されるが、この名が俳号であることも、一見してそれと知れよう。実際、鳥雅は、日本橋横山町の薬種砂糖問屋大坂

★［10］加藤司「失恋ストレスコーピングと精神的健康との関連性の検証」（『社会心理学研究』二〇巻三号、二〇〇五年三月）では、失恋から立ち直るためになされる認知や行動（失恋ストレスコーピング）を、「未練」「敵意」「関係解消」「肯定的解釈」「置き換え」「気晴らし」の六つに分類、別れたこと悔やんだり、失恋相手のことを思い出したり、失恋相手に対する思慕の情を意味する「未練」は、「失恋相手の拒絶」に分類できる「敵意」（＝恨み、幻滅）」「関係の解消（＝失恋相手を忌避、思い出の品の処分）」と同様、心の中で失恋相手との関係を意識的、あるいは無意識に継続するため、失恋を肯定的に受け止めたり、別の異性に接近したり、スポーツや趣味で気分転換をする「失恋からの回避」という方法より、失恋の痛手から立ち直りにくいことが、報告されている。お浜は忽然と鳥雅の前から姿を消

屋の主人にして、春水の幼友達、国学を足代弘訓に学び、建部綾足を継いで寒葉斎を名乗って俳諧をたしなんだ、文亭宮崎綾継の門弟という設定になっている。

綾継は、春水作『萩の枝折』（文政十一年刊）前編第二回で、「文亭公《ぶんていこう》か。彼《あ》の人《ひと》は片歌《かたうた》の事《こと》を、悉《ことごと》く論《あげつら》つて、万葉《まんえふ》から引《ひ》いて、書籍《しよじやく》も大《おほ》きに好《よ》く著《あらは》してあるが、まだ版《はん》にはならねへが、彼《あ》れは何《いづ》れ大功《たいこう》なことさ」★[11]と紹介され、春水の助作者の一人に数えられる。前田愛によれば、鳥雅のモデルは、綾継の弟子定賀ではないかと考証されているが★[12]、問題は、鳥雅が梅暦シリーズの男主人公丹次郎と違って、文学的教養を身につけた大店の秘蔵の次男坊と設定されている点である。鳥雅は、業平・源氏の後裔であると同時に、その教養世界を背負った人物とされていたのである。いや、むしろ、そのような教養ある、『伊勢』『源氏』の世界に憧れる江戸の貴公子として設定されていることは、業平・源氏の後裔たる資格だったのだ★[13]。

対する吉原の花魁薄雲も、これに釣り合うように、田安藩侍医にして幕末江戸派歌人の大立者井上文雄の弟子とされ、その机には『伊勢物語』、および北村季吟の『源氏物語』注釈『湖月抄』、さらには柳亭種彦の合巻『修紫田舎源氏』『邯鄲《かんたん》諸国物語』が重ねられていた。この作品冒頭の、両者の設定は、これから

しており、「未練」は残る条件が整っていたと見るべきである。

★[11] 東京大学文学部国文学研究室蔵本による。

★[12] 注[7]三八二頁、注六。

★[13] 鳥雅と同じような古典を学ぶ人情本の男主人公としては、梅暦シリーズの一つ『春色英対暖語』の峇次郎が数えられる。この人物は、「増見先生《ますみせんせい》のお宅《うち》で、今日《けふ》は万葉集《まんえうしう》のお講釈《かうしやく》が有《ある》から、これこそ少《すこ》しの間《うち》でも伺度《うかがひたい》から、往《いか》なひければならず」（拾遺別伝巻七第十三章）とその古典趣味ぶりを語っている。この人物は、『春色梅美婦禰』（第二十回）では、文亭綾継の弟子として同じ手ぶりで狂歌を披露し、国学にも造詣のあった柳亭種彦の狂歌も写していたことが紹介されている。

描かれる恋物語が、古典作品を基調にしていることを予想させ、いかに『伊勢』『源氏』が引用され、変奏されているかを読み解くヒントとして機能させようとしていたことが了解される。薄雲・鳥雅の設定から読者は、今後展開される恋物語が『伊勢物語』『源氏物語』の主題と世界を主旋律として、原典からどうそれが変奏されていったか、を読み取ればよいのである。

## 源氏の面影

天保初年は、柳亭種彦の合巻『修紫田舎源氏』の大ヒットによる『源氏物語』ブームであったこと★[14]なども、商才に長けた作者春水は計算済みであったかもしれない。既に丸山茂は、『春色梅児誉美』と同じ天保三年刊行の、春水が補綴した喜久平山人の人情本『和可邑咲《わかむらさき》』において、春水が補綴した三編口絵で『源氏物語』若紫を踏まえていることや、やや下るが、天保十三年刊行の『春色梅美夫禰』五編序で、『湖月抄』にも載る『源氏物語』の竪横の巻の並びの説や、主要な巻の名をあしらった文章を書いていることを報告している★[15]。また、『吾嬬の春雨』(天保三年刊)前編五巻第六回の挿絵には、お政の隣家で差し向かいの源次郎とおみつを描くが、床の間には『湖月抄』が描かれる。

★[14]『新日本古典文学大系　修紫田舎源氏　下』(鈴木重三解説・校注、岩波書店、一九九五年)七八六〜七九〇頁。梅暦シリーズの『春色英対暖語』初編巻三第十六回では、主人公の色男の一人岑次郎の男ぶりを、「久《ひさ》しぶりにて倩《つくづく》と、見《み》れば思《おも》へば此節《このごろ》の、田舎源氏《ゐなかげんじ》に画《ゑが》たる、光氏《みつうじ》よりも欲目《よくめ》とて、まさる男《おとこ》の形姿《なりふり》に」と描写する。春水作『春色袖の梅』(初編、天保八年刊)第二回では、主人公お梅に「金龍山餅《きんりうざんもち》の角《かど》の本問屋弥七《ほんどひややしち》の見世《みせ》にてかひ求《もと》めたる源氏《げんじ》の錦絵《にしきえ》」を持たせている。また、同書四編(天保十三年刊)第二十四回では、好意に「お雛《ひな》さんに田舎源氏《ゐなかげんじ》の今年《ことし》の新板《ところ》を出《だ》してお目《め》にかけな。未《まだ》今日売出《けふうりだ》すといつたから、お買《とり》じやアあるまひから」と言わしめている。また、人情読本『春色恋白波』(二編、天保十二年刊)第十三回では、妹芸者小雛に、難しい読本より「梅暦か、春告鳥の様な本

春水が『源氏物語』の流行を当て込んだのではないか、という目で『春告鳥』を再読してみると、薄雲とは『源氏物語』の巻名薄雲を利かせた文字通りの源氏名なのであろうと気がつく。第十一章では、鳥雅が先妻腹の長兄幸次郎とは腹違いで折り合いが悪いとされている。父福富屋幸左衛門は、日本橋本石町という江戸の町人地の中心★[16]にある、大店の出店で、鳥雅は兄との不仲から、本石町を出て向島の別宅に住んでいる。この兄との不仲、それによる隠棲は、『源氏物語』における光源氏と腹違いの兄朱雀院との疎遠と、それを背景とした須磨・明石への流離とを重ね合わせて読むことも可能であろう。

また、お浜の面影が忘れられずに、吉原に登楼して、薄雲と交歓する部分は、『源氏物語』夕顔巻とオーバーラップする。夕顔巻では、夕顔の花の咲く家に住む女が、その召使いを通して扇に夕顔の花を乗せて光源氏に持参、その扇に「心あてにそれかとぞみる白露の光そへたる夕がほの花」と、花を所望した貴公子が源氏であろうことを匂わした歌が書きつけられ、女の方からさりげなく男性に関心のあることを伝えている。源氏は「したりがほに物なれて言へるかな」と相手のなれなれしさを感じつつも、自分の名当てで詠まれたことで彼は気が惹かれ、名も知らぬ夕顔と交渉を持つに至る。こうした夕顔の匿名性・遊女性ははやくから指

が能《よい》ヨ。それでなければ、合巻の田舎源氏が面白ひと思ひますは」と、春水人情本と『田舎源氏』の読者層の重なりを意識した発言をさせている。

★[15]『春水人情本の研究』（桜楓社、一九七八年）第一章「春水人情本」の文学史的基盤―『梅児誉美』と『源氏物語玉の小櫛』」、『春水人情本と近代小説』（新典社、一九九四年）第三部「一　追説―江戸小説・春水人情本と『源氏物語』―未翻刻資料『和可邑咲』を中心として―」。

★[16]西山松之助『江戸文化誌』「第2講　お江戸日本橋」（岩波現代文庫、二〇〇六年）、浜田義一郎監修『新装普及版　江戸文学地名辞典』（東京堂出版、一九九七年）四三〇頁。

摘のあるところでもある★〔17〕。これが『春告鳥』では、夕顔が女郎花に転じられてはいるものの、歌が添えられ、新造薄菊がまず夜着を持って登場、後から来た薄雲は初会にしては馴れ馴れしく、鳥雅のことを既に知っていた。

他方、失踪したお浜のための衣装が契機となって、別人物であるお民への恋が始まる設定も、『源氏物語』空蝉巻において、空蝉が自らの衣装を残して去った後、空蝉の義理の娘である軒端荻と契ってしまい、それでもなお残された衣装とともに空蝉への想いが消えない光源氏を踏まえたものと読める。

### 追憶を呼び覚ます物語

お民にお浜の衣装を着せる第三章の冒頭でも、鳥雅は、文亭綾継・閑月庵山暁らと宵まで俳諧にふけり、彼らが帰宅後も、秋の夜寒に、歌書と絵入りの読本をならべ、寝ながらそれらを読むうち、寝られなくなって吉原へ向かおうとする。結局は、時雨が降り出して、登楼は沙汰止みとなり、鳥雅はお民に向き合うこととなるのだが、穿《うが》って考えれば、鳥雅は歌書にしろ、絵入の読本にしろ、恋物語、それもおそらくは過去の女を忘れられずにいる男の物語を読んで、お浜を思い出し、一旦は薄雲に会おうとし、結局は、お民にお浜を重ねて思いをかけることと

★〔17〕六条院で夕顔の名を光源氏が尋ねると、「あまのこなれば」と名を明かさぬ言葉で夕顔が返事する言葉に、江戸時代の代表的『源氏物語』注釈書である北村季吟の『湖月抄』は、「白波のよする渚に世をつくすあまの子なれば宿もさだめず」という『和漢朗詠集』「遊女」の和歌を挙げる。なお、『源氏物語』からの引用は、すべて『湖月抄』によった。

なったのであろう。

さて、鳥雅が読んでいた本は何であったか。絵入の読本には、今日言うところの、読本・滑稽本・人情本が含まれるが、この場面では離れ離れになっていた男女の奇遇が頻出する人情本と考えるのが最も妥当なところだろう。歌書は、歌論書かも知れないが、当時の分類では、『伊勢物語』や『源氏物語』も歌書に準じる。ここは『湖月抄』のような『源氏』注釈書や、『源氏小鏡』のような絵入りのダイジェスト★[18]を想定してみると面白い。

この三章冒頭が、風流仲間の会と雨後の出来事であることから推して、ここで鳥雅が読んでいて眠れなくなったのは、やはり同好の者が集まって女性論を展開した『源氏物語』箒木巻の雨夜の品定めの場面ではなかったか。光源氏は、頭中将から「中の品の女」がよいと聞いて、空蝉・夕顔・紫上と女性遍歴を重ねる。この場面を鳥雅が読んでいたとするなら、下女お民という鳥雅から見て下の身分の女と関係をもつ彼の行動にも暗に影響したとも考えられるのである。さらに言えば、お浜の面影を追って、お民にお浜のための衣装を着せて、そこから恋が始まるのは、義母藤壺の面影を紫の上に見て、彼女を養女にして自分のものにしていく光源氏の行動とパラレルに読むことも可能となってくる。

★[18] 吉田幸一『絵入本源氏物語考　上・中・下』(青裳堂書店、一九八七年)、岩坪健編『源氏小鏡』諸本集成』(和泉書院、二〇〇五年)。

確証のないことにこれ以上深入りしても仕方ないが、春水は、既に『春色梅児誉美』でも『源氏物語』的世界を引用している。『春色梅児誉美』の末尾では、「めでたく開く梅ごよみ」、丹次郎の本妻にお長、愛妾が米八、お由は藤兵衛の妻に、此糸は半兵衛の妻となる。挿絵では、四季の見立てで、春に此糸、夏に米八、秋にお由、冬にお長を配している。これは『源氏物語』乙女巻の、四季の町から成る六条院を踏まえたものであろう★[19]。この邸宅は、春の町は紫の上、夏のそれには花散里、秋には梅壺中宮、冬には明石の君が住まう、栄華を極めた源氏的世界の頂点を示すものであった。

問題は、個々の設定が、『源氏物語』とその派生作品をふまえたものであるか否かの吟味にとどまるものではない。事の本質は、光源氏も鳥雅も、最愛の女の喪失とその面影を追うことから、愛の遍歴に向かう点にこそあり、鳥雅の文人がかった設定やそれに付随する表象は、彼が今業平・今源氏であること、この作品が、『源氏物語』的世界を当代に「やつし」たものであることを暗示するものであったと考えられることである。女の面影を追って遍歴を重ねる貴公子の江戸版、これが『春告鳥』冒頭のモチーフだったのである。

★［19］前田愛「「いき」と深川」（高田衛・吉原健一郎編『深川文化史の研究（上）』江東区、一九八七年）二四頁。

## 3　歌心の引用

### 物語と歌の地平

春水の人情本、わけても『春色梅児誉美』に始まる、伝奇的要素を払拭した天保期の人情本は、恋愛情緒の描写の精彩に特色があるとされてきた。それを補うものとしての古典世界は、すなわち、忘れえぬ喪失を埋めるための愛の遍歴、あるいは多くの女性に恋の夢を与える「色好み」の優情という、男主人公の「人情」の本質を支えるものであった。同様の効果をもたらしている文学世界として平安朝の和歌があることは、見逃せない。先ほども述べたが、当時の分類では、『伊勢物語』や『源氏物語』も歌書に準じるのである。

平安朝文学研究の大家池田亀鑑のコレクションの一部が、麻布広尾の東京都立中央図書館に収められている。都立中央図書館の整理では、特別買上文庫に属するそのコレクションは、大半が江戸時代に出版された『伊勢物語』とその関係書で占められる。総計八十点余りのその書物群を通覧する機会を得て、色々なことを考えさせられた。筆者は、江戸の出版について研究している先輩から、江戸時代最も読まれた文学の一つが『伊勢物語』であり、思い切って言えば、西鶴より一九より読まれた『伊勢物語』は、古典でもあり「江戸文学」でもあったと考えられること、また、多種多様なヴァリアント（異版）を持つ『伊勢物語』の版本は、それ自体が、書物の科学である書誌学の興味深い対象であることなどを聞かされていた。池田亀鑑旧蔵書はそのほとんどの表紙裏（見返し）に、その書物についての彼の考証が書かれた付箋が貼られていて、筆者はそれまでの耳学問を体感し、裏付けることとなったわけである。

そのコレクションから、物語と和歌の地平が連続していたことを示す文献を挙げよう。『伊勢物語大成』（元禄十年刊）は、『伊勢物語』本文と絵を掲げ、その上欄に百人一首絵抄、三十六歌仙と六歌仙の各肖像と和歌、ならびにその絵解きを載せる。『伊勢物語改成』（元禄十一年刊、218頁図版参照）も、『伊勢物語』本文と絵の上欄に『源氏物語』各巻の歌一首・絵一葉ずつを載せ、更に源氏香図・女歌仙絵抄・歌仙絵抄を順次掲げる。『古今和歌伊勢物語』（寛政十一年刊）は、やはり『伊勢物語』本文と絵の上欄に『古今和歌集』を載せる。これらは、『伊勢物語』と『源氏物語』や古典和歌の基礎的知識をコンパクトに収めた百科全書的なもので、物語と古典和歌が隣接するマーケットとして、出版機構側から認識

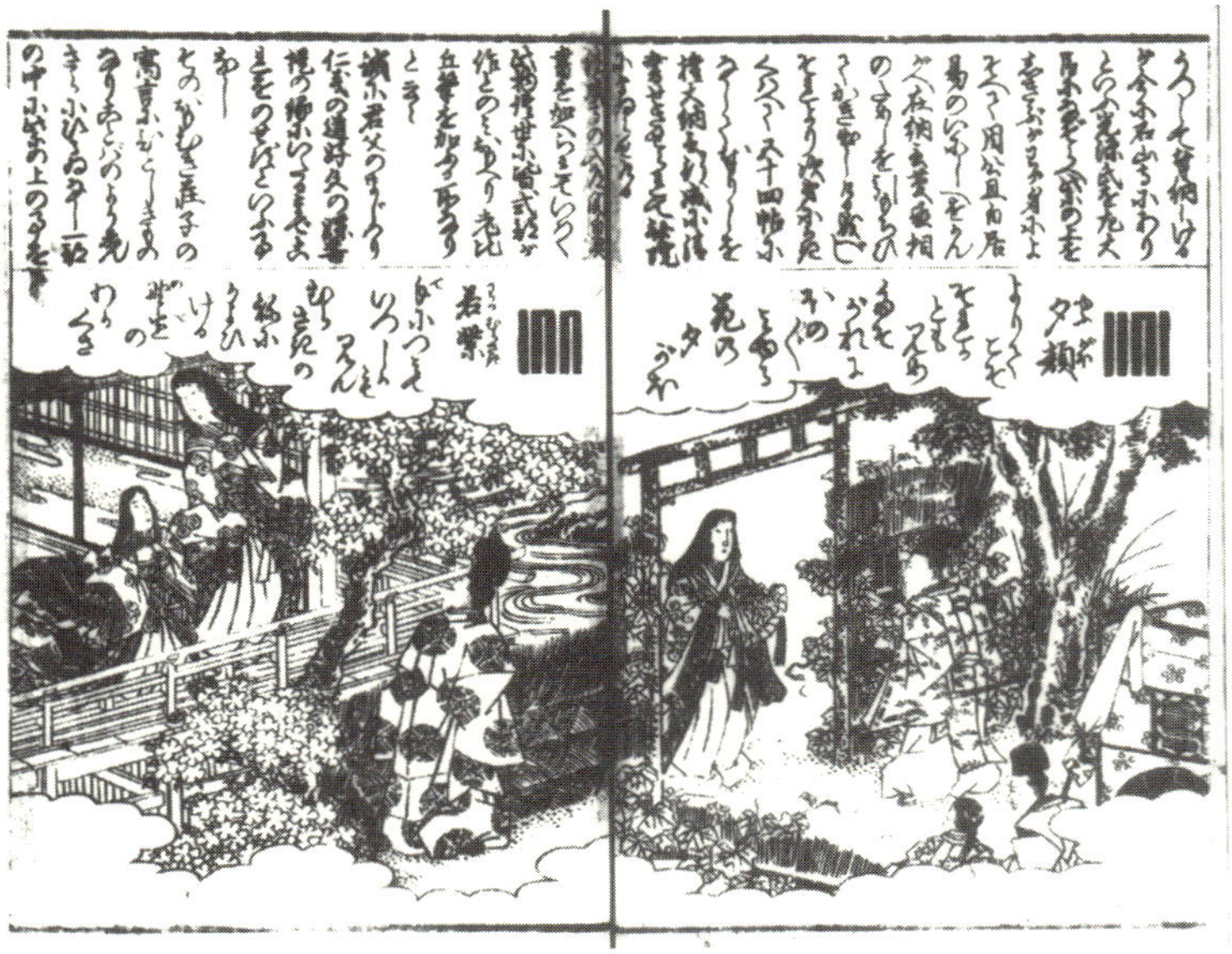

『源氏物語絵尽大意抄』（蓬左文庫蔵）。各巻ごとに和歌一首と挿絵一様を配し、上段には『源氏物語』総論を掲げる。

されていたことを雄弁に物語っているのである。

読者の古典享受の側面から考えれば、『源氏物語』のような長編で、文章も手ごわい本格的な書物を、初心者は、歌と絵から入っていったという事情を考え合わせるべきだろう。最近、小町谷照彦は、春水人情本の挿絵の主要な画家である渓斎英泉の『源氏物語』ダイジェスト『源氏物語絵尽大意抄』（天保八年刊、板元和泉屋市兵衛、前頁図版参照）を影印・翻刻して紹介した★[20]。その序には、これまでの『源氏物語』関連書さえ初学者には入りにくいので、各巻に一首の歌と絵を配した、という。

こうした『源氏物語』享受の様態を、最近の源氏研究から学び★[21]、さらに『源氏物語絵尽大意抄』のような内容が『百人一首』版本と情報を共有していたり、『源氏物語絵尽大意抄』自身が、『姿百人一首小倉錦《すがたひやくにんいつしゆおぐらにしき》』『女今川』と合綴して『湖月百人一首操庫《みさおぐら》』として刊行されていた事実を知るとき★[22]、小町谷が概括するように、江戸時代に古典の教養は、絵と歌から身につけられ、それが、『女今川』のような女性教訓書と同じ地平にあったことを確認できるのである。

★[20] 小町谷照彦編『絵とあらすじで読む源氏物語――渓斎英泉『源氏物語絵尽大意抄』――』（新典社、二〇〇七年七月）。

★[21] 清水婦久子『源氏物語版本の研究』（和泉書院、二〇〇三年）。

★[22] 注[20]解題。

### 恋心を編集する手際

梅暦シリーズや『春告鳥』などには、章の冒頭に和歌が引用され、話を語り始めることがまま見られる。冒頭の引用はこの他、俳句・浄瑠璃・俗謡・諺からもなされるが、歌の場合は他のジャンルに比べて、このジャンルの本質である叙情性を遺憾なく発揮して、登場人物の恋心を代弁する機能を担わされる。ただし、その歌心は、原典そのままの意味で引かれることはなく、物語の文脈に置かれることで、微妙に意味を転じるものとして編集されている。いくつか例を挙げておこう。

再回《めぐりあひ》て見《み》しやそれともわかぬ間《ま》に雲《くも》かくれにし夜半《よは》の月《つき》、それならなくに、逢見《あひみ》ての後《のち》の心《こゝろ》にくらぶれば、昔《むかし》はものを思《おも》はざる身《み》にしあらねど

(『春色梅児誉美』第二十一齣)★〔23〕

「めぐりあひて」の歌は、『百人一首』に有名な紫式部の歌。もとは、面変わりしてしまった幼馴染と久ぶりに会うも、その人か否か確かめる間のないうち去ってしまった喪失感を月によそえて詠む、自伝的私家集である『紫式部集』の巻頭

★〔23〕『日本古典文学大系 春色梅児誉美』(中村幸彦校注、岩波書店、一九六二年)二〇八頁。

に置かれた、紫式部の少女時代の歌だが、彼女の幸せ薄い人生を暗示するような歌である。第二十齣までに、操を立て通して七年の別離の間、男を近づけず、女の幸せを遠ざけたお由は、藤兵衛と再会、ようやく幸せをつかみかかるが、藤兵衛はなかなかお由のもとに腰を落ち着けず、幸せになれないお由の不安を代弁するものとしてこの歌を転用する。

「逢ひみての」の歌もやはり『百人一首』の権中納言敦忠歌。恋しい相手に逢わない頃も随分物思いに悩み、逢うことさえかなえばと思っていたが、逢瀬を経て恋の幸せを掴んでみると、この幸せを失う不安が逢う以前より自分を悩ませる、というもの。操を立て恋の思いを断ち切っていた昔より、願いがかなって藤兵衛と出会い、愛を手中にしてからの方が、藤兵衛との幸せを確実なものにしたくて、あれこれと心配になるお由の心を表現する。

偽《いつはり》と思《おも》ひながらも今さらにたがまことをか我《われ》はたのまん。これは仇《あだ》なる男《をとこ》などの、深《ふか》くも愛《あい》せずさすがに捨《すて》もやらぬを、相《あい》たのみたる女《をんな》の、心《こゝろ》をよみたるなるべし。

（『春色辰巳園』第二回）★[24]

★[24]注[23]二五二頁。

出典は、『古今和歌集』十四、七一三番、よみ人しらず歌。この人と決めた人の心に不実が見て取れたからと言って、今更いったい他の誰の真情をたのみにすることができようか、という恋の終わりの歌。丹次郎をめぐって米八は、仇吉から丹次郎との関係を絶たないことを言い募られ、心中悔し涙を流すも、ぐっとこらえて仇吉に落ち着いた口調で渡り合う場面に引用される。平静を装うが、内心は手に入れた幸せを守るため、男の不実にも、浮気相手の攻撃にも折れない米八の決意を示すものに転じている。

嬉しさを憂瀬《うきせ》にかえん今宵《こよひ》よりあふくま川を渡りそめつゝとは、寒葉斎《かんやうさい》の秀逸《しういつ》にて、川に寄るの恋歌《こいか》なり。実《げ》にもうき瀬を嬉《うれ》しさにわするる今朝《けさ》の朝《あさ》日影《ひかげ》・・・

（『春告鳥』第五章）

歌の作者寒葉斎は、主人公鳥雅の師匠と設定されている文亭綾継。その意味ではこの歌は古典ではないが、措辞といい調べといい、古典和歌につならる詠みぶりで、作者はこの際問題ではない。川の流れは人生の曲折を象徴する。今宵男女の逢瀬を象徴する阿武隈川を渡る、つまり男女の一線を越えてからは、これまでの「憂き瀬」すなわち人生の苦労を、嬉しさにかえようという、幸せにやや前のめりになる心を歌う。第四章までに、苦労の多かった女中のお民は、主人鳥雅に見初められ、望外の幸せにおびえていた。第五章冒頭にこの歌を置くことで、二人の仲が深化したことをさりげなく示すとともに、お民の心に差した光明を巧みに表現する。

いずれも、短い歌が、物語の状況に置かれて、元の意味から少しずれながら、女の心を巧みに表現する形になっており、春水の編集の妙手が光る。春水は和歌以外にも、滑稽本・茶番・川柳・歌舞伎・洒落本・読本など先行文芸を貪欲に引用・転用・反転して読者を飽きさせない。その意味では、和歌の引用と編集も珍しいものではないが、いずれも女の心情をくだくだしく説明することなしに、情感を巧みに表現する点が、和歌の引用独自の効用と言うべきであろう。

洋の東西を問わず、恋人たちの心の高揚には、日常の言葉が消え、音楽が流れる。人情本の場合、近世の音曲がその機能を果たしていることは、Ⅲ章で少し紹介した。和歌はそれに準じつつ、女の人生の陰影を表出するものとして引用されており、それは、本来の和歌の叙情に照らしたとき、教訓臭がいささか鼻をつく面もないではないが、一方で、歌の大衆的享受を人情本が基盤にしていることが、

V章でも述べたような、春水人情本の通俗的教訓を支える重要な要素であったことも見えてくるのである。

## 4　スノビズムの効用

### スノッブ――表象の擬態

ただし、問題は、古典の大衆的享受、すなわちやや道義的な通俗理解にとどまるものではない。

　平安朝文学の雅なる自然表象の成立要因として、オギュスタン・ベルクは、中国の自然表象モデル（詩文）と、新都への貴族階級の移住による、自然との分離と自然への郷愁の内面化を挙げた。自然からの心理的隔たりが、自然を精緻な美的表象の体系へと変換することを可能にした、と言う★[25]。これを受けて井口時男は、外国文学と都市の消費生活が、雅なるものを生んだのだと言い換えた。都雅なるものは、生活環境としての自然にではなく、表象という二次環境の中に住まうことの心地よさを人に教える、という。江戸時代になっても、都市の文人

★[25] オギュスタン・ベルク『風土の日本』（ちくま学芸文庫、篠田勝英訳、一九九二年）一二三～一二八頁。

はもちろん、地方文人までが、月並の和歌・俳諧に打ち興じたのは、文学が言語による美的表象への感心からだった面がある★[26]。人情本の恋の舞台が多く、向島のような郊外に設定される意味も、『伊勢物語』の文学言語の引用であると同時に、都雅なるものは、生活環境としての自然にではなく、表象という二次環境の中に住まうことの心地よさを人に教えるという意味でも機能していたと考えられる。

最近、鈴木淳は、文化年間初期の成立と目される北尾政美画「隅田川楳屋図」を分析、その蔵版者として「梅屋」「梅隠」「新梅屋敷」の名をとった梅林で有名な向島百花園の造園主佐野鞠塢（雅号梅屋）を想定した。問題の画は、百花園に言及する『春色梅児誉美』や『春告鳥』前半の主な舞台となる隅田河畔・向島の景観とともに、百花園の風姿を描出するが、それはまさに文人鞠塢の隠居所であり、水茶屋でもあり、『万葉集』や加藤千蔭歌、さらには『詩経』の草花を植えた、詩歌の花園であったことが明らかにされている★[27]。園に出入りし、造園に協力した人々も、加藤千蔭・村田春海・大田南畝・亀田鵬斎・大窪詩仏・菊池五山・中村仏庵・酒井抱一・谷文晁・朋誠堂喜三二など、詩歌画から戯作・狂歌に至る各界の大立者が顔をそろえている。丹次郎や鳥雅がこもる空間とは、まさに表象

★[26] 井口時男『柳田国男と近代文学』（講談社、一九九六年）一五八頁。

★[27] 鈴木淳「北尾政美画「隅田川楳屋図」を読む—向島百花園再見—」（『国文学研究館紀要　文学研究篇』三三、二〇〇七年二月）、『江戸の花屋敷　百花園学入門』（都立公園協会、二〇〇八年）。

という二次環境から生み出された庭園に象徴される地域だったのである。

江戸時代の場合は、外国文学に加え、平安朝の古典がロマンの光輝を湛えて、文学的資源となった。その意味で、文学の享受者はスノッブである。スノッブとは、この場合、物事の外観に魅惑されて、これを模倣する者たちのことである。文学言語も、魅惑的な外観を洗練して自らを権威づけてきた。鳥雅が、スノッブそのものであり、人情本の物語・和歌引用が理解できる人間も、大なり少なりスノッブの一面を持つことは、これまでの分析から容易に理解できよう。

井口時男は、文学の生産者と享受者の共同行為であるスノビズムについて、「雅を自称する者と無自覚にスノッブである者が、ともに表象によって誘惑し誘惑されあいながら形成している共同空間のことにほかならない。★[28]」と鮮やかに分析してみせてもいる。これを今の問題にあてはめれば、『伊勢』『源氏』古典和歌に誘惑される者たちを前提に、天保期春水人情本の男主人公のスノビズムや古典和の引用が行われていたと見て間違いない。

★[28] 注[26]一五九頁。

## 「女性の品格」というスノッブ

それは男性読者ばかりではない。再び、池田亀鑑のコレクションにご登場願お

『花玉伊勢物語』（都立中央図書館特別買上文庫蔵）。上段には女性の教養のオンパレード。

う。『七宝伊勢物語大全』（正徳三年刊）は、絵入『伊勢』本文の上に、業平・伊勢系図、神代のてい、人のはじまり、女のてわざ、手ならひ、物よみ、貝おほひ、正月から五節句、女のたしなみ、女訓、占い、婚礼の次第、調度、宮参り、妻の健康、薬、香、せんたく、しみの取り方まで、女性の教養や生活の情報を併記する。『花玉伊勢物語』（享保六年刊）では、やはり絵入『伊勢』本文の上に、琴、嫁入調度、三従七去の女訓、小笠原流折方、『伊勢』『源氏』『百人一首』『三十六歌仙』『枕草子』『二十一代集』を女性の教養書として挙げ、歌の効用や詠歌の初歩を記すうえ、謡曲の伝説（芦刈、求塚、采女など）から、転じて百姓の営み、結髪、節句・結納の次第、硯墨、女中のたしなみ、三味線、鳥かご、飼う鳥の種類、生け花の基礎等と、特に「品格」ある大和言葉など、やはり女性向けの教養一般を列挙する。次章でも詳しく分析するが、古典の言葉は、女性の品格の典範として機能していたようである。

これら遥かに文学を逸脱した百科全書的書物の存在は、古典の教養と女性の生活に関する知識が、同じ地平で享受されていたことを雄弁に物語るものであろう。春水に近いところでは、式亭三馬の滑稽本『浮世風呂』三編巻之下（文化九年刊）における、「本居信仰」の古典マニア、けり子とかも子の会話を想起すればよい。

けり子「鴨子《かもこ》さん、此間は何《なに》を御覧《ごらう》じます　かも子「ハイうつぼ（物語）を読返《よみかへ》さうと存《ぞん》じてをる所へ、活字本《うゑじぼん》を求《もとめ》ましたから幸《さいは》ひに異同《いどう》を訂《たゞ》してをります。さりながら旧冬《きうとう》は何角用事《なにかとようじ》にさへられまして、俊蔭《としかげ》の巻《まき》を半過《なかばすぎ》るほどで捨置《すておき》ました　けり子「それはよい物《もの》がお手《て》に入ましたネ　かも子「梟子《けりこ》さん。あなたはやはり源氏《げんじ》でござりますか　けり子「さやうでござります。加茂翁《かもおう》の新釈《しんしやく》と、本居大人《もとをりうし》の玉《たま》の小櫛《をぐし》を本《もと》にいたして、書入《かきいれ》をいたしかけましたが、俗《さとび》た事にさへられまして筆《ふで》を採《と》る間《いとま》がござりませぬ★[29]

三馬特有の誇張が笑いを誘うことは割り引いても、現実に国学、特に江戸の場合、薄雲の師匠井上文雄も属した江戸派の影響が強く、上層の町人あたりに女性の古典愛好者が登場したことを物語る。彼女たち「閨秀」が、一種のスノッブであったことは、御家人株を金で買って階級上昇した父から、その身分を保証する教養として江戸派国学から和歌・物語を学ばされた樋口一葉の存在★[30]を想起すればよい。

人情本の読者には、「上流階級の人間（良家の子女までふくめて）」存在したことが、明治六年から七年、大山巌との縁から来日した、ロシア人革命家メーチニ

★[29]『新日本古典文学大系86　浮世風呂・戯場粋言幕の外・大千世界楽屋探』（岩波書店、一九八九年）一九七頁。

★[30]鈴木淳『樋口一葉日記を読む』（岩波書店、二〇〇三年）一二～三八頁。

コフの、江戸市中の観察記録に報告されている★[31]。梅暦シリーズの『春色英対暖語』二編第八回には、次のような一節がある。

岑（次郎）「…サアサア機嫌《きげん》をよくして寝《ね》ませよう。　ふさ「ヲヤ嬉《うれ》しいねへ。　もみ「何《なん》の本でございますヱ。　岑「ヱ、ひよくの紫《むらさき》といふ人情本《にんじやうもの》サ。　もみ「ヲヤ、私はお屋敷《やしき》で始《はじ》りの所《とこ》ばかり見《み》ましたは。★[32]

江戸における、平安朝古典のスノッブの裾野は広かったし、人情本の古典引用も、そうしたスノビズムの力なしには、成り立ちえなかったのである。

★[31]　渡辺雅司訳『回想の明治維新　ロシア人革命家の手記』（岩波文庫、一九八七年）二二九頁。この外にも「為永春水の情史は一時に行はれ、深閨の貴女より下働きのおさんに至るまでが持てはやすものとなりたれば」（『筆まかせ』第二編、明治二二年）という正岡子規の証言もある（『新日本古典文学大系明治編二七　正岡子規集』岩波書店、二〇〇三年、三〇〇頁）。

★[32]　新潟大学附属図書館（佐野文庫）蔵本による。

# ▼ Ⅷ 恋のふるまいと女の願い

## 神話・美・道徳・教訓

「愛されることは、女性にとってもっとも見事な勝利である。」

ダッシュ伯爵夫人

『いかにして社交界に出入りするか——礼儀作法の規則』

一八六八年、フランス

「それ髪《かみ》かたちを正《ただ》しくするは、かならず好色《こうしよく》の業《わざ》にはあらず。娘御《むすめご》たちはいふもさらなり、年《と》増《しま》女といふとも、親夫《おやをつと》を寿《ことぶ》くための化粧《みじまひ》なれば、随分《ずいぶん》ともに念《ねん》をいれて人品《ひとがら》いやしからぬやうにたしなみたまへかし。」

春水『花名所懐中暦』化粧品広告

「妙法《みようほう》の功力《くりき》、血筋《うから》をつどふ方便《ほうべん》の本文寺《ほんもんじ》、災変《さいへん》生福《せうふく》、生可美《いけがみ》の霊場《れいじやう》」

『春色辰巳園』四編口絵

# Ⅷ 恋のふるまいと女の願い

## 1 江戸のピグマリオン

### 彫像への愛

――ベラスの息子ピグマリオンは、アフロディテに恋するが相手にされず、象牙でその似姿の彫像を刻み、この像に恋をしてしまう。愛と豊饒の女神アフロディテは彫像に生命を吹き込む。ピグマリオンは、ついに自身で創り上げた女性ガラテアと結婚する★〔1〕。

これがギリシャ神話のピグマリオン伝説である。ここからはバーナード・ショウの『ピグマリオン』（一九一二年）とその改作ミュージカルで映画化もされた「マ

★〔1〕イギリスの詩人でオックスフォード大学の詩学教授だったロバート・グレイブスの『ギリシア神話』（一九五五年）による。小野俊太郎『ピグマリオン・コンプレックス』

イ・フェア・レディ」（一九六四年）が生み出されている。音声学者のヒギンズ教授が、スラムの花売り娘イライザの発音を矯正し、「フェア・レディ」に育て、ついには結婚するこの物語はご存知の方も多かろう。

小野俊太郎は、『足ながおじさん』（一九一二年）においても、男性が理想の女性を創造するこの神話の問題系が、男女が互いに介入し依存しあう関係の文脈において作品化されていることを指摘する★［2］。ピグマリオン神話の近代的再生は、ジェンダーの問題を顕在化させる格好の領域だったのである。

（ありな書房、一九九七年）では、冒頭でこの一節を引いて議論を開始しているが、この神話に異版のあることを報告する。小野は二十世紀英米文学において、この神話が、ピグマリオンの芸術の力によるものとの解釈に傾く現象を指摘し、男権による人形の形成とそれへの偏愛としてこれを問題化する。

★［2］注［1］前掲書。

## 昔の恋人の衣装を着せて

江戸文学においてこの現象が顕著に見える例として、人情本『春告鳥』の第三、四章がある。吉原へ登楼すべく出かける準備をした男主人公の鳥雅だが、あいにく雨で中止のやむなきに至る。そこで鳥雅は、身の回りの世話をする十六歳の侍女のお民の魅力に引かれるようになる。お民は「衣類こそ麁服《そふく》なれ、化粧《みじまひ》もせぬ素顔《すがほ》にておのづからうつくし」い。鳥雅は、秋雨の夜の寒さを気遣い、お民に自分が寝巻きにしていた小袖をうしろからかけてやり、その好意に当惑・恐縮するお民だが、鳥雅は一計を案じて、鍵のかかった箪笥から、失踪した恋人お浜のた

『春告鳥』初編第一章挿絵（三原市立図書館蔵）。詞書には、「鳥雅心をうつして、お民花美なる衣裳を着がゆ」とある。鳥雅とお民の笑顔のニュアンスの違いが注目される。

めにあつらえておいた衣装を取り出し、これを着せようとする。その衣装の描写は、洒落本以来の衣装付けの描写の型を踏襲して、実に細密である。

衣裳の染色《そめいろ》はいかにといふに、千筋《せんすぢ》の山《やま》まゆ縮緬《ちりめん》の御納戸《おなんど》、裾《すそ》まはしは引返《ひつかへ》し、極上紅《なをりもみ》の胴裏《どううら》、紋はすが縫ひの重桔梗《かさねぎきやう》なり。裾へ銀糸《ぎんし》にてまことに細かに八藤《やつふじ》をちらしに付《つけ》、下着は京縮綿《きやうちりめん》へ藤色《ふじいろ》にて吹寄《ふきよせ》の形《かた》を染《そめ》たる無垢《むく》二ツ、緋《ひ》の紋ちりめんの対丈襦袢《ついたけじゆばん》、白天鵞絨《しろびらうど》へ銀糸にて三津五郎縞《みつごらうじま》を縫《ぬは》せし半衿《はんえり》をかけ、白の紋練《もんねり》へ大極上々《だいごくじやうじやう》の本紅《ほんもみ》をうらに付《つけ》たる蹴出《けだ》し、媚茶《こびちや》の紋《もん》ごはくへ黒糸《くろいと》と紫の糸にて三津五郎縞《みつごらうじま》を蛇腹《じやばら》ぶせに縫はせし九寸巾《くすんはば》の帯、もつとも鯨合《くじらあは》せ、片《かた》めんは松葉色《まつばいろ》の勝山《かつさん》へ金糸《きんし》にて八ツ藤《やつふじ》を五分《ごぶ》ほどの大きサに縫はせ、もつとも六七寸間《ろくしちすんあひだ》に飛々《とびとび》に付《つけ》たり。

中心となる「染色」は、小袖の表が藍色より緑に傾いた緑味の青色たる「御納戸」に、金銀糸の繍いが遠慮勝ちにあしらわれ、帯は昆布の色に似た濃い黄味の褐色あるいは暗いオリーブ色に近い「媚茶」がベースとなっている。模様で言えば、裾と帯にはあっさりとした「八藤」、下着と帯は「三津五郎縞」の渋く強い調子と、半襟の伊達で優しい配色が目をひく。渋い色調や縞のような幾何学模様は、九鬼周造が「いき」の典型的表象としてあげたものである★［3］。それは、近代都市型の「シック」に似た一種のダンディズムがその基調であった★［4］。その抑制された色調にところどころ鮮やかな「極上紅」や「緋」「本紅」をあしらう配色が、喜ばれたのである。

## 男の独占欲と女への教化

さて、こうした町芸者の衣装が、町娘たちのファッションに与えた影響は小さくない★［5］。お浜の衣装を着るようにすすめる鳥雅に対し、お民は当初、「あんまり私《わたくし》をおなぶりあそばす」と当惑するが、それが遠慮であることは、「其《その》ようふな大そふなものが私《わたくし》に似合《にあ》ひますものか。第一ばちがあたります」という言葉から語るに落ちている。半ば主人の強制にふるえながら着替えることになったお民の心情を、春水は、

娘心の正直に、着馴《きなれ》ぬ美服を着ることを、嬉《うれ》しさこはさに身をふるはすと、いふに等しき言の葉は、外聞作《みへをする》よりゆかしけれ。

★［3］九鬼周造『「いき」の構造』（岩波文庫、二〇〇三年）七七頁。

★［4］池上英子『美と礼節の絆　日本における交際文化の政治的起源』（NTT出版、二〇〇五年）三五九～三六〇頁。大久保尚子「人情本にみる趣向と流行——芝居と書画をめぐって——」（『服飾美学』第二七号（一九九八年三月）。

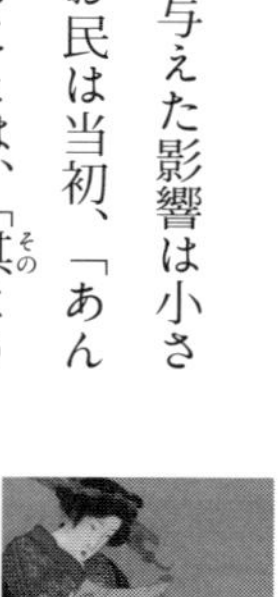


★［5］金沢康隆『江戸服飾史』（青蛙房、一九六一年）第五章「江戸後期の服飾」。近世文化研究会編『図説　浮世絵に見る色と模様』（河出書房出版社、一九九五年）「江戸文化の残照の中で［江戸後期］」。

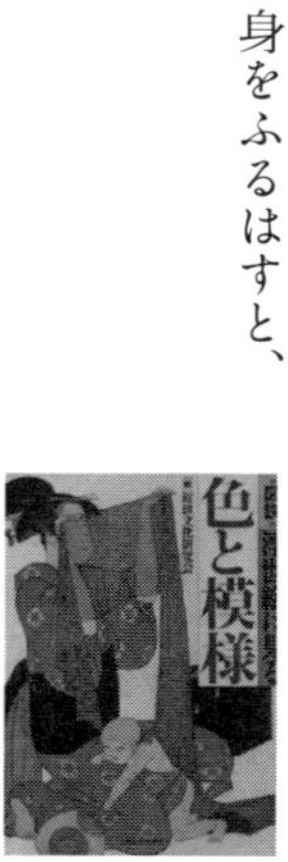

と解説する。ここで我々は心理学者ラカンのテーゼ「欲望とは他者の欲望を欲望することである」★[6]を想起すればよい。男性の視線の支配下に女性を置くものとして、フェミニストがいくら批判しようとも、着飾ることの楽しみは、依然として女性の重要な問題・関心事である。着馴れない服を着てみたいという欲望と、それが自らに似合うかどうかという脅えこそは、着飾ることの快楽と裏表をなすリスクとして、常についてまわる問題である。

むしろ、フェミニストが批判すべきは、春水がそうしたお民の心の揺れを、演出されたものとは別の結果的な「媚態」として、男性の視線から「ゆかしけれ」と評している点かもしれない。男性読者は、この評語を、自らが持つピグマリオン・コンプレックス、即ち、自己の嗜好を表象した異性を独占したいという願望と重ね合わせて読みとることが期待されていることは、言うまでもない。

女性読者の場合は、事情がやや複雑で、着飾る誘惑と脅えにゆれる「恥じらい」の心性こそ、男性への「媚態」となることを間接的に「教わる」ことになる。この「教育」の「視線」は、以下のお民と鳥雅のやりとりに通底して伏在するものであった。

★[6] ジャック・ラカン「精神分析における攻撃性」(宮本忠雄・竹内迪也・高橋徹・佐々木孝次共訳『エクリ』第I巻、弘文堂、一九七三年)、同「ダニエル・ラガーシュの報告への論評」(『エクリ』第III巻、弘文堂、一九八一年)。

## 2　江戸のシンデレラ願望

### 恥じらいと笑顔

お民の着替えた姿を蝋燭で見ようとする烏雅に、お民は恥じらい、もじもじするが、強引に手をとって明るみに引き出される。さて、そのスポットライトが当たった容姿は、

うつむく笑顔《ゑがほ》のかはひらしさ。雪よりしろき衿元《えりもと》より照らされて、なほうつくしき素皃《すがほ》にほんのり目のふちの桜色どる上気《じやうき》の風情《ふぜい》、今着せかえし衣裳《いしやう》には久しくこめたる匂《にほ》ひ袋《ぶくろ》のしみて色濃きその薫《かほ》り、昨日今日《きのふけふ》には見ちがへたり。これ深窓《しんそう》の娘なるを衣裳のこのみに洒落《しやれ》たる姿となしたるがごとし。

と描写される。うつむきながら笑顔をつくる姿態は、やや出来すぎの感もあろう。現実には、恥らっているお民にそんな「演技」の余裕などないはずである。しかし、これを一枚の絵として考えた時、笑顔はやはり必要である。

話が飛躍するようだが、売れない男性俳優が、女優に化けて大成功する「トッツィー」（一九八二年）というハリウッド映画がある。男性が女性になってみる行為を映画で追体験するこのコメディは、男性が自明と考える女性性の裏側を余すところなく描いて、単なる消費される笑いに留まらない、風刺性・告発性のある作品に仕上がっており、今日ではジェンダー・イデオロギーを主題とした記念碑的な作品として位置づけられている。そこで、女に化けるため、男優が何をするかと言えば、鬘・化粧・女性的身体曲線の捏造・服飾といったメイクアップとともに、声の高さと、男性がすれば過剰に見える「笑顔」が必要であることが描かれていた。江戸の女訓書も同様に、「笑顔」こそは、女性の魅力的な「演技」として、ままこれを推奨する。

## 内面の魅力の呈示

話を『春告鳥』に戻せば、男性にとって魅力的な姿態とは、恥らってうつむきつつも、相手を迎え入れる笑顔こそがその理想的なありかただったわけで、そのあとに描かれる肌の白さはうぶで可憐なお民の内面を、目のふちがほんのり上気して桜色となるのは彼女の恥じらいを、とどめの濃厚な香りは、その全体からかもし出す文字通りの色香をそれぞれ表象していた。結果としてそれは深窓の娘を「このみ」に作り変えた作品的な姿態として、鳥雅の、即ち男性読者のピグマリオン・コンプレックスを刺激するものとして呈示されていたわけである。

ここで、注意しておきたいのは、お民の形象が内面とセットで描かれている点である。春水の筆が、一方で男性読者への嗜好を考えつつ、女性読者に対しては、結髪・衣裳・化粧といった外面の情報を呈示するにとどまらず、そこに「愛される」べき女の内面がさりげなく描いていることを忘れてはならない。

第四章に入って、その美しさを誉める鳥雅に、着慣れない着物を脱いで下女の業務に戻ろうとするお民に対し、「おれが急にかはゆくなつたかはいらしひ娘の衣類《きもの》」だ、とお民にこれをプレゼントすることを示唆するが、お民は（自分以外の）着物の持ち主が「お腹をお立《たち》なさる」と取り合わず、その場を去ろうと立ち上がる。そこで鳥雅は、お民の手をとらえ、着物はお民のものであり、誰も腹を立てるものはいない、ただ、そのかはいらしい顔で腹を立てるとどうなるか見てみたい、と「笑《ゑ》くぼ」を指でつく。かなりきわどいこの場面に至って、恥らっていたお民の内面がようやく明かされる。

## 愛される理由

分《ぶん》に過《すぎ》たる衣類まで着せかへられし此場《このば》の仕義《しぎ》、いかなる心ですることか、たとへ当坐《たうざ》のなぐさみなりとも、仕立下《したておろ》しの小袖《こそで》さへ直《すぐ》にもくれんとする様子、よしや衣類《きるい》はもらはずとも、賤《いや》しき此身《このみ》が若旦那にもし見染《おもはれ》もするならば、下女にかはらぬ此身《このみ》の本望、ことにまれなる好男子《いろおとこ》、願ひてもなき幸ひと、嬉しがらせて笑ふのか、何《なん》となさんと胸のやみ、年もゆかねば思案も出《いで》ず、只《ただ》ぶるぶると恋風《こひかぜ》に、身をふるはして居たりける

前田愛は、この部分について「このシンデレラ物語の要素が、女性読者の人気を博したと知るべきである」と評するが、そこでも注意すべきは、階級上昇と美男子鳥雅との恋への欲望に誘惑されつつ、それを失ったときのリスクに怯えるお民の心情が描出されている点である。この後、お民は「実《み》のなき戯言《ざれ》か知らねども、一枝折《ひとえだをり》て貰《もら》ひたき心の願ひ」を、「七重八重《ななへやゑ》笑《ゑ》みをふく」む「笑顔」の演技で表現してお茶を出す。その後鳥雅がお民のことを恋を知らないはずはないとわざと疑ってかかる、色男特有の嫉妬の演技で恋をしかけるのに対し、お民は演技の疑いを真に受けて、そう誤解されるなら死んでしまいたい、と率直な物言いで

答える。こうしたやりとりを通じて、お民も鳥雅の好意を量りだし、「うれしはずかしく」「身を恥《はぢ》てろくろくに返事も出来ず、ただハイハイ」というのみで顔を赤らめる。常に、お民は恋への憧れと慄《おのの》きにゆれながら、心情のところで計算がなく、演技の点で少し不器用なのである。

ここで我々はシンデレラの物語を今一度思い出すべきであろう。シンデレラは、魔法によってドレスアップして王子に気に入られるが、決して自己の美を主張し、欲望をむき出しにすることはない。そもそもシンデレラは、つつましやかで誠実な心の、しかし、血縁を失って孤立無援で「侍女」同然の不幸を抱えた女性として我々の前に紹介されていた。お民が鳥雅に見初められ、「女の幸せ」を味わい、恋の味を覚えてゆく過程を観察すれば、この物語の魅力がいかなるところにあったのかは自明に思えるが、なぜシンデレラ＝お民は愛されるのかの問題に視線を移してみると、お民が不幸を抱えながら、その無垢な内面ゆえ鳥雅に見初められる理由は、女性読者の多くに同情と夢を与える小説の技巧といった面からのみ、考えるべきではないことが前景化する。そこには女らしい「品格」とは何か、というういつの時代にもある意味では求められる女性に対する教訓への配慮が、あったはずなのである。

第五章に至って、その冒頭では、恋しい人と契りを結ぶことができたので、これまでの人生のつらさをうれしさに変えようという文亭綾継の歌を引用して、二人が結ばれたのを示唆するところから書き出されている。幸せの余韻に浸りながら、朝食の準備をするお民は、隣家の娘の浄瑠璃の「アア恋せまひ、迷ふまひ」という声に、鳥雅の愛が永続することを願いながら、お浜や薄雲のようなライバルの存在を思い浮かべ、「歳《とし》のいかない」自分はすぐあきられて捨てられるのかしらと独白し、それを聞いた鳥雅の愛情はなおいっそう勝って、お民を抱きすくめる濡れ場へと展開する。終始、お民の「愛される理由」は、シンデレラ同様、その美を意識しない純情にあったのである。

## 3 女子教育機関としての御殿奉公

### 身体と内面を規範化する文学

このような女性の身体やしぐさ、あるいは、それと直結する内面の表象は、現今のフェミニストから厳しい批判にさらされることは言うまでもない。シンデレラ物語ほど、性的非対称性を、無意識のうちに男女双方に刷り込んでしまう〈神話〉はないからである★[7]。ただし、ここでは今、こうした〈神話〉の是非を問題の射程に入れることはしない。

当面の関心は、春水の人情本が、どのような文脈で、どのような社会的背景から、身体の規範化を自らの小説に持ち込んだのかにある。いつの時代にも、身体の規範化は、階級や階層の差異を刻印し、その差異を増幅して顕在化し、結果その差異を記号化して、情報交換の対象とすることを可能にする。特に小説において、記号化された、価値ある〈女らしさ〉とその対極にある、〈望ましくない〉女の表象は、倫理・心理・経済・広告の観点から総合的に分析して、はじめてその記号化の意味が問われるはずのものだろう★[8]。

この点、音楽や美術のような、感覚のストレートな反映や喚起を問題とする芸術よりも、言語芸術、特に小説のような、複合領域を混在させうるメディアの方が、当面の問題を考察するのに適している。我々は今ここで、芥川龍之介の、実に含蓄に富んだ、「古来の大作家と称するものは悉く《ことごとく》雑駁な作家である。」★[9]という言葉を想起すべきだろう。

★[7] 若桑みどり『お姫様とジェンダー　アニメで学ぶ男と女のジェンダー学』（ちくま新書、二〇〇三年）。

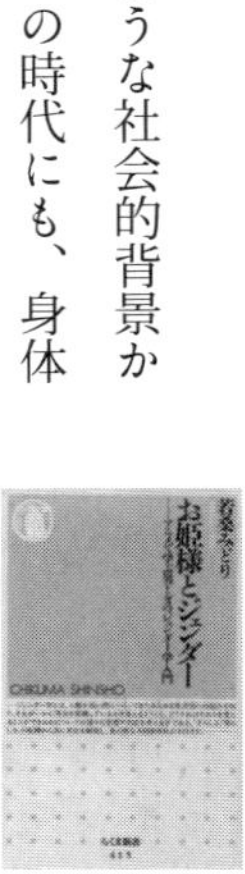


★[8] このような観点は、近世文学の研究ではこれまで、ほとんど関心を払われることがなかった。むしろ、ブルジョワジーが権力を持った十九世紀フランスにおける、女性に関する身体表象の規範化と、その背後にある階級意識を問うた、小倉孝誠『〈女らしさ〉の文化史　性・モード・風俗』（『〈女らしさ〉はどう作られたのか』法蔵館、一九九九年。二〇〇六年、中公文庫から改題・改訂して刊行。）の問題意識が、対象となる地域は異なるが、同じ十九世紀という時間の問題も含め、大いに参考となった。ただし、日本近代における女性

## 女の階級上昇の可能性

天保期春水人情本の結末が妻妾同居の恋の結実という類型を持っていたことは、Ｖ章で紹介したところだが、類型はもうひとつ指摘できる。それは、階級の回復、もしくは上昇の物語となっている点である★[10]。

梅暦シリーズの場合、丹次郎もお長も武家のご落胤だったことが判明、本来の出自に収まり、米八はお部屋様（第二夫人）となる。もちろん、こうした結末は、歌舞伎や浄瑠璃で常套の、「実は」の手法を意識したものであって、読者がこの結末にリアリティをもったかどうかの判断には慎重であるべきである。特に演劇に親しんだ女性読者からすれば、この結末は、お約束の範疇に入るものであったことは否めない。

しかし、ことはそれだけでは済まないのであって、将軍家・大名・旗本では下級武士・上層農民・町人層の娘の御殿奉公の需要があり、供給側から見ても、娘に付加価値がつき、あわよくばお手がついて、階級上昇する機会も夢ではなかったという当時の事情を、考慮の埒外に置くわけには行かない。『守貞謾稿』（巻十二）によれば、宝暦（一七五一～六四）頃から、特に母親が、女子に七、八歳ごろから三絃琴や浄瑠璃を学ばせた。雇う側の武家がその能力を要求したためであ

に関する身体表象の規範化と倫理・社会の問題については、石原千秋『百年前の私たち　雑書から見る男と女』（講談社現代新書、二〇〇七年）が、この問題に切り込んでいる。

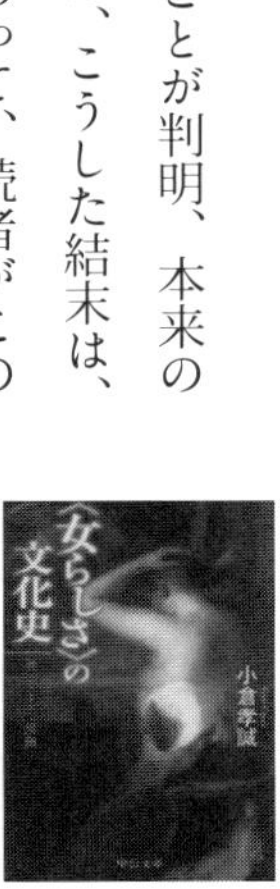


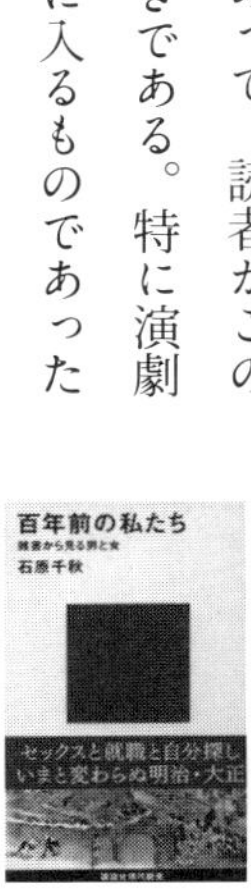


★［9］『文芸的な、余りに文芸的な』（『芥川龍之介全集』第十五巻、岩波書店、一九九七年）。

★［10］鈴木圭一は、人情本の型として、このジャンルの筋の骨格が、商家繁栄譚であることを指摘する（「人情本の型」「近世文芸」七〇、一九九九年七月）。

り、武家に仕えることで得た付加価値が、退職後の良縁につながったからである、と証言している★[11]。こうした傾向が強まった文化期の功利的で惰弱とも言える世相を、厳しい目で批評した武陽隠士『世事見聞録』（文化十三年序）はこう述べる。

これ浮れ女の風なるもの、みな町家裏店《うらだな》などいへる所にて育ち、筋目もなく、父祖の跡もなく、行儀もなく、善き事は何も知らず、覚えし事は唄・浄瑠璃・三味線・鼓弓・踊狂言など、みな淫情の芸にして、丈夫を蕩かすべき事のみ知りて、誠に人情の賤しきを極めたるものなり。依つて当世の大名に、実母に似たるものか、甚だ下郎の人相ありて顔形柔弱に見え、目の中蕩けて武士に似合はざる人々あり。折節試みにその人の実母を問へば、案の如く卑賤なり。

★[12]

著者の視線はかなり保守的で、時勢を慷慨する立場にあるので、その記述がステレオタイプに陥っている危険性は、十分に割り引かなければならないが、それでも、当時の町娘が大名家の御殿奉公にあがった際の風儀・傾向は、読み取れよ

★[11]『近世風俗志(三)』（岩波文庫、一九九九年）四三六頁。なお、武家女性の音楽趣味については、鹿倉秀典「箏、三味線・・・。楽の雅び」（「東京人」142、二〇〇七年六月）に紹介されている。

★[12] 国立国会図書館蔵本（巻一）による。

う。

## 奉公の教育的機能

逆にこの現象を肯定的な視線にたって証言した例として、春水に近い式亭三馬の『浮世風呂』によれば、その効用は次のようなものであった。

いぬ「…踊《をどり》と申すものは、おちいさい内《うち》から御奉公《ごほうこう》ができてよろしうございますねへ。おいくつからお上《あげ》なさいましたへ　きぢ「ハイ、六《むつ》ツの秋御奉公《あきごほうこう》に上《あげ》ました　いぬ「へヱ、よく思ひ切《きつ》てネヱ　きぢ「ハイサ。乳母《うば》を付《つけ》て出《だ》しましたから、只今《ただいま》までも御奉公《ごほうこう》が勤《つとま》りますが（中略）いぬ「…何《なに》は、御稽古《ごけいこ》はどうなさいますへ　きぢ「ハイ、藤間《ふぢま》さんがお屋敷《やしき》へお上《あが》んなさいますから、やはりお屋敷《やしき》で致《いたし》ます（中略）きぢ「…しかしネ、御奉公《ごほうこう》は有《あり》がたうござりますよ。躾《しつけ》るとなしに行義《ぎやうぎ》がよくなります。内《うち》においてどのやうにやかましく申しても、折屈《をりかがみ》が直《なほ》りませぬ。お屋敷《やしき》さまへ上《あげ》ておきますと、おれそれ（応対）が何処《どこ》か違《ちがつ》て参《まゐ》ります。

（二編巻之上）★[13]

★[13]『新日本古典文学大系86　浮世風呂・戯場粋言幕の外・大千世界楽屋探』（岩波書店、一九八九年）九九〜百一頁。

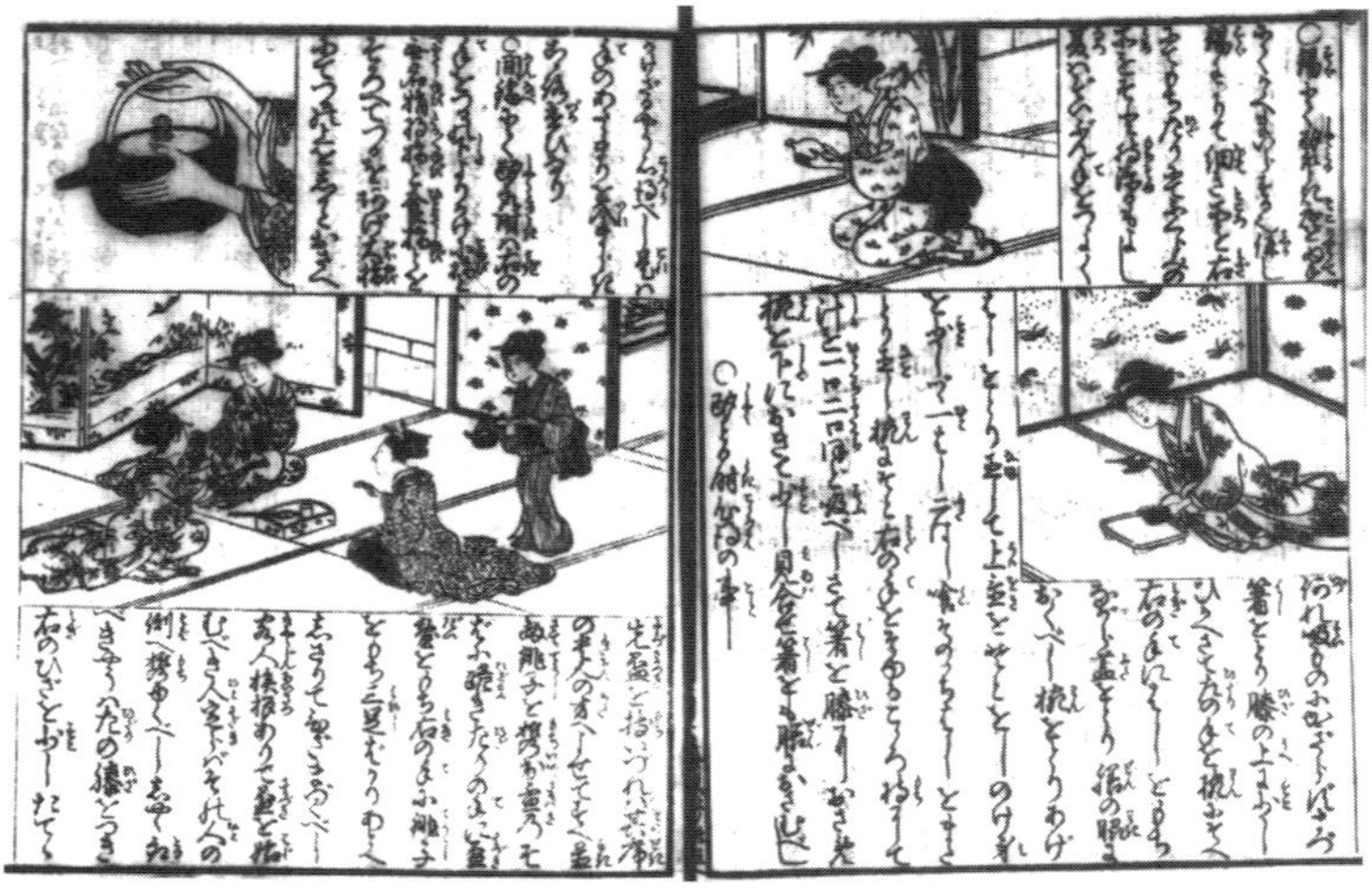

『女諸礼綾錦』（浄照坊蔵）。酌の手つきについては、拡大図で丁寧に図解している。

御殿奉公は、娘の芸事や品格のある言葉・身のこなしを身につけさせる、一種の教育機関的役割を果たしていた。

ここで、我々は、江戸時代における礼儀作法書の流行を想起すべきであろう。『倭節用集悉皆嚢《やまとせつようしゅうしつかいぶくろ》』（江戸中期刊）『小笠原諸礼大全』（文化六年刊）『臨時客応接《りんじきゃくあいしらい》』（文政二年刊）『諸礼大学』（江戸後期刊）『新増《しんぞう》女諸礼綾錦《あやにしき》』（天保十二年刊）など、その代表的な書物につけば、小笠原流を中心に広まった礼法が、出版物を通して大衆化・マニュアル化され、ある程度のあいまいさを伴いつつも階層性を身体的に表現する技法として、それらが受け入れられていった傾向が、大筋確認できる。

池上英子は、宗教改革期のヨーロッパにおけるエチケット本では、「〜するべからず」式の戒律的規制が目立つのに比して、日本の礼法書の場合、一連のマニュアルを通して、どのように身体挙措を演技していくかにその説明の重点が置かれており、その意味で江戸の「躾け」「しぐさ」は、「美」を基準とした芸能と同列のものと考えられ、事実礼法は芸能の一種だったことを指摘する★［14］。御殿奉公は、そのマニュアルを実践によって体得させる現場であったわけで、礼法と同時に、踊りという一種性的な演出を伴う芸能をもそこで身につけていたことは、

★［14］注［4］池上前掲書「6美的社交の徳川的形態」「12美の身体技法——手引書に見るエチケットとマナー」。

今日の目から見れば両者の同居に違和感を禁じえないが、双方とも「美」が基準となった「芸能」であったのだと気づいてみれば、そこに我々は、今日失われた「江戸」の文明の本質の一面を垣間見ることもできよう。

## 4　美と道徳の地平

### 女性読者の規範

こうした美を基準とする規範化にならされていたのが、人情本の読者たるこの時代の女性たちだった。こうした目で、人情本を読み直してみると、

シテ見《み》ると当時《たうじ》は婦人《をんな》でなくッちやア、世界《せかい》ハわたられねへゼ。其中《そのうち》にも容義《きりやう》のいい娘《むすめ》をもつたものハ猶仕合《なほしあはせ》だ。容貌《きりやう》せえ美《い》いと、何様《どん》ないい人《ひと》にもおもハれて、其様《そん》な所《とこ》へも行《いか》れるからいいが、男《をとこ》は何様《どん》なに気《き》が利《きい》た利口《りかう》なもんでも、滅多《めつた》にそんな所《とこ》へは行《いか》れねえ。何《なん》でも譬《たとへ》の通《とふ》り、婦《をんな》は氏《うぢ》なくして玉《たま》の輿《こし》だから、能《いい》ものヨ。★[15]

★[15] 東京都立中央図書館（東京誌料）蔵本による。

（『春色湊の花』初編（年刊）第二回）

深川の船宿で、美人のお鳥という女が川崎の大尽に貰われて行ったことを噂する遊客久次郎の台詞である。春水の人情本を紐解けば、こうした大御所時代の退廃した世相は、いくらも見出せるのであるが、女性にこそ階級上昇の可能性はあり、その鍵は「美」であったことが、率直に語られていて、読者もその実感をこうした言説に確認したことであろう。

さらに天保期の春水人情本における広い意味での教訓として、先にお民をめぐって分析したような、男性から気に入られる姿態についての表現が、人情本の濡場に頻出することも、女性読者を規範化していた美と道徳の地平を視野に入れれば、よく理解できる。

## しぐさの呈示による教化

よね「さよふサネ、おさな馴染《なじみ》は格別《かくべつ》かわいいそふだから、御尤《ごもつとも》でございますヨ　トつんとする　丹「何《なに》さ別《べつ》にかはいいといふのではねへはな。マアかわいそふだといふことヨ　よね「それだから無理《むり》だとは言《い》やアしませんはネト

**すこしめじりをあげてりんきするもかわゆし**

よね「モウ若旦那《わかだんな》おまはんが、そんなにやさしく言《いつ》て呉《くれ》さつしやると、また猶《なを》のこと皈《かへ》るのが否《いや》になりまさアな。急度《きつと》モウどんなことがあつても変《かは》る心《こゝろ》を出《だ》しておくんなさいますナヨ　丹「何べらぼうめへ　よね「わちきアそればつかり、案じられてならないヨ。斯して居さしつてもどふぞ時節は、私のことを思ひ出してお呉なさいヨ　ト**あどけなきこそなをゆかし**

長「そして、だれをおかみさんになさるのだへ　丹「おかみさんは米八《よねはち》より十段《じふだん》もうつくしいかわいらしい娘《むすめ》がありやす　長「ヲヤ何処《どこ》にヱ　丹「これ爰《こゝ》にさトいひながら、お長《ちやう》をしつかり抱寄《だきよせ》て歩行《あるく》。お長《ちやう》はうれしく、すがりし手《て》に力《ちから》をいれて、二《に》の腕《うで》の所《ところ》をそつとつめり、眼《め》のふちをすこしあかくして、**につこりとわらふゑがほのあいらしさ。**

丹「サア結《いつ》てやらう。糸鬢奴《いとびんやつこ》かくり〳〵坊主《ぼうず》にするか、疱豆《ほうそう》をモウ一《いつ》ぺんさせるか、何《なん》でもチツト皃《かほ》かたちに申分をこせへねへけりやア、人《ひと》が惚《ほ》れてうるさいばかりか、由断《ゆだん》がならねへ　長「よいヨ兄《にい》さん、そんな事をいつてだましておくのだヨ　丹「ナニほんとうに気《き》がもめるからさ　長「イイヱうそだよ。其証古《そのせうこ》には私《わちき》にはさツぱりかまつておくれでないものを　**（すべてお長がものい**

ひ、あまへてすねる心もちにてよみ給ふべし）

細部は、Ⅱ・Ⅲ章で詳しく分析したが、今問題になる太字部分の、女の姿態の描写は、男性から愛される表情・姿態・心情とはいかなるものかを、ト書き風の地の部分で指定していたことになる。本来人情本の会話体は、遊里における男女のかけひきを細密に描いた洒落本以来の定型であるが、春水は、そこにあるべき女性の恋愛の演技――それは心身双方に相渉るものなのだが――をはめ込んでいったのである。

このト書きの部分を、こう演技すれば男に気に入られるとして、春水が意識して書いたかどうかはこの際問題ではない。男性から見て、米八のような大人の女が、愛ゆえの嫉妬の表情や、「あどけな」い表情になったり、お長が愛の保障を得た満足を笑顔によって表現することが、どのような言葉より効果的ではあるのは当然だが、そこに「かわゆし」「なをゆかし」「あいらしさ」という男の視線からの評価が書かれているだけで、結果として女性読者への教育的機能は果たされていたことになる。読み方の心持まで指定する四例目などは、Ⅱ章で述べた音読を前提にした指定注記でもあったろうが、愛されるべき女の、恋の演技を指導することになる可能性を秘めていたわけである。

## 化粧品広告における教化

より春水が露骨に女性らしさを教訓するのは、その広告的言辞と一体化した時である。以下は『花名所懐中暦』(天保七年刊)の一節である。

因《つゐで》にいふ。近来《ちかごろ》娘子連《むすめごたち》の、髪《かみ》かたち風俗《ふうぞく》のこしらへ、貴賤《きせん》ともに年増《としま》女の風《ふう》を好《この》み、かはゆらしげ少《すくな》し。殊《こと》に紅白粉《べにおしろい》の色《いろ》の濃《こき》を野暮《やぼ》とそしりて、素顔自慢《すがほじまん》をする娘御《むすめご》の世《よ》におほく(中略)そもそも女《をんな》といふものは、男《をとこ》とちがつて齢老《ふけ》易《やす》く、また化粧《けしやう》を薄《うす》くする人《ひと》は、いつともなしに日に照《て》らされて、しだいしだいに顔色《がんしよく》くろみ、はやく老女《としより》じみるものなり。それ髪《かみ》かたちを正《ただ》しくするは、かならず好色《こうしよく》の業《わざ》にはあらず。娘御《むすめご》たちはいふもさらなり、年増《としま》女といふとも、親夫《おやをつと》を寿《ことぶ》くための化粧《みじまひ》なれば、随分《ずゐぶん》ともに念《ねん》をいれて人品《ひとがら》いやしからぬやうにたしなみたまへかし。

髪《かみ》の垢《あか》をさり、ふけを治《なほ》し、艶《つや》をよくす、初《はつ》みどり、作者家伝《さくしやかでん》の妙薬《みやうやく》、誠《まこと》にふしぎの、あぶらぐすりに御座候。京橋弥左衛門町書林大嶌屋にて、売弘め申

候★[16]

「処女香」に限らず、後期の戯作者は、副業の薬や化粧品を作中で盛んに広告する★[17]。そのこと自身は、珍しいことでもないが、春水の特徴は、この広告にも教訓的言辞が重ねられる点にある。化粧の効用と、それに反する素顔自慢の流行がもたらす美容への敵対行為が述べられ、その善悪二分法が、そのまま化粧品の広告となっている。現代でも、この手の広告の手口は珍しくないが、春水の教訓的言辞は、当時の化粧書を参照すると、同じ文脈にあったことが了解される。

## 内面と外見の両立

江戸時代の化粧については、女訓書や戯作類にその記述が散見するが、化粧のみに絞ったものと言えば、『都風俗化粧伝《みやこふうぞくけわいでん》』（文化十年刊）『容顔美艶考《ようがんびえんこう》』（文政二年刊）である、という★[18]。両書につけば、場所・時間・年齢に応じた白粉の塗り方、顔の個性に合わせ、その欠点を補う化粧法、肌の手入れ、紅の付け方等々、微に入り細を穿ったマニュアルが展開されていて、興味は尽きないが、前者は、心身の調和と内面の美が強調されてもいる。

★[16] 東京都立中央図書館（東京誌料）蔵本による。

★[17] 春水作人情読本『春色恋白波』初編（天保十年刊と神保五彌は古典文庫解説で推定。）第八回では、貸本屋中尾幸吉が、丸山の芸者に仙女香と自作『春色英対暖語』『籬の梅』を訪問販売する場面を描く。化粧品と貸本を同時に販売することもあったか。また、『春色湊の花』三編（天保十二年刊）巻九十七回では、市村座の芝居見物の場で、座頭に春水精製の化粧水「花橘《はなたちばな》」の広告となる口上をさせたうえ、その引札を客席にばら撒かせている。『処女七種』初編（天保七年刊）巻一第一回で、武家屋敷のお座敷への化粧をする芸者お豊について、「村田《むらた》の官粉《ばつちり》を襟《えり》へぬり付《つけ》、松本《まつもと》の児桜《ちござくら》を顔《かほ》へうすく付《つけ》、いつもより紅《べに》を濃付《こくつけ》たる口元《くちもと》は、御武家客《おやしききやく》へのはむき（お機嫌取り）ならんか」と、化粧品の広告と場面における化粧の使い分けに化粧《けわい》容儀《かたちつくり》するは愛敬《あいきやう》を得《え》、徳《とく》をおさむるの源《もと》にして身《み》の穢《けがれ》不浄《ふじやう》を清潔《いさぎよふ》し、礼《れい》を正《たたしふ》するの元《もと》、身《み》清《きよ》ければ心自《こころをのづか》ら正しく聖人《せいじん》も婦人《をんな》の四徳《しとく》を挙《あげ》給ふ。中《なか》にも徳容《とくよう》と並《ならべ》挙玉へり。★[19]

外見と内面の双方の美を言う論旨は、一見矛盾するようだが、そうではない。装いと心は車の両輪であって、美を磨き、醜をカバーすることは、自己を知り自己を演出するたしなみから発するわけであった。また、婦徳の核心たる「慎み」から、自己の演出は出発し完成もする。そうした心身一如の大原則を出発点に、十人十色のマニュアル的化粧法も説かれていくことになるのである★[20]。

翻って春水の、作中における女性教訓の頻出は、先に挙げた、礼儀作法所や化粧書にみえる通俗的婦徳と軌を一にするものであったろう。道徳・美容・広告が一体となって、女性の身体を規範化しており、春水の人情本は、その延長線上に、女性の表象を描いていたことが了解されるのである。

ついて書いたり、同四編（天保十一年刊）中巻二十一章では、京女であるお花が恋しい箕吉を追って鎌倉（江戸）に下向、お禄の指図で「鎌倉《かまくら》の風《ふう》を好《この》み」、顔の化粧水には「花橘」と「処女香《むすめこう》」をつけさせ、「下《くだ》りたる節《とき》の姿《すがた》に百《ひやく》倍《ばい》の美人《びじん》とな」ったことを描写して、関東風の化粧品の代表として広告をしたりしている。

★[18] 陶智子『江戸の化粧』（新典社、一九九九年）十三～十八頁。

★[19] 国文学研究資料館蔵本による。

★[20] 陶智子『江戸の女性——躾・結婚・食事・占い——』（新典社、一九九八年）では、女性向け教養書の核心は「徳」であり、そこから派生して

「言」「功」「容」の外面の問題があるが、それらは内面たる「徳」と直結しているものであることを指摘する。

## 5　古典文学の教訓的受容

### 「品格」と「情操」

ここで、目を転じて、Ⅶ章で、天保期の春水人情本にも影響を与えたらしいことを紹介した、古典作品の受容のあり方が、礼法書や化粧書、女訓書と同じ土俵にあったことを見ておきたい。それは、古典文学の享受の裾野の実態を知るだけでなく、さかんに教訓的言辞を弄する春水の人情本の教化の背景を知るうえでも、見逃すことができない問題であるからだ。

ここで検討するのは、Ⅶ章でも取り上げた『源氏物語絵尽大意抄』である。数あるなかから、これを問題とするのは、刊行された時期が、天保八年（一八三七）と、春水人情本の全盛期と重なること、著者・絵師が人情本の挿絵を多く描いた渓斎英泉であること、板元が戯作を多く手がけた和泉屋市兵衛であることなどもあるが、何よりその『源氏物語』享受の姿勢が、春水の教化的態度と重なるからである。

本書によれば、『源氏物語』の価値は、「ただ好色のたはぶれことになして、其うちにいにしへの上臈の美風心もちひをくはしくしるし残せるもの」★[21]であり、『源氏物語』を読んで「よく人情を知らざれば、五倫の化を失ふこと多し。これにもとりては、国治まらず、家もまた整は」ないからだった。すなわち、その評価のものさしは、「品格」のある「美風」と、「人情」を知ることで得る「教訓」という、広い意味での道徳的価値基準にあった。この基準が、これまで述べてきた、江戸後期の女性をとりまく「美と道徳の地平」の同一線上にあることは、十分確認できるだろう。

対して、『源氏物語』に多く描かれる「好色の事」は「つりいとにして、あまねく世の人にもてあそばしめ」るための方便であるから、読者は「好色いんらんの事は心とせず、作者の真意に心をつけて」読むべきである、ともいう。この「好色」に対する位置づけは、春水が自作でよく述べる自己弁護の教訓的言辞と同じ論法であることは、彼の人情本を少しでも読んだ者なら、すぐに気づくことだろう。

## 「美」と「道徳」の均衡

もちろん、春水のこれらの言辞は、本気で教訓を考えていた、というより、濃

★[21] 小町谷照彦編『絵とあらすじで読む源氏物語——渓斎英泉『源氏物語絵尽大意抄』——』(新典社、二〇〇七年七月)。

厚な濡れ場を売り物とする自作への自己弁護の気味が強いものであった。前田愛は、都立中央図書館に残る『花名所懐中暦』初編草稿と刊本との比較から、問題となりそうな描写をカットした後、こうした教訓的言辞が挿入された過程を紹介しており★[22]、そのことは春水の教訓の実態の一面を明らかにするものであった。ただし、春水が教訓を本気でやろうとしていなかった面があるとしても、当時の女性に求められる規範から『源氏物語』と同様に自作を位置づけることで、そのことが結果として、自作の好色性を擁護する「盾」となると考えていたらしいことは、人情本が対象とする女性読者の心意について、春水がどう捉えていたかを知る、一つの証拠として興味深い。

★［22］前田愛「『花名所懐中暦』初編稿本について」「国語国文」第三三巻第七号、一九六四年七月。

## レーベルの「品格」

V章で分析したように、男女のもつれを解きほぐしていく「いき」の意外な倫理性は、春水の宣揚する「人情」のセールスポイントであったろう。しかし、また一方で「人情」という「美名」を隠れ蓑に、凄艶な濡れ場を展開することも、このジャンルの命名の背景にはあったはずなのである。「人情本」の命名は、そのような「美」と「道徳」について、辛うじてバランスを保たせようとする春水苦心の産物であったという面を否定しがたい。

現今のフェミニストは、ハーレクインロマンス・シリーズのような、消費される恋物語を、品のいい女性向け性的娯楽小説だと揶揄する★［23］が、視点を変えれば、「性」を「娯楽」の正面に据えるのは、現代でも難しく、そこに「クイン」「ロマンス」といった美名のラベルが必要となることを思い合わせればよい。ただ、「道徳」「教訓」に変わって、現代では「（経済的）階級上昇」「（通俗的）品格・洗練」が、正面に据えられるべき価値として浮上してきたまでのことなのである。

★［23］田嶋陽子「真のセクシャリティーの探求を」（ハーレクイン「ロマンスの逆襲」一九九四年九月）。

## 側室への願望と教訓

ひるがえって、天保十年刊の春水の人情本『梅の春』二編巻五第九回では、楊貴妃が玄宗皇帝から寵愛をうけ、それによって才も徳もない兄楊国忠までが出世、専横を極めて、安史の乱を招き、兄弟は殺されることとなった顛末を描き、「是《これ》何故《なにゆへ》と尋《たづぬ》れば、妾《めかけ》の兄《あに》の悪《わる》きに依《よつ》て、斯様《かよう》のことのありしなり。遠《とふ》きむかしの物語《ものがたり》なれども、今《いま》の婦女子《おんなご》の身《み》に引当《ひきあて》て、他事《よそごと》と捨《すて》たまふな。」★［24］と教訓する。

天保期の人情本の女性読者の環境を想像させて余りあるが、楊貴妃のように寵愛を得て、自身とその家族が階級上昇することは、よくあることであり、望まれ

★［24］東京都立中央図書館（東京誌料）蔵本による。

ていたことであったからこそ、この教訓は生きたものとなったのであろう。そして、この教訓は、以下に紹介する日蓮宗寺院に現世利益を祈った女たちの心と表裏一体の関係にあったと思われる。

## 6 女性の宗教生活と人情本

### 女たちに信仰された日蓮宗

V章でも述べたように、『春色辰巳園』の大団円は、丹次郎と昔の夢を結んでしまい、その種を宿したことを恥じて、失踪した仇吉が、池上の本門寺で、丹次郎・米八・お長と出会い、そのまま丹次郎宅の近所に仇吉とその娘お米も引き取られて、睦まじく暮らした、というものであった。ところで、仇吉と米八との再会は、なぜ本門寺でなければならなかったのか。その疑問は、本門寺がいかなる信仰を以て崇められた存在であったのか、を知ることで氷解する。

この法華宗の大刹は、江戸時代、大奥をはじめ多くの大名の「奥」の女性たちから、信仰を集めた。そもそも、この寺が面する池上道は、江戸時代に東海道が整備される以前の古道であり、寺は、弘安五年（一二八二）、日蓮が身延から「ひたちの湯」を目指してこの地に到着するも、土地の豪族池上宗仲の屋敷で最期を迎えたことに由来して建立された。本門寺を訪ねて、その由来を調べれば、まず気づくのは、二代将軍徳川秀忠の乳母岡部局の寄進による五重塔を筆頭に、初代紀州藩主徳川頼宣生母お万の方の墓所、加藤清正の娘で頼宣夫人となった瑶林院寄進の梵鐘・清正供養塔、加賀前田利家側室利常生母寿福院のより再建された客殿、紀州二代光貞夫人・八代将軍吉宗側室家重生母深徳院・吉宗側室田安宗武生母の各墓所等々、名門の奥方や乳母の寄進物・墓所の多さである。また、お世継ぎを生んだ女性達の墓が多いことも目につく★[25]。

日蓮宗は、不受不施派への幕府の弾圧に象徴的なように、本来は江戸時代の支配層にはなじみにくい宗派であった。しかし、その一方で、その祈祷を中心とする現世利益的な側面から、本門寺に厚い信仰を寄せた女性たちに代表される階層からも熱心な信仰を呼び、文化〜天保期には、十一代将軍家斉の愛妾お美代の方が、下総中山法華寺内智泉院住職日啓の娘だったこともあり、谷中感応寺に広大な伽藍を再建したことに象徴されるように、この宗派への信仰はかなりの盛り上がりを見せた。大奥から法華の寺院に代参が行われたばかりか、祖師（日蓮）像

★[25]『大田区史』中巻（一九九二年）。

が開帳とともに、大奥に運び込まれた事実すら報告されている★［26］。日蓮宗は、この時代、女たちの宗教でもあったのだ。

## 人情本の中の法華信仰

春水の人情本を読めばすぐに気づくことだが、その女主人公たちは、神仏への信仰に篤く、恋の成就を祈願することが多い。

『梅児誉美』で失踪中の丹次郎を米八が訪ね当てるのは、一月十五日の柳島妙見法性寺の妙見参りの日であり、米八も邂逅は「妙見《みやうけん》さまのおかげだ」と言っていた。彼女は「塩禁《しほだち》」までして邂逅を祈願している（第一齣）。深川高橋での、お長と丹次郎の邂逅は、お長が姉分お由の代参で、「上千寺」、すなわち深川浄心寺へ参る途中のことだった（同第六齣）。お長もお由も、その祈祷は、恋しい丹次郎・藤兵衛に出会えるようにとの願いであったことだろう。丹次郎が危難に遭う悪夢から目覚め、早朝から丹次郎の無事を祈って、宅へ向かうお長に聞こえてくる「朝勤《あさづと》め」は、本所吾妻橋の本久寺の法華経如来寿量品《によらいじゆりようぼん》であった（同九齣）。お長は、小梅村常泉寺の「お祖師《そし》さま（日蓮上人）」へも参っているし（第十五齣）、七年ぶりの藤兵衛との邂逅に、お由も藤兵衛とともに「お祖師《そし》さまへもあげるか

★［26］宮崎英修「天保年間における鼠山感応寺の興廃について」（「大崎学報」一〇〇、一九五三年十月）、望月真澄『近世日蓮宗の祖師信仰と守護神信仰』（平楽寺書店、二〇〇二年）。

ら」とお長に菓子を買いにやらせる（第十六齣）。
『辰巳園』では、仇吉が目を病むと、眼病守護の日朝上人を祭る深川浄心寺に願をかけ（第七回上）、それを当てに丹次郎も日参したが仇吉と逢えないことを恋文にかきくどき（第八回）、米八が泣いてかきくどく前でも、丹次郎がうっかり明日は日朝様のご命日だと洩らして灯明《とうみょう》をあげ、米八から自分は眼を病んでいないと突っ込まれる（巻九第五条）。仇吉との逢引の場で米八から追及を受けても、丹次郎は米八に芸者を早く引かせて、堀之内の妙法寺に二人で参る境遇になりたいなどとなだめる（巻七第一条）。

　これほどまで、日蓮宗信仰が目立つことから、中村幸彦も「梅児誉美以来、多くは法華信仰が出る。春水の宗旨か。」と、『辰巳園』巻十二第十二条で注記する★[27]。春水の墓は、世田谷区烏山に移転した浄土真宗の妙善寺にあり、そのため「宗旨か」と断定できないのであるが、それはともかく、頻出する法華信仰は、当然人情本の読者の主流である女性の宗教生活を背景にしたものであったはずだし、その証拠に次のような一節が、梅暦シリーズにはある。

　作者曰《さくしやいはく》、日慶寺《につけいじ》といふは小塚原町《こつかはらまち》なる日蓮宗《にちれんしう》にて清正公《せゐしやうこう》の由緒《ゆゐしよ》あり。お増《ます》

★[27] 日本古典文学大系『春色梅児誉美』（岩波書店、一九六二年）四三二頁、注八。

の母親《ははおや》その寺《てら》へ参《まゐ》るとあれば、法花《ほつげ》の信者《しんじや》なることいはずとも知《し》れたり。然《しか》るに前夜百万遍《ぜんやひやくまんべん》の念仏《ねんぶつ》に行《ゆき》しとは、前後麁忽《ぜんごそこつ》の筆《ふで》に似《に》たれど、前板梅《せんはんうめ》ごよみのすゑに、仇吉《あだきち》が心《こころ》やすく出入《でいり》する増吉《ますきち》の宅《うち》の段《だん》をよみたまはば、此母親《このははおや》の気質《きしつ》も大概《たいがい》は推量《すゐりやう》せらるべし。法花宗《ほつけしう》にて百万遍《ひやくまんべん》の席《せき》へ連《つら》なりしは、老女《ろうじよ》の付合《つきあひ》よき長家《ながや》なみの義理《ぎり》一遍《いつぺん》、九十九万九千九百九十九遍《へん》はお題目《だいもく》を唱《となへ》しならん。かならず法謗罪《ほうばうざい》などと評《へう》したまふことなかれ。★[28]

（『春色英対暖語』初編巻之三第五回）

★[28] 新潟大学附属図書館（佐野文庫）蔵本による。

本来日蓮宗徒のお増が、浄土宗の百万遍に参加するのは、宗旨違いと読者からその齟齬を読者から非難されるのを前もって弁明している。春水がこう神経を使わねばならないほど、宗教に関心が深い女性読者ならば、『春色辰巳園』で、本門寺の日蓮忌日という場面設定をした意味を汲み取ることは容易かったと見るべきであろう。

### 『春色辰巳園』結末の背景

『春色辰巳園』の終幕に話を戻せば、丹次郎一行が、本門寺を参詣するのは、旧暦十月十二日の夜、翌十三日の日蓮忌日の前夜のことであった。その人ごみのなか、米八一行は、お長の生んだ八十八《やそはち》を迷子にしてしまい探すうち、仇吉の娘お米と出遭って、仇吉と邂逅するに至る。まさにこの出会いは、祖師様のお導きによる奇縁ということになるのだが、この寺が多くの女性の信仰を集めた当時の状況を重ね合わせるとき、仇吉が武家となった丹次郎の種を得て、それを養育し丹次郎に迎え入れられる「縁」という現世利益をもたらすのに、この寺が格好の存在であったことも、考慮に入れるべきと思われる。

さらに言えば、子供を捜すという設定は、この時代の日蓮宗と切っても切れない関係にあった、鬼子母神信仰を踏まえていた可能性すらある。鬼子母神は、子供を食い殺す悪神だったが、釈迦がその子を鉢の底に隠したことで、子を亡くす悲しみを知り、悔悟して子安・子育て神となる。一方、法華経の守護神という伝えから、室町期以降、鬼子母神は日蓮宗と結びついて信仰を集めた★[29]。特に入谷の真源寺、雑司が谷の法明寺子院大行院、下総中山法華経寺などの日蓮宗寺院の鬼子母神は有名である。さらに旧暦十月八日は、日蓮忌日の縁日「御会式」の初日でもあり、同時に鬼子母神の縁日でもあった。

共に子供を迷子にしてしまった米八・仇吉は、鬼子母神と重ね合わされ、釈迦

★[29] 中尾尭『日蓮信仰の系譜と儀礼』(吉川弘文館、一九九九年)一七二〜一八〇頁。

に代わった日蓮の縁日に、引き合わされて、物語は和合と繁栄の結びとなる★[30]。八十八の名は、利口なお長の発案で子のない米八の「米」を解字して付けたもので、米八もわが子同様に可愛がっていた。その八十八の失踪に、実母のお長以上に「狂気のごとく足ずりして」捜索する米八の姿は、まさに鬼子母神を髣髴とさせる。さらに言えば、米八、八十八、仇吉の娘お米と、「八」尽くしの命名の趣向には、八のつく日が鬼子母神の縁日だったことを意識したものとも解しうる。好評作の大団円には、女たちの信仰をふまえた、一種の神話的構造が隠れていたとすれば、それは女の規範を説く物語の結末にはいかにもふさわしい趣向であったことになろう。

★[30] 山杢誠氏のご示教により、春水『三人娘』（文政九～十年）でも、その結末で、主人公のお月・お雪・お花は、日蓮宗堀之内妙法寺の千部会で再会することを知った。この宗派への信仰が女たちの苦難の末の幸せを得る背景となっている点、『辰巳園』の結末と同工のものといえよう。

# epilogue
# エピローグ

『春色梅児誉美』の男主人公丹次郎は、多くの女性と交渉を持つ「色男」だが、その場その場で女性の愛情を受け止めるだけの、人形のような人物だといった解説を目にすることがある。それは違うだろう、という読後の感想から、本書に至る道のりは始まった。改めて、これまでの考察を総括しておこう。

春水人情本の魅力は、複数登場する女たちばかりでなく、この「色男」にもある。そこを掘り起こすことは、まず、現代の恋愛観と江戸時代のそれがいかに異なるか、また、なぜ異なるのか、から説き起こさねばならない。近代の恋愛の本質とは、演技・身体の抑圧にあった。心と身体のバランスこそ今求められるべき方向性であることは、透谷のラブレターや一連の恋愛論と春水の作品を対比したとき、見えてくる。こうした作業は、さらに、江戸文学の研究にまで、透谷的視点が忍び込んでいることをも、逆照射してくれる（Ⅰ章）。

春水の小説は、まず女性読者に好評だった。恋愛は、今も大なり小なり女性の人生にとっては、より現実的な問題である。しかし一方で、純粋な意味での恋愛は、最高の異性を発見したときから始まると同時に、自分が相手から選ばれたいという絶望的な願望を持つことにもなるから、そのリスクは大きい。そこに虚構という安全装置付きの恋愛小説への市場価値が生じる。したがって、読み方は二人の恋の行方はどうなったかという点に行きがちとなる（Ⅱ章）。

しかし、物語の魅力は、品の違う女の描き分けばかりではない。春水の小説の最も大切な魅力は、恋人たちの語らいにあり、心理学的・社会学的にみても、「色男」の行動・発言は、恋愛の戦略にかなった演技として点数の高いものであるし、言語学的視点からその会話を分析すれば、会話のキャッチボールは、語られない部分に潜む、相手の気持ちの深層に入って、それを受け止め表現する機微、あるいは、他を生かすことによって自分も生き、自分が生きることで他をも生かす精神によって成り立っていた。さらに、そうした精神は、当初色男をめぐる駆け引きに終始する女たちの和解・和合の契機ともなるものだった（Ⅲ・Ⅳ・Ⅴ章）。

一方、恋愛小説とは偉大なるワンパターンである。従って、そこにさまざまな他の要素を配することは、娯楽小説としてそれを形作っていくときの鉄則である。それらは、あるいはストーリーにちりばめられる「涙」やサスペンスの要素であり、あるいは過去の文学や、文学的記憶の積み重なった舞台から、詩情を借りてきてロマンチックに飾り立てることであったり、はたまた、読者の願望（被服・化粧・出産・倫理の遵守による階級の上昇など）を盛り込むことであったりする（Ⅵ・Ⅶ・Ⅷ章）。

以上を総合して、春水の天保期の人情本は、日本文学に長い歴史の中で、恋愛小説の代表作の一つとして、その歴史に動かぬ名前を刻むこととなったのである。また、以上のように読むことで、これらの作品は、今日においてさえ、恋愛小説を「読む＝消費する」ことの快楽、恋愛小説の社会的機能、恋愛のコミュニケーションの本質、江戸の闊達な精神のありようを〈鏡〉とすることで見えてくる今日のコミュニケーションの問題点などを、我々に教えてくれる。

近代を、人間の理性に過剰に期待し、個の確立に傾斜して腐心する、「人間様」の時代だと、その陰影に目を向けるとしたら、人情本を読むことは、〈身体〉からの逆襲、あるいは、相補的なコミュニケーションとそれを支える「お互い様」の精神からの逆襲、をもたらすものとも言えよう。

以上のように、本書はテーマの上からも、その方法の点でも、〈閉じる〉ことより〈開く〉ことを志向した。以下は、読者に本書の世界を〈開いて〉ゆくための、情報である。文学研究の主たる目的の一つは、対象作品の読者の拡大にある。参照すべき文献は、脚注に記した通りだが、なお人情本の世界を体感するための情報へのアクセスの方法を列挙しておいたのである。

◎ネットからの情報

活字でなく、現物を手に取ることは、江戸文学を体感する早道である。しかし、所蔵先は研究者以外に公開を〈閉じて〉いることが多い。史料の保存をも目的とする以上、それは仕方のないことだ。その点、以下の図書館は、人情本の全文を公開している。これは、人情本を体感する第一歩になるだろう。

「早稲田大学図書館古典籍総合データベース」

http://www.wul.waseda.ac.jp/kotenseki/index.html

◎図版からの情報

紙媒体による人情本の二次的複製に解説のついたものは少ない。本書と同じ笠間書院から刊行される予定の『人情本事典』は、文政期に限定されるとは言え、人情本そのものを対象にした図録集の性格もある。広く江戸後期小説を対象とするものなら、以下の二書が手に入りやすく、入門書ともなる。

『図説日本の古典　京伝・一九・春水』（集英社）

神保五彌『新潮古典文学アルバム　江戸戯作』（新潮社）

## ◎フィールドワークのための情報

### ○この一冊

『江戸名所図会』（ちくま学芸文庫）や『江戸文学地名事典』（東京堂）は、基本中の基本だが、ビジュアルを駆使し、なお記事に信頼が置け、地図情報が比較的新しく、人情本の舞台となる隅田川周辺に焦点を当て、安価なものに絞れば、以下がイチオシである。

棚橋正博『江戸名所隅田川絵解き案内』（小学館）

### ○江戸の都市論

また、江戸の町の成り立ち・構造・風景についての入門書は以下の二点を挙げたい。前者は、合理的に説明された都市論の決定版。後者は、地勢を利用した江戸の町作りについて薀蓄満載の読み物。

陣内秀信『東京の空間人類学』（ちくま学芸文庫）

鈴木理生『江戸はこうして造られた』（ちくま学芸文庫）

### ○見る・食べる江戸

〈行楽〉や〈食〉という体感に誘う情報誌や単行本は多く見られるが、ここは江戸文学の専門家の入門書にお出まし願うのが筋である。前者は、四季おりおりの花鳥風月の名所を紹介した江戸時代の行楽ガイドブック。美麗な挿絵とハンディな行楽地図も有難い。後者は、江戸文学の大家の読みやすく、正しい情報に裏付けられた、食欲をそそる名エッセイ。ただし、現在絶版。

市古夏生・鈴木健一校訂『新訂　江戸名所花暦』（ちくま学芸文庫）

浜田義一郎『江戸たべもの歳時記』（中公文庫）

◎春水人情本の世界を体感する〈場〉へのアクセス

※以下に紹介する各スポットの説明は、適宜ホームページ等より引用し、説明しています。引用部分は【】で示しました。ぜひ足を運んで体感していただきたい。

●深川

［富岡八幡宮］旧深川（現門前仲町）の中心地。相撲力士の碑が多いのは、深川の特徴。近所の深川不動前には小さな仲見世もある。

東京メトロ東西線「門前仲町」駅より徒歩3分。都営大江戸線「門前仲町」駅より徒歩6分。

［江戸深川資料館］【三層にわたる高い吹抜けの空間に、天保年間頃の深川佐賀町の町並みを想定復元する。大店・土蔵・船宿・猪牙舟・掘割・火の見やぐら・長屋が並び、そこに住む人々の家族構成や職業、年齢までを細かく設定し、それぞれの暮らしぶりにあった生活用品を展示してある。】

http://www.kcf.or.jp/fukagawa/edo/index.html

都営大江戸線・東京メトロ半蔵門線「清澄白河」駅より徒歩3分。

［芭蕉記念館］【芭蕉及び俳文学関係の資料を展示するとともに、文学活動の場を提供している。徒歩3分のところにある分館の史跡展望庭園は、隅田川と小名木川に隣接し、当時の水辺の風景をしのぶことができる。】お長と丹次郎が出会うのもこのあたり。

↓本文p94、188、219

http://www.kcf.or.jp/basyo/about.html

都営新宿線・都営大江戸線「森下」駅より徒歩7分。

●吉原

［浄閑寺］【大地震の際にたくさんの吉原の遊女が葬られたことから「投込寺」と呼ばれる。新吉原総霊

塔が建立され、遊女の生涯に思いをはせて、永井荷風がしばしば訪れ、「今の世のわかき人々」にはじまる荷風の詩碑もある。毎年4月30日の荷風忌には法要・講演が行われている。】↓本文p14、78
http://www.jyokanji.com/profile.htm
東京メトロ日比谷線「三ノ輪」駅北口より徒歩1分。

**［一葉記念館］** 樋口一葉が居をかまえ、代表作「たけくらべ」の舞台となった吉原裏の龍泉寺町に立つ文学館。展示される一葉の流麗の書体は、江戸派国学の流れを汲む。↓本文p242
http://www.taitocity.net/taito/ichiyo/
東京メトロ日比谷線「三ノ輪」駅より徒歩10分。

**●向島**

**［長命寺］**【三代将軍家光が鷹狩りの折に腹痛を起こし、ここの井戸水を飲んでおさまったことから長命水と名づけられ、後に寺名となったという。向島に文人が集った歴史から芭蕉の雪見の句碑、十返舎一九の狂歌碑をはじめ60基ほどの石碑が群立する。程近い墨田堤の対岸は、吉原へ通じる山谷堀跡。江戸時代から続く近くの長命寺桜餅は墨堤の桜の葉を使ったアイデア商品で、短期間ここに下宿した正岡子規は、餅屋の娘に恋していたという。】隣の弘福寺には、文亭綾継の先輩にあたる建部綾足の墓があったが、震災の被害によって失われ、今は墓地の入口に句碑がある。また、小梅で10～17歳までを過ごした森鷗外の墓も震災で移転するまでここにあった。藤兵衛とお由が出会う須崎もここから近い。↓本文p185、216
http://www.city.sumida.lg.jp/kunosyoukai/annai/sumida_tour/course2/index.html
東武線「曳舟」駅より徒歩7分。

**［百花園］**【「梅屋」「梅隠」「新梅屋敷」の名をとった梅林で有名な向島百花園の造園主は佐野鞠塢（雅号梅屋）。現在も百花に先駆けてまず梅が咲き、四

季花の絶えることがない。江戸の文人墨客たちも花と親しみ、茶を喫し、詩歌をもてあそんで時を忘れた。園内には芭蕉の句碑・山上憶良歌碑など30数基の碑も点在。】丹次郎が隠れ住んだ小梅（東向島一～五丁目など）も、幸田露伴の旧居跡の「露伴児童遊園」（東向島1―7―11）も程近い。露伴は、明治26年長兄を頼って寺島へ来住し、以来大正13年までの約30年間この地に住む。↓p40、238

http://www.city.sumida.lg.jp/kunosyoukai/annnai/sumida_tour/course2/index.html

東武伊勢崎線「東向島」駅より徒歩8分。

**●両国**

**【江戸東京博物館】**【常設展示室の「江戸ゾーン」では、日本橋と歌舞伎小屋中村座の再現が目玉。その他浮世絵や絵巻、着物、古地図、大型模型など充実した展示構成。その他、江戸東京に関する、映像資料・図書資料を、各学習施設で閲覧することができる。】↓p190

http://www.edo-tokyo-museum.or.jp/about/josetsu/index.html

JR総武線「両国」駅西口より徒歩3分。都営大江戸線「両国」駅A4出口より徒歩1分。

**●池上**

**【本門寺】**【日蓮が弘安5年（1282）10月13日入滅した霊跡。徳川家康側室で紀州藩祖徳川頼宣の生母であったお万の方をはじめ、頼宣公正室の瑤林院（加藤清正娘）、8代将軍となった吉宗正室の寛徳院以下、江戸藩邸で逝去した夫人たちの墓所、加藤清正の供養塔などがある。毎年10月11～13日は、御会式が日蓮宗寺院でも最も盛大に行われており、特に12日夜の御逮夜に繰り出される万灯練り行列には多数の参拝者が訪れる。】↓p170、275

http://honmonji.jp/00index/index2.html

東急池上線「池上」駅より徒歩10分。都営浅草線「西

馬込」駅より徒歩8分

**◎春水の住所と墓所**

**神田**

神田豊島町一丁目（現千代田区東神田）。神田川の柳原土手に近い。

**日本橋**

橘町二丁目（現東日本橋）

日本橋通油町二丁目（現日本橋大伝馬町）。

以上三箇所で、書肆・貸本屋越前屋を経営。なお、文亭綾継（横山町一丁目の薬種商大坂屋宮崎又兵衛・「江戸買物独案内」）の店も程近い。↓本文p46

**浅草**

火事で越前屋を失い、浅草寺内姥が池（台東区花川戸公園内）向かいに転居。かつては隅田川に通じる大池だった。ここで『春色梅児誉美』『春色辰巳園』

『春告鳥』初編を執筆。浅草演芸ホールで落語を、木馬亭では講談を堪能するのも一興。↓本文p115

**世田谷**

妙善寺（世田谷区北烏山5―12―1）真宗大谷派。築地寺内より震災で移転。為永春水の墓がある。正面に「元祖／為永春水墓」、向かって右側に「社／天保十四年／卯十二月」とある。過去帳から神田多町で亡くなっていることがわかり、それ以前には上野池之端に住んでいた時期もあった。京王線「千歳烏山」駅から徒歩20分。

# あとがき

自己啓発書の古典、カーネギーの『道は開ける』（創元社）には、次のような一節がある。彼は、ビジネスマンのための話術の本を、一年がかりで書いた。さまざまな著述家たちのアイデアを借用し、一冊の本に盛り込もうとしたが、出来上がった代物は、不自然で面白みのない寄せ集めに過ぎなかった。結局、彼は一年間の労作をくずかごに放り込み、一から出直すにあたってこう自分に言い聞かせた。「おまえは欠点や限界もそっくり含んだデール・カーネギーになりきるのだ」と。

今回の本は、私にとって特に同じ感慨が強い。春水の人情本での成功とはいったいどこからきているのか？それは春水の問題にとどまらず、女性が恋物語を〈消費〉する意味をも問うことになる。それだけ、恋物語と消費という、近代の文学観では低く見られがちな世界に、尽きせぬ興味があったことは確かである。その分析方法には、美学・心理学・社会学・言語学・文化史・ジェンダー研究といった分野外のものさしが必然的に選びとられた。

いわば、自分が正統的な「文学の人」でないことが、この本で扱う対象と方法に行き着いたと思っている。これまで出会ってきた文学研究者は、たいていどこかで心の奥に名作をしまっている。もう文学の力は衰えたと突き放す人も、ケータイ小説や漫画のノベライズなどに対しては、やはり旧来の文学の価値観から裁断するケースが目立つ。しかし、正直に告白すれば、春水の作品は心の奥にしまっておく名作ではない。それらを面白くて読んではいるが、一般的な名作の位置づけはしていない。いやそういう読み方をしないから、春水の作品は私なりの「名作」となっている。

本書で取り上げたような対象を、本書のようなアプローチで分析するのは、これまでの研究に比べ格段に自分のものとなっている、と思う。

さて、本書に収めた各章の文章は、既発表のものと書き下ろしとから成る。以下にその原題と初出を挙げる。

Ⅰ「純情と演技の間―人情本という鏡」

「日本文学」第五六巻第十号　二〇〇七年十月

Ⅱ「女が小説を読むということ――『春色梅児誉美』論」

「学苑」第七八五号　二〇〇六年三月

Ⅲ「恋愛の演技――『春色梅児誉美』を読む」
大輪靖宏編『江戸文学の冒険』(翰林書房)二〇〇七年三月
Ⅳ 書き下ろし
Ⅴ「「いき」の行方――春水人情本瞥見」
「学苑」第八〇二号 二〇〇七年八月
Ⅵ 書き下ろし
Ⅶ「物語の面影・歌心の引用――人情本の古典受容」
「防衛大学校紀要(人文科学分冊)」第九五輯 二〇〇七年九月
Ⅷ 書き下ろし

ただし、既発表のものも、その論旨に変更はないが、発表後に得られた知見を加え、一書にまとめるべく、編集を行った。本書を生み出す機縁についても書いておこう。これらの論文を書く頃から、国文学研究資料館の後期小説様式研究会に入れて頂き、Ⅷ章の内容について発表の機会を得たことがまず幸いであった。さらに、同研究会の成果として、同じく笠間書院から出る予定の『人情本事典』に執筆の機会を得、文政期の人情本についても改めて勉強させて頂いた経験も貴重であった。また、人情本を専門としない近世文学の研究者や、近代の研究者からも、論文を書く度にさまざまなコメントを得た。北村透谷が江戸文学を近代の「恋愛」の立場から批判していたのは、大学院時代から知っていたが、石坂美那嬢との恋愛事件をつづった文章の現代語訳は、同僚の近代文学研究者副田賢二氏の作成されたものをもとにさせていただいた。口絵の「子供音曲さらいの図」は、昨年九月の日本近世文学会で鹿倉秀典氏が紹介されたものを、掲げさせて頂いた。実に興味深い内容の三枚続きだが、その分析は鹿倉氏の研究を待ちたい。

本書のⅢ章初出は単行本の一部なので、編集者の目にとまり、春水人情本の一般向け案内書『江戸の恋愛作法』(春日出版)を出すことも出来た。本書を読んで、作品そのものに触れたくなった向きにはぜひお勧めしたい。

笠間書院とのご縁は、最初の著作『雨月物語論――源泉と主題』以来、十年ぶりのことである。特に岡田圭介氏には、本書を形にするうえでさまざまなご意見を頂戴し、実に有難かった。

本書を生み出す機縁を作ってくださった方々全員に心より御礼を申し述べたい。

二〇〇九年二月

井上泰至

井上泰至（いのうえ　やすし）
＊略歴
昭和三十六年（一九六一）京都市生まれ。上智大学大学院文学研究科国文学専攻単位取得満期退学。日本近世文学専攻。現在、防衛大学校人間文化学科准教授。
＊主な著作
著書に『雨月物語論—源泉と主題』（笠間書院、一九九九年）、『改訂版雨月物語』（共編、角川ソフィア文庫、二〇〇六年）、『サムライの書斎』（ぺりかん社、二〇〇七年）、『＜悪口＞の文学、文学者の＜悪口＞』（新典社新書、二〇〇八年）、『江戸の恋愛作法』（春日出版、二〇〇八年）。

恋愛小説の誕生　ロマンス・消費・いき

2009年4月10日　初版第1刷発行

著　者　井上　泰至

装　幀　椿屋事務所
発行者　池田つや子

発行所　有限会社　笠間書院
東京都千代田区猿楽町2-2-3［〒101-0064］
電話　03-3295-1331　Fax　03-3294-0996

ISBN978-4-305-70472-6　　印刷／製本：モリモト印刷
　（本文用紙・中性紙使用）
出版目録は上記住所またはhttp://kasamashoin.jp/まで。